葛水平作品典藏
GE SHUIPING ZUOPIN
DIANCANG

山下灯火

葛水平 —— 著

SHAN
XIA
DENGHUO

时代出版传媒股份有限公司
安徽文艺出版社

葛水平

山西省文联主席，山西大学文学院教授，
中宣部文化"四个一批人才"，国务院特殊津贴专家。
著有：长篇小说《裸地》《活水》《和平》；
中短篇小说集《喊山》《过光景》《空山·草马》等；
散文集《走过时间》《河水带走两岸》《繁华的街巷》《我走我在》等；
电视剧剧本《盘龙卧虎高山顶》《平凡的世界》。
中篇小说《喊山》获第四届鲁迅文学奖。

葛水平作品典藏

GE SHUIPING ZUOPIN
DIANCANG

山下灯火

葛水平 —— 著

SHAN
XIA
DENGHUO

时代出版传媒股份有限公司
安徽文艺出版社

图书在版编目（CIP）数据

山下灯火 / 葛水平著. -- 合肥：安徽文艺出版社, 2025.1
（葛水平作品典藏）
ISBN 978-7-5396-8032-3

Ⅰ. ①山… Ⅱ. ①葛… Ⅲ. ①散文集－中国－当代 Ⅳ. ①I267

中国国家版本馆CIP数据核字(2024)第044078号

出 版 人：姚 巍
策　　划：朱寒冬　姚　巍　张妍妍　　统　筹：张妍妍　宋晓津
责任编辑：张妍妍　　　　　　　　　　装帧设计：王明自　张诚鑫

出版发行：安徽文艺出版社　www.awpub.com
地　　址：合肥市翡翠路1118号　邮政编码：230071
营 销 部：(0551)63533889
印　　制：安徽新华印刷股份有限公司　(0551)65859551

开本：880×1230　1/32　印张：9　字数：220千字
版次：2025年1月第1版
印次：2025年1月第1次印刷
定价：36.00元

（如发现印装质量问题，影响阅读，请与出版社联系调换）

版权所有，侵权必究

自序:乡村,一再被我看得贵重

一

这是一个世俗化和文化化并存的时代,民间的魅力已经远不同于二十世纪七八十年代,那时乡村情怀主要来自写作者个人命运和乡村生活的纠缠。那时的乡村,人们古道热肠,三餐四季激活了人身上潜藏的热爱,人欢马叫,在薪火相传的时间流程里,每一个个体生命都活得生机勃勃。现在,中国人的精神又开始一步一回头地,由城市转向乡村,由现代转向传统。对应着现代化城市不断显影的弊端,对于进入历史记忆的乡村,文化赋予了各种幻影幻觉,现代化乡村被审美化之后,对日益浮躁的现代人并没有起到清凉油和平衡器的作用。

那时,生活中的普通人是一些知足者,他们在生活的细小事情上都用着心劲,我留着他们的记忆。那些奇特的岁月就像是刚刚发生或正在发生,我仍然置身其中。过去,仿佛只是一瞬间。他们还不知道自己入了我的文字,而我因他们的人生早已成就了我此刻的声名。

这大概就是故事和故事里的人吧。

村庄、古庙、戏台、木雕、石雕、贫穷和富贵;古画、刺绣、旧宅、铜器瓷器、书籍和碑帖,一切曾被遗弃的都会告诉我:中国每个时代都有各自的精彩,创造伟大而美好社会的永远都是普通人中对生活提心劲的人。

关于土地的记忆泛化为大地,传统更多地升华为一种精神和感情的彼岸。日出而作,日落而息,想要了解中国农民几千年来的三餐四季,对于写作者来说,只能向童年的记忆回溯,或者,有些情境原本只是存在于诗文或想象中,思想中原有的毕竟还是一种富有诗情画意的期待。这种期待实际上来源于诗文或自己的憧憬、梦幻,是那种想象生造出来的清风明月式的幽雅与闲适情调。如果我们不俯身继续贴近泥土,走入百姓生活,我们就不知道生活在底层的人本来的样貌。

我不知道在这样的状态中会出现什么样的文学作品。

我的写作素材很单一,我只关心那些乡村小人物的故事。对小人物的体悟,比离奇和喧嚣更重要的是,我从他们身上看到了奔日月、奔前程中——活着的力量。

再没有什么比如此深刻的提醒能告诉我记住什么。活着可以把日夕改变,活着本身消耗的却永远是人的精神面貌,似乎只有这样才足够盛载悲喜。没有比自由的疯长更闹心的事情了。日子不易,在四季轮回面前,只有时间才具有总结一切、梳理一切、收割一切的力量。

故乡的人事是我情感地理的图谱,我用文字热爱他们。

二

道路,蕴藏着无限的成长方向和发展可能,远方的城市有文明照耀和财富的积累。一个普通的农人参与社会化大生产的意义,类同于一个国家对全球化世界格局的影响,决定性作用总是艰难的。有多少农人在长满万物的土地上劳作,在释放生命力量的行进中,以创造财富来经天纬地。他们是自由的,自由有可能和获得的财富不沾边,但是,自由又是多么叫人向往!

我在乡村看到了两个字:走失。

这个词在乡下人的日子里虚幻不定,一转眼,阳光可以从屋顶间的缝隙中照射进来,炎热而又潮湿的日子突然就走失成了去年,只有和泥土打交道的人才知道,当你想选择生活时,人已经老了,如同夕阳不想西下。

每一个活着的人都在追赶走失的自己。

我写故乡那些没用人。那些没用人不走正道。

山野之间崖壁上都有可供攀爬的路,日夕相遇,有丰茂的草木。乡下人很性情,实而真,直而诚,长得丰富极了。人和虫草鸟兽,以及四季中的风雨雷电,都是我说话的对象。

我见过母羊和小羊在羊圈里分开的情景。母羊要出山了,小羊,如一个儿童,不知脚下深浅,小羊要留在羊圈。放羊人挥舞着羊鞭,一下两下,母羊开始往羊圈栅栏门方向走。小羊在鞭声中跌跌撞撞,找不到母亲,见任何一只羊从身边走过都认为是自己的亲娘,用羊角顶撞母羊的可爱劲儿让人爱怜。那一瞬间,生活的剧情向前展开。

母羊们在鞭声甩击中走往山腰,长长的羊群,荡起了黄尘。

坐在村庄的空阔地带,听留守在村庄里的人讲一只母羊死去,放羊人把小羊的胞衣涂抹在其他母羊的身体上,血水淋漓,小羊跌跌撞撞寻着娘的味道。

娘的味道,含着前所未有的疼痛,勾勒、构建并呈现村庄之所以为村庄的光亮属性。娘的味道就是故乡啊!

网上说,每天中国的村庄都要消失近百座,村庄里的人呢?城市一直是他们富足的梦想地儿,那么土地呢?大面积的土地开始闲置,人总是在万不得已的情形下才会想到土地。

章太炎曾经感叹中国的国民性流转的多,持守的少。

人的坚守一再动摇,世相多变,性格中固执坚守是不是就是人的福气?

我对所有村庄里的物事充满认知欲,比如我和说书人聊天,和贩卖牲口的人做朋友,只是好奇,常被一种现象感动。我认同他们的手语和行话,一个没有社会背景的人,追求一切的难度很大。在这个貌似很简单的社会中,他们很难把自己复杂地呈现出来。

在底层寻找一种民间语言。民间,那一片海洋我无法表达。

"一个女子坐在坟头朝着你笑,眨眼间你看到海棠开花了。"民间语言鬼气十足。还有戏曲、鼓书、阴阳八卦等等。某次阅读,某个细节,在某些方面以鬼魅的方式呈现,让我的记忆宏阔、深邃、精疲力竭。

三

没有规矩地乱开乱合的民间知识,是我明亮或者幽暗的知识河道。

看那离地二里三里高的地方,晚夕挂着,只有远离尘嚣走入民间,我才能寻找到我的方向。其实,作家的蜿蜒走势皆源于写作者的命运和定力。

生存的风险系数越来越大,人们对从前的怀想与追忆越发显著。

我常听到的一句话是:物质极大地丰富了人们的生活。我们习惯于猜想物质的丰富和生活水平的提高,两者之间的关系。物质丰富了,生活中应该什么都有,这是不是人们的真正需求?似乎又是两码事。

事关个人,关乎个人生活水平和个人归宿。健康已经成为人们的首选,缺失了自然山水和淳朴心灵,物质富有的城市简直是一无所有。因此，乡村，一再被我看得贵重。

那些绝世手艺赠给我一段历史，是那么生动，虽然屈服于生活，却充满人性地在世俗中开花结果。

每个写作者都有自己的生活经验可资使用，不一定是建立在当下的准在场，而是建立在自认为好的"过去"之上，用记忆中的经验寻找故事。对我而言，生命里如果出现一个心仪的朋友，那一定是在乡下，乡下人用"填充"来满足我缺憾的空间，大度地让我"抄袭"他们的人生。每个人都经历着社会变迁，从一套价值观到另一套价值观，社会不是一成不变的。回到从前肯定不可能，但是以一种什么样的形式回归？我选择写乡村，写故乡的好人和"疯子"，相比时间，他们是有重量的，人生故事透彻地穿越时间留存下来。

在这套文集即将面世的此刻，我写下这些文字，我感谢故乡的普通人，生活艰苦，但他们是乐生的，他们教会了我热爱。

感谢在我成长的道路上帮助过我的人，感谢上苍给了我写作天赋，感谢文字为我抵抗了自身的毁灭。

2024 年 8 月 6 日

目录

自序：乡村，一再被我看得贵重 / 1

立春 / 1

立冬 / 7

表弟、老家和羊 / 17

一个伟大而平凡的劳动者 / 24

一目千秋 / 35

村庄 / 51

两道柴门五眼窑 / 67

当一个人傍晚出去散步 / 70

难得文人不正经 / 73

缘，需要一颗善心来恩养 / 79

从一个铜铣开始 / 82

我是过客,不是归人 / 86

寂静之味 / 93

街巷深处 / 97

崂山,人类共处的天堂 / 101

十段时光里的新疆 / 109

天长日久 / 118

我几乎看不见流动 / 124

山下灯火 / 131

在寺庙的阳光下微笑 / 136

庄稼人的心念 / 140

有些事,暗影浮动 / 150

坟墓下的欢爱 / 153

炕是诱人老死的饵 / 160

家里的乡下男人 / 165

驴是兄弟 / 171

内窑黄昏 / 175

说书盲人 / 180

秋苗和石碾磙干大 / 183

痴情的小厌物和它的爷 / 187

猫叫春 / 193

好生活着 / 196

妈妈,领我去看河 / 200

一抹桃色腮红 / 205

银,令一切回忆 / 208

每一道岭都有一段历史 / 213

宛转峨眉马前死 / 218

流动的生命 / 224

黄铜小号 / 227

在城乡间漂泊 / 230

消逝了的时间 / 233

生命中那些好 / 236

大地是马的长旅 / 240

福来,福来,福来 / 243

鱼缸上烧制的瓷梅 / 250

香从臭中来 / 253

金莲 / 255

云鬟 / 258

石头兄弟 / 261

狂欢,是一场富贵的颜面 / 265

立　春

　　立春,一个动词,等待花开的声音。
　　那些丰腴是有背景的,不是脂粉气和俗尘气。万世百代,没有至情至性的人,谁能消受得了这般福分?一把落英缤纷,满地长长短短、叠叠摞摞,朝露前,心跳飞奔,春色无边,在与不在,兰花指一点,眉心间尽得一个"春"情无限。
　　那是一个工于女红的绣娘,端丽的仪容,多么地生动引人。风盈袖,好辰光,纤纤素手,谐语生花粲欲飞,能爱着、念着、想着、盼着的,都绣在了锦缎上。
　　红,美得极致,青白的天际,花开富贵。
　　意兴阑珊的艳,有谁明白"艳"是冷?
　　沁河岸边砥洎城的一处老宅子里,老屋中堂,阳光如金,无处不可照及。一张老照片,镶着长长的木框,还能看出那个女人前襟和袖筒上绣着鲜艳的花纹,裤管也用刺绣装饰着。"机织布"是深褐色的,与五彩刺绣搭配,显得雍容而稳重。
　　屋外有一棵很大的石榴树,榴花如火,树下放着一口老缸。当年是两头骆驼相夹从杭州回来的,就只为了讨好墙上照片里的女人。他们把女人从杭州驮来时,走了九九八十一天,驮着她的盘、碗、盏、碟儿,还有她喂锦鲤的鱼缸。
　　琴棋书画女人都懂,带着她的才艺来北方给一个男人填房。
　　我的心战栗了。
　　一份未知的心情等着她,爱是方向。

当年缸里养了锦鲤,光线柔和的午后,女人坐在树下,她有点倦了,午睡醒来的慵懒让她有点小颓废,绝难一遇的意境。依稀还能看到她的笑容,岁月深处一点都没有流逝。一张绣床,万水千山于她远了,山河岁月都在绣床上铺开,想一想,中华民族的花草性情都在女人手里绽放着哩。

旧时光里的美人,殊不知美人都是一只作茧自缚的蚕。

沁河流入阳城县境,明清时期潞泽的富庶之地砥洎城,藏过多少女子?多少女子在砥洎城里植物一样开花结果,却又实在是如动物般被圈养着?

砥洎城是用坩埚和砖石修筑的坚固城堡,四围环水。因明清时期这一带的沁河为洎水,愿望其城,似砥柱中流,砥洎城因此得名。

传说该城创建于明朝末年的社会动乱中,由时任京城大兴县知县、润城人杨朴修建,工程历时五年,于崇祯十一年(1638)告竣。"居住为本"是砥洎城的建筑风格。

我走进去的老宅子,它故去的主人姓张。单看那门窗、外廊、拱柱、封檐、瓦脊,便透出几分大气来。老宅的中堂里有清代数学家张敦仁书写的楠木雕刻双屏:"己所不欲,勿施于人;行有不得,反求诸己。"

我看这样一副联子,屋外的桃花开得正红。

我反复念着,声音里透着某种苍凉况味,尾音颤动,苍凉中又转出一份决绝。一个人用一生最后的感悟和生的快乐写下来,突然觉得该有一种什么样的故事发生过。

屋后不远处很大一座废弃的园子里堆放着破瓦烂砖,当地人告诉我,那是曾经杨家的后花园,传说中奇花异草不下百种。或者说杨家此时的老宅子已经易主张姓。那个女子从南方来时脑海里装着一池荷塘,荷在青白月影下让她的灵魂轻盈自在。

夏日黄昏,花苞上落下蜻蜓,调笑似的拂一下她耳边的细发,之后,就又重将身子吊在荷叶上了。是谁的琴音挑拨了一下?她觉得一股热流蔓延到了全身,她竟不回头地走回了她的绣床前。

守护后花园的人在夏天的一个夜晚收拾、看管奇花异草时,突然起风了,霎时雷鸣电闪,他来不及离开园子,在一棵梅树下,一道闪电之后来了雷,雷炸响的瞬间,他身上的衣裤翼状般飞起来。

第一时间里都知道看园子的人死了。下葬的前一天,雷雨之后风静天晴,他在炕上醒来的瞬间,看守他的人以为是诈尸。只见他奇迹般坐起来下炕,一身死人行头,微笑着走到后花园深处的凉台上弹拨他的古琴。他奇迹般地活了。

那个在绣床前绣花的女子满脸倦容地迎风而泣。

之后,每到雷雨之夜,看园子的人都要撑起油布伞在凉亭下面弹奏古琴,有时候月明之夜也弹。静谧在自然天籁中,喧哗在心灵幽巷里。女子每每听到那琴音便不能自持,仰望的瞬间,她脑海里重叠出与之有关的往昔,她掩饰得很好。

大野蕴藏了一湾映日照月的水潭,到底发生了什么?

后来的人不知道她的过去,只知道带她来北方的男人是宫廷里的大厨,买了杨姓人家的老屋。只有她自己知道在那个年代她选择了这片土地,之后,用一种方式转移了生之负荷。这张照片诱惑了我,或者与好奇有关。她留下来的绣花作品有衣、鞋、桌裙、肚兜、荷包,她用了各种绣法,破线绣、皱绣、打子绣、平绣、包梗绣,那不是北方普通乡下人绣得出来的。她绣品的所有花朵上水头很足。她用去了多少时光?我忽又想到她来自杭州,美好如天国的地方开满花朵。

据说她并没有终老,传说她几年后就跳水死了。

死时绣下两行字:宁做太平犬,不做乱世人。

生与死都只剩下了一张照片、一口缸、一叠老绣。

生死之间将柔情带走。她一定是死在秋天。古书上说,秋是刑官,它令草木凋零,万物变色。它从不怜惜憔悴和肃杀。

女红的歌谣是性情的。那个慵懒的日影下,院子里墙角旮旯的菊花浮现、重叠,这一切,被一所旧年的老屋包容。绣,是日子裂开的缝。人一生双手空空而来,在没有翻阅岁月之前,那些可能的故事,或风花雪月的,或惊心动魄的,那些未知的情节,吸引着你,一针一线,是多么宁静而又多么充满了骚动的生命才会铺排出如此上天入地的尘世花开啊!花朵隆重地盈满你的内心。饱满的岁月下,万紫千红盛开。

让我来想象:发黄的线装书,三寸金莲走过青砖地面,绣帕如雀飞起,荡起了廊檐下一树落花。而此时,一只黑猫慵懒地卧在你的双腿上,偶尔伸个懒腰,对视着。它伸长脖子,前爪伸出去在你的绣裙上抓出几个线头,你轻打了它的头,它起身弓出脊拖长腰一跃而走。之后,一切清寂、明亮,没有一点声音,所有的都遗失在了人间的边缘。

绣床是穿越岁月让你滋长依赖的灵物,是欢愉抖搂一窗的诗话,你周身缠绕着蚕茧的香气,你为绣好一朵美丽花瓣而睁大双眼,无论多么遥远,琴声带着你穿越一道又一道门,这个行走的过程其实是虚拟的,绣床上的花朵在婆娑的树荫下寂寞地伸出花骨朵,你捏着那根银针不动也不微笑。村庄以外的世界不断压迫你,看不见,摸不着,却繁华锦绣般向你紧逼过来。

立春,青山绿水图画般展开,有一种从江湖之远,迈向庙堂之高的激情。你一定看到了旺盛的生育,由女人繁衍了村庄。你不想做人生秋林中的青禾,成长和爱都是有梦想的,所有的梦想都春心萌动,你携带着欲的原始野性,在阡陌交错的时间深处,你落得心澄志明。

沃野千里,一个如此让人心动的词语。它让我向往,河汉纵横,灌木流影,村庄掩映。手环、耳环、钗簪、绣,旧时光对人的摧残是永无止境的啊,我却心甘情愿奔去。

村庄里的人告诉我,"文化大革命"时有人把她挖出来,看见她的棺木上涂了黑紫色的头漆,棺头画了两朵艳丽的大丽花。青春,一个不适宜死亡的季节,满目黄金,地气下抽,天空高远,万里澄明。只一刹那,阳光下的棺木上的老漆开始爆皮,棺材里的她只剩下一把骨头架子了。一个老死的人从不叫人悲凉,我想你时,你还年轻。清冽阳光之下,一团花朵被埋入泥土里,本想从此获得一种大安静大寂寞,可那安静和寂寞里有多少喧嚣啊!青苔吸附着人声,门窗暗开,我站在水边,这是一个人在时间中的倒影,俗常不在,记忆被田野抹去,满脑子只剩下你的美丽。

"世界的本质就在于它有一种味道。"真是这样的,因为它携有无所不在的繁华。

飞针走线,是一根简单却被纠缠得错综复杂的藤,于绸缎之上迂回,飞翔的只是一种名叫女红的东西;于天地之间,它是人类最后一扇盈满桃花春汛的窗户。

黄昏降临时分,屋外的树暗成墨色了,我似乎也寂寞得迈不动步,我把它们一一取出来,铺在地上。真好!什么是寂寞?寂寞是经得住煎熬的事。可能是时间、色彩、尘土、草木、琴音,也可能是大得无当小而不定的东西。

用月光把心灵上的尘埃擦洗得干干净净,满地绣片,一些前尘往事会在它们之上水一样晃动。寂寞已经成为我的一种背景和氛围,我无法不去亲近,我穿梭在它们中间,像鬼魂一样,抬头四下张望,我的姿态饱含柔情。银,亮于我的腕上,泛着青白的光,有一股渺远的寒意。夕阳中的远方已渐次模糊,而另一种精神之途的苍茫也流溢在望远的目光中不归。绣,于我有另一种诱惑。

寻常花草,日常物事,一些些逸出,一些些萌幽,一些些深情,花语心影,缱绻醉意。

绣是养眼的物事呀,养心,养情,养命中的俗事。

花瓣的质地,是用语言形容不来的。而它的鲜艳,我只好说它像花朵一样。

绣有夕阳的寂静之境。往事在回忆里,有什么心事搁在心里了呢?是童年吗?我还记得端阳,妈妈为我做的肚兜,一个香囊挂在上面,艾草味儿的香,如今妈妈已步入晚年。秋天了,光照的草地露珠烁烁。

沁河岸边老屋里的那女子和我说:"不要跟秋天说话,只看炕边、枕上、墙体吉祥的绣,有图必有意,有意必有吉祥。"

我说:"你还在世间吗?你看,好,是隔着旧时光的,它竟是华丽。"

此时,风从一个缝隙挤进来,抚摸绣光滑的、陈旧的肌理,还有,冰凉的内质和细腻的爱恋,像抚摸一段很遥远的时光。

旧物里的老绣,确切地说,壁上琳琅满目,红红绿绿连成一片,全都是曾经的春天。我无法忽略,当我把最美好的归结于上天,人间不可能有时,恰恰我们就活在人间。

面对春天盛开的花朵,风都不能够淡漠如水。

水流走的是人,抓不住人,抓一把绣,生点点苔痕的瘢,晕一颗玲珑剔透的心。人来了又去,留下的手艺或许是对死亡的另一种安慰。

立　冬

一、冬天是一个说闲话的日子

农家院墙上有一排铁钩,上面挂着犁、耙、锄、锹,一年的生计做完了,该挂锄了。庄稼人脸上像牲口卸下挽具似的浮着一层浅浅的轻松,农具挂起来时地收割干净了,阔亮的地面上有鸟起落,一阵风刮来,干黄的树叶唰唰地往下掉。

入冬,落叶、草屑连同所有轻飘的东西都被风刮得原地打转。

早晨和傍晚,落叶铺满了院子,还有街道,远处重峦叠嶂的山体恰似劈面而立的一幅巨大的水墨画屏,霜打过的红叶还挂在一些干枝梢上,怕冷的人已经裹上了冬装,袖住了手。

秋庄稼入仓,那些留在地里的秸秆和茬头堆积在地当央,火燃起来时,乌鸦在飘浮的灰烬中上下翻飞,它们在抢食最后一季逃飞的蠓虫儿。天气干爽得很,空气就像刚擦洗过的玻璃窗户,乌鸦的叫声,拨动了人敏感的神经,孩子们追逐着乌鸦,他们想把乌鸦驱赶往高处的山上。每个人手里都拿着一把长条竹竿,那些抢食的乌鸦在孩子们的驱赶下飞往远处。谁家的马打着响鼻,河岸上未成年的柳树是挽马的马桩,青草在入冬之前衰败,如一层脱落的马毛,马亅嚼着,不时抬头望着热闹的人群,马肚子里装了村庄人所有成长的故事,每个人的故事马想起来都觉得好笑。

要立冬了。一个知道季节的人牵着他的毛驴走在村庄弯月形的桥上,他要翻越山头去有煤的地方驮炭。冬天,雪就要来了。

村庄里的铁匠铺热闹了,家家户户提着农具往铁匠铺子里走,用了一年的农具需要轧钢蘸火。用麻绳串起来的农具被扔在铁匠铺的墙角,大锤小锤的击打声此起彼伏。取农具的人不走了,送农具的人也不走了,或蹲或坐,劣质香烟的气味在铁匠铺弥漫。轧好钢的锄头被扔进水盆里,一咕嘟热气浪起来。龇着牙的农人开始说秋天的事,秋天的丰收总是按年成来计算,雨多了涝,雨少了旱,不管啥年成,入冬就该歇息了。

冬天是一个说闲话的日子,冬天的闲话把历史都要揪出来晒两轮儿。

村庄里的土狗聚集在铁匠铺,狗打闹着,有公狗抬着没有重量的脚爪架在另一只母狗身上搭讪,追来追去的,按照自己的意愿去做事。周边围着的狗极骚情,个个都是情场老手的模样,而母狗极享受地接受它们暧昧的挑逗。铁匠铺里的人望着这些畜生,极有情意地笑。村庄里的闲话一下又拐到了另一件事上,说土地,说人吃地一生,地吃人一口,土地不动声色年复一年,还是老样子,人都几茬了。

生产队队长从门前走过,铁匠铺里的人喊了一嗓子:"立冬该唱一场戏了。"

队长站在铁匠铺门口眯着眼望门里:"谁说的立冬就该唱出戏?"有人答应说:"早几年唱过,自从你当了队长就不唱了,小官也得为民服务,对不?"一群人起哄说:"小队干部是国务院最低一级领导机构,怎么能说是小官呢?"生产队队长突然意犹未尽地在想什么,初冬的太阳再能巧也难把积累了一个夏天和一个秋天的茂盛抚平整了,铁匠铺里的人突然发现队长的脸上皱起了笑,听见他说:"咱就重拾庙会给老百姓唱回戏吧。"

快乐来得直截,所有铁匠铺里的人来不及回神,门口就只剩下空荡荡的阳光。

二、雷霆雨雪皆是恩情

暗夜里下了立冬前第一场雪,没有一丝一缕的风,下雪天真是安静。

透过玻璃窗格看外面,细碎的声音灌入耳膜,天光把人的目光迷幻得很虚,地上有些微的光,雪把村庄里的人心揪了起来。雪可是不能下得太大了,不然剧团进不了山,唱戏的事情就要泡汤了。

"好大的雪啊!"应了这一声喊,左邻右舍、家家户户接连不断哐哐当当把门打开,一时间便有了更多的惊叫和惋惜。一些人开始往大场上走,大场上有一座舞台,舞台前大雪纷飞。

"雪大了。"说话声比往日压得瓷实。

中国乡村,除了那些藏在沟里的山庄窝铺,"村"或"庄",几乎都修有戏台。因为"娱神"的缘故,村庄都有自己的庙会。民间一直把"神"看得很高,爱着、敬着、怕着、哄着。神不过是无数人的一个不言语,却"娱"得喜怒无常。神住在村庄的寺庙里,戏台大多建于寺庙神祠之内,多是坐南面北,对正殿而建,戏台下一般有高低不等的基座,以方便神平视观赏。神啊,离谁都很远,离谁都很近,和富贵贫穷都有着深刻的沉默关系。

神管不了天,天很有耐性,雪整整下了三天,雪已经铺絮得看不清万物。

队长站在舞台上说:"不是小队不舍得出钱,而是老天罢工了。"

雪看上去有一尺厚,村庄里的人眼巴巴地看着雪。雪住时,男人们急不可待地扛着笤帚来扫雪。雪很轻很软,扫起来不费力气。人们一边干活一边高高低低地说着话。从舞台上放眼望去,被雪覆盖后的重重叠叠的大山,白花花一片,天地一色。扫雪人身上似乎涨满了力气,雪屑在空中旋转飞舞着,不知哪个提议去扫山路,扫开山路就能唱戏了。山里人的鼻子、耳朵、脸蛋冻得通红通红,头发里冒着热气,看上去每个人的头顶都顶着一团白气,如同私属的神降临。

大人和孩子们疯子一样从村口开始往山外清路。不知谁裤口袋里装了一台袖珍收音机,黑壳,大小不过半手掌,收音机里播放着地方台,一开始播放的声音嘈杂不清,大家注意力就不集中于扫雪了,盯着收音机等,拧着就出来了地方戏。

有人破喉咙沙嗓子跟着吼:"清早起,堂鼓响,王朝马汉站两旁!"

吼戏人额头青筋暴突,脖子伸得很长,嗓音破得苍苍发毛。一个雪团子打过来,正好打在吼戏人的头上,扫雪人们乱作一团,有人觉得这样下去不是扫雪,而是打雪仗,建议分段扫。分配到山顶上的人二话不说,呼哧呼哧踩着雪走了。

晚夕时分,路上的雪净了,走回村庄的人们一个个都比往常生动鲜活。女人们端了簸箕拿了笤把领着娃娃们出门碾谷,路一开,就要唱戏了,几年不遇的好事,亲戚朋友都要来看戏了,碾米磨面,那是要炸麻花呀。

乡下的好,明清建筑高门大院是一个好,吼吵打逗、呼儿唤女声挑动屋脊也是一个好。有戏唱必然有集会,村庄的石板街道两旁搭满了棚子,卖饭的,卖菜的,卖农具的,卖杂货的,理发、刮脸、点痦子的,密实实排过去。出日头时,赶会的乡下人面孔绛酡,劳动人的双手满是纵横的纹理,吆喝声结实有力,像练过嗓子的演员,热闹掀翻了以往村庄的寂寞。

几年不见的冬日庙会像捻子一样被点燃了,热闹稠稠的,能把寂寞了大半年的村庄喝饱。

三、严肃在简单的民间是犯忌的

从小生活在村镇的那一代人，回忆起从前的日子来那是有许多说道在嘴边等着的。

每一个节气到来时都要先敬神。万物的本源，没有辽阔的土地，人们便会失去生存的根基。我们的上古神话有盘古化生万物，盘古以肌肉化成田土，用血液滋润大地，后来又出现了后土。乡民们开工动土时先要献土，土为"后土"。后土是谁？共工氏有子曰勾龙，为后土。因为共工氏统治天下时，他的儿子能够平治九州的土地。后土有凭尊贵和功劳享受庙宇的资本。乡民院子里的天地疙窑子由专门的工匠造就，大户人家都在自己正房的门脸前，有的在进大门处，建有石雕和砖雕样式。拜祭地神与拜祭天神是对应的，天地合称为"皇天后土"。

作为司农神的后土神，常和土地的出产物——五谷神，被合在一起祭祀。谷神最早祭祀的是"稷"。《风俗通义·祀典》说："稷者，五谷之长。"五谷众多不可遍祭，故立稷为代表。在交通不便的年代，人们对农作物的需求是一致的。敬神是护佑来年风调雨顺，看戏是农民与金钱无关的耳福和眼福。

台下人头攒动，是一张张凝神上望的脸；台上生旦净末丑，正演绎着一场场沧桑岁月的人生大戏。历史上可真有这样的事啊，那些千真万确的不同寻常，留得住生，留不住死，看戏的人开始为生欢呼雀跃，开始为死悲从中来。

一段哭腔唱得入心入骨疼，唱得好呀，戏到此时不是演了，是唱，是说演员的唱功，五音六律揪扯得人心战栗。一场接一场看，误了吃饭也不能误了看戏。戏在民间才具有一种生命的活性与通达,在庙堂,它永远只有表象审美的愉悦,而不能产生对生命本真的认知与省察。

此刻,台上关公手举大刀追杀华雄,从戏台上踩着锣鼓点一鼓作气地追到台下。

两位演员在观看的人群中穿梭,那时节,一个胸前挂着鼓,一个臂弯上挂着锣的乐队跟着他们,有一下没一下敲打着,关公追华雄绕场子边打边跑,一时又跑到了场子外的街道上。

有老者站在村街的路沿上,下巴颏儿一翘一翘,嘴张着笑不出声来,笑在肚子里乱窜,搞得他们压腰叠肚难为情。

一群大小娃娃跟在后头,走进村街,关公和华雄沿途随意抓取摊贩的瓜果,边吃边打,虽看得人几番心惊肉跳,如鲠在喉,却又几番眉舒目展,万险尽释。戏剧喜欢佳人越格,小生逾矩,关公和华雄偶有偷鸡摸狗,摊主反倒笑逐颜开地再扔一些吃食过去。娃娃们抢食关公和华雄丢弃在地的果实,抢到手的满面春风叫着喊着兴奋着追逐着。娃娃们横晃着膀子挤着缝隙站在演员前面,两张挂了油彩的脸齐齐对着娃娃们,吓唬他们:"要杀人啦!"娃娃们呼呼四散,敞亮的空地上,剧团把历史演得玩儿似的轻松。

敲锣敲鼓的,不时加重锣槌吼一声,此时打斗到了戏台下,跑得满头冒汗的关公和华雄重新登上戏台,关公大刀挥舞,斩下华雄首级。

民间剧团就像一个走街串巷、流动的表演群体,演员与观众融为一体,演出气氛高潮迭出。表演者和观看者相互追逐,村子有多大,戏台就有多大。

通看《三国志》(包括裴注),提及"华雄"这个名字的只有一处,出现在《三国志·吴书·孙破虏讨逆传》里,确切地说是在孙坚(破虏将军)的传里,只一句话:"坚复相收兵,合战于阳人,大破卓军,枭其都督华雄等。"说的是(梁东一战后)孙坚重整旗鼓,在阳人大败董卓军队,杀了董卓的都督华雄等人。显然,华雄是因为被孙坚的军队打败而被杀的,虽然具体是谁下的手不得而知,但绝对不可能是并不在孙坚军中的关羽,甚至极有可能真正的华雄终其一生也与关羽毫无瓜葛。

　　戏剧对历史的贡献最重要的一点是戏说。民间奔田地、奔日月、奔前程的普通人,能知道多少历史中的事情真相？看戏看热闹,热闹中那些非分之想,闭眼、睁眼、醒着、梦着,黄尘覆盖在村口大道上,一出戏明晃晃亮过来,历史中的真真假假对后来人没啥坏处,那就娱乐吧！涂脂抹粉,更换各种鲜亮的戏装,放开喉咙的歌唱和扭动肢体的耍弄,民间没有严肃,严肃在简单的民间是犯忌的。

　　谁见过这样的演出！无论过去还是现在,走至村口的人都要愣愣站站,步子里显出几分怀念,盼一个节气到来,一场戏开始,不光是人,鸡呀狗呀,都盼。

四、把寒冷的冬天过成一个温暖的期许

　　乡村的戏台经历了完整的嬗变过程,它是热闹的中心,于平淡平常之中系着撕心裂胆、揪肠挂肚的乡情。要说什么地方最能体现乡村的味道,肯定是戏台。只要唱戏了,生活就进入了最饱满最疯癫的时刻。很多人平常想不起来,在你就要忘掉的时候,一转身却和他在戏台下碰面了。天涯海角走远的家乡人,到了过会的节点上,再忙也要找一个借口,回乡看戏去。回乡看戏,啥时候念着了,心吊在腔子里都会咣咣响。

　　一场戏结束时,冬天真正开始了。

　　村庄成了灰麻雀的世界,它们把饥饿和焦躁嚷嚷得满世界都

知道。冬至将至,"交子"之时的"饺子"家家户户都要吃,这意味着冬天就要开始了。一九二九不出手,三九四九冰上走。北方的乡村在冬天像一场黑白电影,而在生活中交谈的人们,无异于在重复讲起从前每一个立冬时节不一样的戏班子,不一样的演员。乡下人对戏台真是太热爱了,每每忆起,那些核桃皮般的脸上总会漾出一片十八岁春光。女人们在冬天里看不得男人闲着,日常生活中会对他们施以一些小惩罚,女人们总喜欢制造一些生活的叽吵打闹,喜欢在冬天里交出眼眶中的泪水和胸腔里的埋怨。

柴烟延续着平常的日子,也描绘着特殊时光。

立冬过后,旺盛的日子一天胜似一天,一直进入了腊月。腊月里的灶间少有消停,杀猪、宰羊、磨豆腐,家家都忙乱得很。一个最大的节日在等着,那是一个样样儿不能落下并要精心准备的好日子:年。

傍近年根,你到北方的村庄里去闻吧,翻过山头便闻见了肉香。"紧锅粥漫锅肉",一锅肉从午后开始炖,一直炖到天色麻糊。不管孩子们多嘴馋多心急,大人们总是沉得住气,非要等那走外的人回来,非要等年三十晚才能吃那一口香。

人最大的本事就是把寒冷的冬天过成一个温暖的期许。

立冬是反映季节变化的二十四节气之一,我国古代将立冬分为三候:"初候,水始冰;二候,地始冻;三候,雉入大水为蜃。"蜃,蚌属。意思为立冬之后,北半球获得的太阳辐射量越来越少,由于此时地表夏半年贮存的热量还有一定的剩余,所以一般还不算太冷。

等数了九,北方的地是实冻了,村庄里的娃娃们就开始争抢着在河道里溜冰。有大人们在木板上缠绕了洋铁丝,没有木板坐骑的就从旧戏台上偷拆一块瓦片,厚瓦包着屁股蛋子从河道的高处溜下来,一河道奔逸绝尘的笑声。河道里有时候也会传来哭声,屁股下的瓦片碎了,支疼了屁股蛋子,那泪水不及时擦干就会冻成泪珠。泪珠流尽玉颜衰,时间就这样走着,不可回溯地走着。山水里的气脉和时光里的表情让人想起岁月的积累。一场戏把儿时的生活鲜亮地拉到眼前,会让人生出一种病,叫"思乡病"。

得了"思乡病"的人,面容一下子就会苍老许多。

五、立冬,一个季节的驿站

一个节气就是一个季节的驿站。

我反复回忆那个冬天的夜晚,我是那个冬天里舞台上的一个花旦,我甩着长长的水袖,我为我的故乡唱戏,为一个节气唱戏。

我的乡亲们从大地的深处缓缓走入,那样地不约而同,寒凉的空气里有尘屑擦着光照飞翔,暮色斑驳迷幻,一轮明月升到孩子们仰望的高度,远山肃穆,它凝聚着山外的声色犬马。一方戏台,一个腰肢纤细,头戴花冠,袭一件镶边水红绣花长裙,在戏台当中走台的女子吸引了山里人的眼眸。星光与夜鸟的鸣唱在彼此胸腔汹涌。那时间,我们觉得大地上的声音开始乱了,村口的老槐树黑黑地站在夜幕里,横杈上落着一层来看戏的乌鸦。

旧去了,走在灰秃秃的现在,辨不清蛛网密布的老庙内是否还有戏台在演戏,我站在现代文明的中央,四围尽是塌落的旧砖瓦,风物已是比不得昨日。上下八方,村庄都少了人烟,谁还记得老庙内的从前,谁还知道节气!一声老腔,突然在一个什么地方响起,如同放逐的囚徒——"咿呀!"丝丝寒凉,余音袅袅,拖拽得很长,很长。

那一嗓子的余音还缭绕着,我害怕一丝声息都会惊吓那些雕梁画栋上糟烂的木纹和色彩,有鸟扑着翅膀直刺天空,巨大的空间,看不见的风在剧烈地运动,羽毛落下来,风是一种力量。

村庄,青砖地面,几代农人走过的脚印重重叠叠、大大小小,生命存活于瞬间真实,有多少节气走过了？我们在时光推搡的路上,谁又能够忍受得了时光的驱赶和道路的驱赶呢?

节气证明着一个古老伦理的世界——一群普通人安身立命的世界观,这种伦理朴素、直观,推己及人,父母乡梓之恩便是天下百姓之恩。思乡病,是中国精神中最珍贵的一脉,古老乡村之生生不息靠的就是它的精英们的这点根本之思。

与故乡同在者有根,根是家国天下。

回忆构造了一个世界,在这个世界里,回忆者是主人,而节气,是乡愁。

立冬,是一个令人怵心的春梦的开始,也是一个关乎人心的美好转身。

表弟、老家和羊

一

春天,一场大雪阻挡了回城的路。也许归幸于天气,雪白的光华与沉静,我和表弟文军站在羊圈篱笆墙前,满圈的绵羊,因为我们的到来,羊们的眼睛直戳戳盯过来。它们的样子让我惊奇,此刻,假如有一只羊张嘴说话,一圈羊就会此起彼伏,那情景十分迷人。

民间滋生着各种性情可爱的生灵,比如羊,还有我的表弟文军。

表弟是唯一没有离开老家的人,不离开是因为离开老家羊群没有更好的落脚处。

表弟和羊相伴经年,朝夕相处,彼此熟悉对方的气息与温度,他们之间有一种局外人不理解的情愫,有友谊有爱有平等也有相互的感恩,甚至更多。表弟尽其知识储备,给他放牧过的每一只羊都取了名字。公绵羊在老家的方言中叫"圪羝",公山羊在方言中叫"骚胡"。圪羝类的取了"喜孩""必土"等,骚胡类的取了"喜民""山汉"等,母羊则一律亲切地喊"彩彩"。成串的羊名字是表弟一生中创作出的最经典的文学作品。有一阵子,我的小说中人物名字的来处就是表弟嘴里的羊名字。作品中从表弟那里借来的羊名字,没有一点"羊"态,每一张面容上都涂了一层柔丽,一副明眸皓齿的样子。文字中的他们一颦一笑,一蹙眉一眨眼,又都散发出一种令人惊叹的美仪"羊"态。

南宋爱国民族英雄文天祥曾撰写《咏羊》诗一首言志："出都不失成君义，跪乳能知报母情。"在汉字中，以羊为部首的或含有"羊"字的汉字有204个，除了"差"以外，祥、善、美、義(义)等，有203个都是褒义字或中性字，可见人们对羊是寄予美好向往的。

老家人说话土，表弟一口土话。从前外出读书人回乡说普通话是要被村庄里的人嘲讽的："走了几天，人就疙汰(忘本，故意拉开和乡村人的距离，显示格格不入的样子)了。"老家的土话有意思，叫山丘是"疙梁"，叫背心是"疙拉拉"，喊太阳是"饵篓"，拍胸腔是拍"疙廊"。太行山逶迤，山路崎岖，老祖宗世代肩挑背负种地打粮过日子，可日子过着变化就来了。

山外的变化冲撞从上个世纪末开始，很仪式化的日常四季，突然就成了农民过日子的累赘。"饵篓"落山，晚夕从水面褪去，月明降临，明天，开始叫人心慌意乱。尽管四季繁忙，只要有一个人走出去，那些站在山顶上眺望远处灯火的老家人不免会心跳加速，离开意味着再也回不来了，但是，一生奋斗，让你从心眼里觉得，以前种种，不过是今日的铺垫，上苍不会无缘无故打发一个人来到世上，现在看来，去山外谋出路才是做一个有用人的开始。

"人挪活，树挪死。"这是老祖宗留下来的一句话。

表弟不舍得离开老家，站在老家的"疙梁"上，穿着红色的"疙拉拉"，看着"饵篓"升起落下，"疙廊"里装满了不舍得离开老家的泪水。

眼看着道路延伸了希望，也带走了一切，最没想到的是羊决定了表弟的命运。

二

放羊不杀羊，是表弟做羊倌的原则。他总说和羊感情缠绵多年,一直都怀念陪伴羊一起成长的岁月,似乎在成长的过程中也吃透了羊的性格。可生活中发生了两件打动人心的事,表弟一个人站在山坡上还哭了两回,最后痛下决心不离开老家。

头年的母羊今年春天里被山外的羊倌买走了。十月,他出山去找人说个私事,在一座村庄的街道旁的面馆吃一碗面。那时天色大约已近黄昏,而黄昏是一天里最宁静的时刻,在没有食客到来的房间里,光线渐渐地暗淡了下去。表弟常年在山上吼羊,粗喉咙大嗓门,他带着响进门时让陈旧的漆皮或者胶合板家具一下子灵醒了。遇见同样想吃一碗面的乡民,两个人吵架似的说话。老家人说话没有繁文缛节,一边吃面,一边意味深长地说年景。一个说,一年时间短得比小孩的尿还短,觉得人一辈子都在折腾福分。一个又说,背阴坡上的寺庙今年秋口上塌了一个疙瘩(坑),有人偷走了庙柱下的柱础,离乡人不疼爱自己的老家了。

说这些话两个人心里都没有多少悲伤,很羡慕村庄里走远的人,去寻找更安乐更舒适的生存状态,也许是人一辈子的正经事儿。

门外街道上有一群羊走过,一只羊停在了饭店门口望着门里咩咩叫,一声紧一声。两个喧嚣的人正热乎着说话,赶羊人看见落下的羊返回撵羊,两个吃面人盯着门口的撵羊人觉得奇怪,门槛上咋探头探脑出一只羊圪脑(脑袋)?文军一下就看见了倚门叫着的羊,正是他去年转手卖出去的"彩彩"。文军龇着豁牙笑,抚摸着羊脑袋想哭,羊咩咩叫,"咩咩"是羊唯一的语言。

文军说:"还听得出我的声音来,我可是从来都没有记挂过你呀。""彩彩"被撵羊人撵走了。

原主人不给羊好命,羊还记挂着原来的主人。

养羊人有自己的地界,以山下沟为界,羊群在自己的地界内吃草。某一天,突然从对面的山头上跌跌撞撞走下来一只羊,走到文军放羊的山坡下,没入草丛不见了。表弟从山头慢条斯理地走近,看见一只羊卧在草丛中生育,母羊舔着湿漉漉的小羊羔,看见表弟走来,母羊叫着,站起来丢下小羊羔跌跌撞撞走了。这是自己去年卖了的"彩彩"呀!

母羊感恩从前的主人,丢下一只小羊羔走了。

表弟在黄土疙梁上难过了一阵子。羊不是宠物。宠物与人物相似,争宠。羊只知道羊倌放养它在阔大的疙梁上,土地接纳了母亲般的"饵篓"送来的阳光,一年四季,土地的呼吸,宛如母亲的呼吸,比山头更为辽阔,尽管土地似无声无息,然而却恩泽生灵,给生灵爱。梭罗在《散步》里说:"有如山间的空气会喂养灵魂,启发灵性。"

羊的行动,凭直觉爱人,不生仇恨。

表弟在疙梁上用手甩着泪蛋子,哭到最后想明白了:羊都知道恋主,自己为啥要离乡背井?

三

对老家的牵挂,也是对旧时过日子的牵挂,那里有血浓于水的亲情。新旧杂陈,轻重各异,如同儿时许下的"不分离"的诺言,生活的剧情向前展开,谁也猜不透多变的世相。

在老家,我见过母羊和小羊分圈的情景。母羊要出山了,小羊,如一个人的童年,不知脚下深浅,要留在羊圈。表弟挥舞着羊鞭,一下、两下,母亲开始往羊圈栅栏门方向走,小羊在鞭声中跌跌撞撞,找不到母亲,见任何一头羊从身边走过都认为是自己的亲娘"彩彩",用羊角顶撞母羊的可爱劲儿,那一瞬间,生活的剧情向前展开。

母羊们在羊鞭甩击中走往山腰,长长的羊群,荡起了黄尘。

又听表弟讲一只母羊死去,表弟用小羊的胞衣涂抹在其中一只母羊"彩彩"的身体上,血水淋漓,小羊跌跌撞撞寻着娘的味道认定。

娘的味道,前所未有的疼痛,勾勒、构建并呈现老家之所以为老家的光亮属性。

娘的味道就是老家啊!

灶间烟火兴旺,日子才会兴旺。余烟水汽不灭,日子才能一天好过一天。

城市的方向一直是老家人富足的梦想地儿,那么土地呢?大面积的土地开始闲置,人总是在万不得已的情形下才会想到土地。

乡民说:"我不想让土地闲着,土地闲了长草;我也不想让我闲着,人闲了难受。"

走外人呢?

出门人成了外乡人。

章太炎曾经感叹中国的国民性流转的多,持守的少。

人的坚守一再动摇,世相多变,性格中固执坚守是不是就是人的福气?

我在老家寻找乡俗俚语,老家话形象十足,没有规矩地乱开乱合的亲切感,成为我明亮或者幽暗的知识河道。

我坚信重返故乡是未来人的必然方向。看那二里三里高的疙梁上,晚夕挂在西天边,浮游的尘土托着一方酱紫,裹一身春风转身。

其实,作家的蜿蜒走势皆因为写作者的命运和定力。每个写作者都有自己的生活经验可资使用,不一定是建立在当下的准在场,而可能是建立在自认为是好的"过去"之上,用记忆中的经验寻找故事。对我而言,生命里如果出现一个心仪的朋友,那一定是在老家,老家人用"土话"满足了我对生活继续的喜悦心情。

四

记得有一年夏天我回老家,走到疙梁坡上,看见表弟躺在草皮上入睡,睡得很放肆,四仰八叉,"饵篓"在高处懒懒散散相拥,不亲近,也不躲闪,草皮上的鼾声此起彼伏。羊埋头吃草,鼾声逸出来的自在味道是整个乡村美好心灵的实录。一辈子没有睡过一张好床的表弟,在羊群的簇拥下睡得如此踏实。

想起童年时夏日的夜晚,院子里铺一领苇席,男人、女人、孩子们都坐在上面,月光明晃晃地当头照下来,就等于给梦找一个栖身之地。我听到了不远处的玉米地里,蛙鸣声弹着青玉米的叶子,明丽的月影朗照一切,白天出山的大人们把山外听来的事务力用农民文学家的口吻复述一遍,谁都怕上茅房(厕所)误了精彩的一段。小孩子们不敢大声喊叫,怕一不留神碰落了玉米的香气、青草的香气。月影下老窑花纹繁复的窗栏板,一棵树宽的门扇,紫铜的门环,铁葫芦锁,看着看着睡意来了,不等人散场就睡过去了,被大人喊醒时骨软心糊得恨不得睡死过去。

那样的睡眠,居住在城里的我再没有找到过。面对老家的从前和现在,我无法表达此刻的心情,现实时常会被选择,我从老家人的故事中获得创作源泉,表弟和羊群守着自然秩序,在老家,人们与所有有生命的灵物都以兄弟相称,一辈子各安天命,各从其类,但关键时刻总有灵性呈现。

生活本是一大堆细枝末节,有的枝节在寒来暑往的转换中永久地风干了,像寻常的小情小调、小伤小悲;有的枝节却四季青葱,永驻我们的心间,比如守护老家的表弟和羊群。羊性好群。合群,是羊的一个重要特性。"谁谓尔无羊,三百维群。"由此产生"群众"一词,作为草根的代言词,从《诗经》一直沿用至今。

每个人的生活中都会有感动的记忆,就我而言,感动过心灵的怎能忘怀,又焉能忘怀?纵然是一个小小的举动,或是一句温暖的话,或是一个会意的眼神,也无一不是人类高尚心性的自然外泄。我常常沉浸于对老家人、事的回忆中,被那些曾经的感动永恒地感动着。我知道是无数美好的感动,像火种一样点燃了我对这个世界的热忱和欲望。也正是有了这些人、这些事,我生活的天地才越发地绚烂明媚。

我选择写手艺人,写乡村,因为相比时间,他们是有重量的,他们的故事透彻地穿越时间留存下来,他们的坚守也许能够让我看见乡村的远方。

土得掉渣的老家话有水土流转深远的遗传,与紧张的生活和过多物质需求相比,老家话和老家人暗隐着某种幸福的从前。

当一个人常常被老家感动也常常能让老家人感动时,那无疑是人生一种最好的感觉,我尽力在找这样的感觉。

一个伟大而平凡的劳动者

一、劳动就是解放,斗争才有地位

申纪兰走了。在疫情还没有结束的 6 月的一个凌晨,也许山西人还没有想到失去她意味着什么,她的走已开始让平顺西沟村人异常难过。日子会一如既往朝前飞奔,历史并不常常在某个特定时刻让一切改变。但申纪兰是一个特例,也是历史必然。她一生在很多场合都以劳动者出现,共产党倡导的艰苦奋斗的精神,使申纪兰在平凡中书写传奇。

山西平顺地处太行山南端上党盆地的边缘地带,境内沟壑迂回,土地贫瘠,土薄石厚,水源奇缺,用平顺人千百年来感叹的悲歌形容:"淌流的河啊涌动的水,刮泥卷土到南北(河南、河北)。涝年处处遭洪灾,旱年百里寻饮水。"

1946 年,17 岁正值青春年华的申纪兰坐着花轿嫁到山西平顺沙底栈村。"手大脚大个儿大,是个劳动的好材料。"这是当时沙底栈村人对她的评价。

沙底栈村是被最早划到西沟管辖的村子,地处百里滩河边的一个面朝南的山脚,有 30 多户人家。西沟原来也是一个偏僻的小山村,自从全国著名劳模李顺达在西沟成立互助组,干出了实事,有了名声,西沟才壮大了起来。

新婚第二天,申纪兰随同丈夫张海良来到李顺达家要求参加季节性互助组。从部队请假回乡娶亲的丈夫假期短暂,申纪兰不想像别家的媳妇一样只是在家里干干家务。公公和婆婆身体不好,这个家不能没个劳力。当时的互助组实际上就是个"变工队",今天给你家干,明天给我家干,无论给谁家干,付出都不惜力气。

"劳动就是解放,斗争才有地位。"李顺达说。

可是,从前的西沟,要使妇女离开"三台"——锅台、炕台和碾台,走出"院门",实在是一件不容易的事情。在男人眼里,下地是男人的力气活,女人就是做做饭缝个衣,生个娃娃喂头猪。

1949年10月1日,中华人民共和国宣告成立。申纪兰组织妇女穿新衣、插红旗、扭秧歌,在平顺县聚会,欢庆新中国的成立和新社会的到来。这一天真是一个令人高兴激动的日子,以后再不会有没头没尾的苦日子了。

除了新中国的成立,还有一件震动西沟人的事。这年冬天,李顺达在北京见到了毛主席,还和毛主席握了手。

一个山里劳动的人从西沟走到了北京,这天真是人民的天呀!一想到这些,身上就有使不完劲儿的申纪兰决定动员妇女参加劳动,让更多的妇女走出家门。社会主义建设,不能没有妇女们的双手为国家添斤添两。

为了改变男人的看法,申纪兰让姐妹们与男人开展劳动竞赛。男人能蹚耙,女人也能蹚耙。申纪兰大胆向村里提出:男女一样的工分。通过劳动和斗争,申纪兰在太行山上扬起了男女"同工同酬"的大旗,成为新中国争取妇女解放的标志性人物之一。

1953年1月25日,《人民日报》刊发了长篇通讯《"劳动就是解放,斗争才有地位"》,申纪兰的事迹在全国引起热烈反响。在第一届全国人民代表大会上,男女同工同酬被写入《中华人民共和国宪法》。

1953年6月,申纪兰参加世界妇女大会。李顺达专门为她安排了一头骡子,她骑着骡子到长治,又从长治坐拉木炭的拖拉机到太谷,再倒一辆大卡车到了更大的城市太原。在太原旅馆住下的当晚,她第一次见到了电灯,她不知道怎么关,也不敢去摆弄,任它亮了一整夜。

申纪兰在北京终于见到了毛主席,握着毛主席温暖的手,感受到一股从未有过的暖流。她努力睁大眼睛想好好看看毛主席,但不争气的泪水洗刷得眼睛"甚也看不见"……

参加世界妇女大会,她有生以来第一次化了妆,穿着旗袍走出国门。有黑人女代表怀疑说,中国妇女的穿衣一定是外新里旧,讲究的只是脸面上的事。申纪兰让翻译告诉她,她的穿戴是里外新——她的态度是中国农民式的倔强态度。

1953年8月,申纪兰加入了中国共产党。她向党支部提议免去自己"军属代耕"的权利。这一年她做了88个劳动日,比上一年多了一倍。在她的带领下,全家共做劳动日228个,分到粮食4590斤,比1952年多390斤。

二、让农民富起来,是共产党的一项伟大任务

1954年,申纪兰被选为第一届全国人民代表大会代表。为了这次选举,她甚至不敢骑着毛驴去长治,害怕从平顺到长治的山路因崖高路陡毛驴出现闪失而不能参加神圣的选举。

25岁的申纪兰跟着毛驴走了7个小时才到长治,又从长治倒"班车"去太谷,再从太谷坐火车到太原,耗时几天才辗转到北京。

60多年过去了,申纪兰对自己首次当人大代表的情形记忆犹新:"甚准备也没有呀,我成了全国人大代表。我当个合作社副社长就很好了,还能当全国人大代表。激动呀,正是能瞌睡的年龄,可就是睡不着觉。第一次当代表,主要任务是选国家主席。这是

临走时西沟人千叮咛万嘱咐我的大事。西沟人说：'你可不敢含糊啊，一定要把毛主席选上。'"

这次，申纪兰下决心不哭，要好好看看毛主席，和毛主席说句话。她很勇敢地挤在人前和毛主席握了手，同样的情景，她哭得眼里尽是泪，嗓子也噎住了，一句话也说不成。

毛主席宣布大会开幕，全体代表都站起来鼓掌，掌声透出发自内心的激动，她认真地一字不漏地听毛主席讲话，她发现毛主席喜欢用"我们"二字。毛主席说："准备在几个五年计划之内，将我们现在这样一个经济上、文化上落后的国家，建设成为一个工业化的具有高度现代化程度的伟大的国家。""我们的事业是正义的。正义的事业是任何敌人也攻不破的。""领导我们事业的核心力量是中国共产党。指导我们思想的理论基础是马克思列宁主义。""我们有充分的信心，克服一切艰难困苦，将我国建设成为一个伟大的社会主义共和国。""我们正在做我们的前人从来没有做过的极其光荣伟大的事业。""全中国六万万人团结起来，为我们的共同事业而努力奋斗！""我们的伟大的祖国万岁！"

人代会结束后，申纪兰回到西沟村，全村人敲锣打鼓迎接她。她走在村民中间，身上被一千双眼睛盯着，她连路都不会走了，比做新娘子时坐花轿出嫁还要激动。

从参加第一届全国人民代表大会开始，她就认为：让农民富起来，是共产党的一项伟大任务。在她的带领下，这一年合作社48名妇女中有40人经常参加劳动，全年造林490亩，耢耙地100多亩，间苗180亩，锄苗152亩，割蒿20000多斤。

西沟村妇女让西沟的"半边天"红了中国。

正如后来民俗家、文化学者冯骥才所说："申大姐的成就，不仅仅是个人成就，她对我们民族有一个榜样的作用。任何一个国家，任何一个民族,任何一个地区,它的精神性的东西必须由人来做代表。比如说20世纪60年代,只要说到中国绘画艺术,那我们首先想到的肯定是齐白石。如果没有齐白石,那我们心里就觉得茫然。同理,只要说到中国京剧,我们就会想到梅兰芳。我们需要这样的榜样性、旗帜性人物。所以,申纪兰大姐使平顺,也使山西天下闻名。"

1956年夏,西沟村在一季里把旱、涝、风、雹都遇齐了。

先是旱。老天爷的眼睛不打瞌睡睁着,旱井见底,旱得人心焦。接着是涝。老天爷一闭眼就不睁了,雨下了20多天,下得沟满岸平,沟里的地荡然无存。李顺达到省里开会去了,抢险救灾的领导任务就落在了合作社副社长申纪兰身上。她带领全村的男劳力去保护沟岸上的地,用门板、席子堵决口。山上的羊让洪水卷了下来,她第一个跳进齐腰深的湍急的洪水里去救羊,她被闪电给打着了,幸好只是倒在地上,她认为自己完了,结果老天爷可怜她让她活过来,活过来又一天不敢消停地走在抢粮第一线。

旱涝刚消停下来,又刮了一场罕见的大风,把地里幸存的庄稼全刮倒了。她把全村男女老少凡能下地的都动员起来下地,硬是把250亩倒伏的庄稼一株一株地扶了起来。

刚过了两天,老天又下了一场冰雹,把好不容易扶起的庄稼几乎又全砸趴在了地上,叶子也砸没了,一个个都成了"独秆司令"……农民苦啊,老天都不知道疼劳苦人。丢了夏,她组织社员抢播抢种小秋作物。要想让秋作物长得快、产量高,就得多投工、多施肥。她带领妇女上山拾羊粪。比红豆还小的羊粪蛋儿,要拾一袋还真是不容易。早出晚归跟着羊走,半个月时间,西沟村男女老少竟拾回了200多担羊粪。

人世间各种责任都可以分担或转让,唯有全国人大代表的责任,只能由她自己承担,一丝一毫都不能依靠别人。她唯一的报答是下死力气带头劳动。

三、不是西沟离不开我,而是我离不开西沟

申纪兰在实践中体会到,不能离开农村,离开农村就无法知道农民的疾苦,不知道农民的疾苦就不可能代表农民说话,自己这一生和土地关联在一起的是共产党给予的最高声望:全国人大代表。她很珍惜这个声望,她很清醒地知道是西沟劳动人共同的劳动让她获得了这个声望。

很多人愿意脱离农门,把农民身份转换成干部或城里人,但在申纪兰看来,她不能离开西沟;假如她离开西沟,那些和她一起劳动的人会用一种什么样的眼光看她?20世纪60年代,为了解决大田的抗旱问题,西沟人在地里打旱井,想办法蓄住天上水。旱井有三米多深,口小肚大。

5月的一天,最后一眼旱井已经成型,只需要完成最后一道"定井"的工序。定井,是用锤子把井壁和井底一锤挨一锤地锤实一遍,以防渗水。东峪沟约20岁的民兵排长常满仓拽住绳子下了井,开始定井。和他一起定井的还有一位18岁的姑娘,叫侯爱景,他们是一对恋人。进行定井时,爱景猛听满仓说了声"不对",她扭头间,井壁滑塌了。她被气浪一下扑倒,土埋住了她半个身子。

井上的人下来拽她,拽不动,又赶紧刨了几锨,才把她拽出来。大伙儿刚把爱景弄到井上,井壁又两次滑塌,这就再也没有机会把被土埋着的满仓活着拽出来。二十啷当的小伙子连婚姻还没有经历就死了。他的死不是因为自己,是因为集体,因为老天赏给人间的那一口活命的水。

申纪兰一想起这些和她一起劳作的人,就不忍心离开西沟。

西沟村聋哑人羊倌张根则没儿没女,一直为集体放羊。后来,他生病了,申纪兰常送药送饭。羊倌死后,申纪兰把丧事揽了过来,从给他剃头净脸、穿衣,到买棺材、打墓,都一手操办。送葬那天,天下着大雨,她让西沟村党员送他下葬,她把绳子拴到抬架上,走在最前面:"给集体放了一辈子羊,一辈子没说过一句话,一辈子也没成个家,他下葬,西沟村的共产党员该给他一次体面啊!"

怕什么什么就来了。1973年的一天,她正在地里劳动,县委组织部一名干部找到地里,把一个印着"中共山西省委组织部"的大信封交给她,信封里装着一张通知,要她去任山西省妇女联合会筹备委员会主任。

这是让她离开西沟去太原工作,她决定守在西沟不去。

县党委开了个座谈会,说:"省委下调令了,你经常说听党话,为甚调令来了你不走?"

她收拾好行李,乡亲们送她到村口,她回头望西沟,西沟一千双眼睛再一次望着她,不是迎接她归来,是目送她离去,她的心口空井一样,喉咙眼里吊着一疙瘩铁秤砣。

省妇联主任办公室已为她准备好,她坐在里面不知道干甚。每天打开办公室门走进去,就像走错了地方,一天吃不好也睡不好,心里老担着事,其实是想西沟。

上班第一件事她就打扫办公室卫生,先打扫了自己的,再打扫公共的,然后把所有暖瓶都灌满开水。在机关食堂吃饭,别人吃完饭一推碗就走了,她就留下来帮着炊事员洗锅刷碗。

两个月后,西沟的张章存来太原出席第六届团代会,来妇联看她。

看到她第一眼就吓了一跳:"纪兰,你得了啥病?"

"没有呀。"

张章存说:"你看你脸肿得像发面馍馍,手也肿了二指厚,得病了都不知道,你不照镜子?"

从来不咋照镜子的她发现自己全身都浮肿了。她真是没有啥病,是不习惯机关,是不让下地动弹闲出来的病。

省委组织部找她谈,既然当了妇联主席就得转户口,从现在开始你就是公家人了。她有些激动,想哭。她说:"我的户口在西沟,我的级别是农民。我是太阳底下晒出来的,不是办公室里坐出来的。这里已有这么多干部,我不想再添人,给国家增加负担了。你们非要叫我坐办公室,看,把我也弄病了。妇联主任病了,妇联工作也就弄塌了。"

她哭着向省委提出六个要求:不转户口、不定级别、不拿工资、不要住房、不调工作关系、不脱离农村。

听说申纪兰辞职回来了,大半个村的人都跑来看她,大大小小的眼睛盯着她,她有些羞涩地解释:"我这一辈子就像钉子一样钉在西沟了,你们别笑话我,不是西沟离不开我,而是我离不开西沟。"

四、群众不富我先富,不是人民代表

早在1983年,申纪兰在省里开劳模会时,就与冶金部的一位工程师见面说了西沟办企业的事。工程师建议上一个铁合金厂。这个项目周期短、见效快、工艺简单,适合西沟干。只要把炉建起来,就可以生产铁合金,也可以生产单晶硅、硅钙合金、硅铝合金等产品,换换原料就行,就像咱家炒菜,有了铛子,能炒肉,也能炒豆腐。

申纪兰和西沟村干部们商量了一下,觉得这个项目可以上,但得投资上百万元,钱是个大问题。

她带着请示报告、带着干粮去省里找钱。报告是用钢板刻好油印的,一份四页。这年 9 月,省计委批文下来,投资指标也到了县财政,西沟铁合金厂 1800KVA 一号炉正式开工建设。

铁合金厂一年为西沟带来了 88 万元的利润,这是当初想也没敢想的。把这一项加进去,西沟的人均收入首次突破了 500 元。这时南方来了一个推销员推销铜线,铁厂正好需要铜线。推销员说:"你要我铜线,第一笔我就给你 30%的回扣。"

申纪兰说:"铁合金厂是我们自己的,你把回扣的价钱降下来就成。"他说:"你怎么就死脑子?现在兴这个。"

申纪兰说:"他们兴,我不兴,我是共产党员。金钱像水一样,缺了它会渴死,贪图它会淹死,拿回扣是对一个劳动人的羞辱。"

要说分开公和私、分开大和小,那就是,大是集体,小是自己,她拎得清。就在西沟人准备大干一番时,铁合金厂因为污染被环保部门下令关停。西沟几乎每户都有劳动力在铁合金厂工作,关停动的是西沟人的利益。申纪兰明白,西沟也不能违背国家政策和法律。她说:"拆除铁合金厂也是为了治理污染,咱西沟人就要听党话、跟党走,大是大非面前决不犹豫。"

在西沟老百姓的哭声中申纪兰亲自为铁合金厂贴上封条。

西沟后来陆续建起了香菇大棚,还引进了光伏发电和服饰床品。申纪兰在 89 岁高龄时还站在广场上为"纪兰生榨沙棘露"做宣传,她希望饮料厂能够让西沟的百姓有所收益。

2004 年,第十届全国人大第二次会议召开前,她准备了议案:反映"三农"问题,建议解决农民关心的事;建议整治黑网吧,让整天流连于网吧的孩子们回到学校去。

围绕农村越来越多的土地纠纷,她递交了保护土地的议案。中国人这样多,土地可是命根子。没有地种庄稼,大家得喝西北风。现在,土地说占就占了。不知道保护土地,就知道占地盖房:

农民占地,干部占地,国家也占地。她在保护耕地的议案中写道:建设新农村不能光占地,一味盖新房,太浪费。一句话,社会主义新农村建设,不能侵占耕地。

仅从第八届全国人大第一次会议到今年召开的第十三届全国人大第三次会议期间,27年的时间,她向全国人大递交了490余件议案,个人领写80余件,她的议案始终情系农民、农业、农村。她说:"我的户口在农村,我的单位在西沟,我的身份是党员,我的级别是农民。""人大代表,是一条反映问题的渠道。群众不富我先富,不是人民代表。"

2019年秋天,90岁高龄的申纪兰还自己扛着锄头下地,"还种了几分口粮地"。除了保持农民本色,种地打粮,她是为了知道农作物收成,"我种了地,就知道老百姓收得上收不上,我要够吃,他们就应该够吃。我不够吃,就得告诉国家农民的日子难过了"。

她是一名共产党员,党员的使命让她知道,群众的心思加起来,才是她自己该做的事。

2019年9月29日上午10时,在北京人民大会堂,当《向祖国致敬》雄壮的乐曲响起,申纪兰踏着激昂的旋律第一个走上领奖台,中共中央总书记、国家主席、中央军委主席习近平亲自为其颁授"共和国勋章"。这一刻,90岁高龄的老劳模申纪兰是共和国最耀眼的星。

2019年秋收,申纪兰照旧拿着镰刀下地。有人隔着地角喊:"申大姐,收割玉米呀?"她高兴地说:"收割玉米!"

2020年春天,她在疫情中最后一次种下玉米,拿出1万元捐助武汉。

2020年全国两会期间,申纪兰因身体不适被送往医院治疗,未能亲临会场参加闭幕式。5月28日下午,申纪兰早早换下病号服,穿上白衬衫、黑西装，佩戴好代表证，在病床上等着会议开始。

6月27日凌晨4点，病床上的申纪兰将西沟村党总支书记郭雪岗叫到身边，交谈了一个多小时。"好好干吧，我不行啦。记住要艰苦奋斗，勤俭节约，一分钱掰成两半花，节省得多了也能办个事。"

6月27日上午，我去长治市医院探望她，隔着玻璃窗，我不能走近。长治市医院党委书记李俊说："老人家住院后，吩咐身边人员在医院就餐一定要交费，医疗费要花她自己的钱。她的头脑清醒，对所有探望人说：'面对面再感谢你啊！'"

2020年6月28日凌晨1时31分，申纪兰走了。

6月30日，这一天聚集在长治殡仪馆送别申纪兰的普通群众一眼望不到尽头。她一生所获的荣誉都与土地和劳动有关，她见证了一个国家的发展和崛起。她的离去让喜爱她的百姓哭成泪人。

一目千秋

戏在民间,让历史有一种动感。

大幕二幕层层开来,开,好端端的历史开合在人间戏台上。乡间的风花雪月都是在台上和台下的,台上的行事带风,一言一行一招一式,都程式化。

"上场舞刀弄枪;张口咬文嚼字。"

"台上笑台下笑台上台下笑惹笑;看古人看今人看古看今人看人。"

戏台子在夜晚逗历史开心,都知道是假的,可生活就是偏偏喜欢假,不管理由是什么,假让人联想到掩饰技巧的日臻成熟。

戏剧是人唯一用来对抗真实的工具,并得到大多数人的认可。人的感官和精神之间存在某个桥梁,有时达到神化的程度,并暗含了江山的分离和愈合。

中国,有多少村庄就有多少戏台。

秋罢,粮食丰收了,一台戏水到渠成。台下那些脸庞隐现,台上锣鼓家伙猛一响,台下黑乎乎清一色核桃皮般的脸上,会漾开一片儿十八岁的春光。

一、中国是世界上造神最多的国家

戏台,是一个村庄最重要的场所,在寺庙,在村子里,很显赫地坐在视线的高处,与四周简陋的房屋形成鲜明对比,是与日常重复的劳动生活分开的区域,有许多激动人心的时光。

纵观戏曲的发展史,戏台总是与戏曲的产生和发展同步。

戏曲萌生之前,尚为歌舞伎乐表演,这种表演只是划一块地方。山西晋东南人叫"打地圪圈"。

摞地为场,有天性活跃的人在场地中央手舞足蹈。后来出现了露台,把艺人抬高。有史记载,这种舞台始于汉,普及于宋,到11世纪的北宋中叶,在北方的农村庙宇内开始出现了专供乐伎与供奉之用的建筑——舞亭。

舞亭的消失与舞台的出现有关,大众化给戏曲艺术走向成熟提供了适宜的土壤。

一天中最值得记忆的深刻是从早晨开始的。

一年中最值得记忆的喜庆是从秋收后的锣鼓家伙开始的。

中国是世界上造神最多的国家,有伏羲、女娲、炎帝、舜帝、汤王、关帝、城隍、玉皇等诸多国家级本庙,更有二仙、崔府君、马仙姑、张宗祠等诸多的地域庙宇。

人敬畏神,神不言而恒永。

一座戏台的出现可以让村庄的天空改变分量,连贫穷也像绸缎一样富足无比。

戏台是村庄伸出的手臂,向神表示敬意,是人借着敬神对自己的暧昧。倘若村庄里没有戏台,"不惟戏无以演,神无以奉,为一村之羞也"。凡是村庄的神庙必有戏台,甚至戏台都能与庙宇的主殿相媲美。戏台是主庙之后最华丽的建筑。

我始终不能忘记,阳光总是很妖艳地照在戏台上,人们将历史搁置到高处,开始娱乐历史,享乐历史。于是就有各路英雄死在舞台上,死在锣鼓家伙里,看他们的人生曲曲折折,既熟悉又陌生,坐着、说笑着看历史,笑戏台上的人一生都使的是啥力气,过的是啥日子,心里受的是啥委屈,担的是啥惊慌。

看的人傻了,演的人疯了。当热闹、张扬、放肆、喧哗牢牢地挂在台上台下人的脸上时,神这时候也变得人性化了,神明白自己是人世间最人性的神,是人在操控着神的心力。

山里人对戏台真是太热爱了,他们把唱戏看作村庄的脸面、村庄的荣光。一年能开上两台戏,村庄里的人外出走动都得挺起胸脯仰着脸。

戏台,拢着几千年中国的影子。

从前的四方步,伴着梆子板眼敲打的节奏,彩面妆穿行在写实与象征的两重世界。人生如果是一场梦,演员演到极致便回到了自己的前世,前世演过跌宕起伏的大戏,今生却不知依旧是戏在演绎自己。

舞台上萧何月下追韩信,为何要义无反顾?为何?刘邦说:"母死不能葬,乃无能也;寄居长亭,乞食漂母,乃无耻也;受辱胯下,一市皆笑,乃无勇也;仕楚三年,官止执戟,乃无用也!"

有谁知?追来的人到最后落下一段唱:"到如今一统山河富贵安享,人头会把我诓,前功尽弃被困在未央,这才是敌国破谋臣亡,狡兔死走狗烹,飞鸟尽良弓藏!"

人生苦哇,若干年后,江苏淮安推出"漂母杯"文化大奖。如若不是韩信,谁能知道那个无名氏"漂母"?

天下事:"演朝野奇闻兴废输赢可鉴,唱古今人物是非曲直当资。"

我看见过山西省万荣县孤山脚下北宋石碑,碑上记录着民间集资建造的中国最早的戏曲舞台。北宋叫"舞亭""乐楼",大都市汴京还被称作"勾栏""瓦舍""乐棚"。

山西翼城也有两座元代戏台,戏台上唱不尽晋国历史的喜怒哀乐。

中国现存的12座元代戏台都在山西,其中临汾市有5座,2座在翼城。翼城现存的元明清戏台就有65座,是文化之中心。山西古戏台号称中国古建、北方戏曲的"活的历史"。

乔泽庙戏台是为祭祀晋国大夫栾成而建。时年曲沃伐翼,栾成战败被俘,铁骨铮铮,宁死不屈。春秋追授其将军,宋代敕封其水神乔泽。先有乔泽后有舞楼,前瞻栾成大义凛然,后续戏台源远流长。

宋金时期,除了专门用于神仙仪典的祭台和献台以外,普遍出现了专门用于乐舞戏曲表演的乐台、舞亭和戏楼。殿前的广场上,设置两座露天的方台,一座是摆设供品的献台,一座是用于乐舞戏曲表演的露台,当时在露天舞台上表演的乐舞戏曲演员叫作"露台弟子"。

露台的出现意味着乐舞演出与食品供奉的分工,乐舞摆戏表演作为精神文化需要在庙会中越来越显得重要。金元之交,戏曲在乐舞摆戏的摇篮里脱颖而出。庙会期间,除了社火以外,人们更喜欢雇请专业的戏班。露台和舞亭逐渐演变为殿阁的形式,戏楼和神庙之间又留出了开阔的观众场地。

自从杂剧出现之后,戏楼跟戏曲之间有一个互相适应、互相磨合的过程。从古戏台的形式上看,有歇山顶,有单檐歇山顶,还有重檐歇山顶,还有十字歇山顶。特别是金元戏台,作为建筑的一种遗存,除了演戏之外,戏楼本身又是一个综合的艺术品,有雕梁画栋、琉璃、砖雕、木雕,还有石雕镶嵌的戏楼。

"六七步九州四海,三五人万马千军。"

四个龙套,一个主将,舞台上转一个圈就一下从长安北上进入了雁门关外。

到宋金元时期,从"惟有露台阙焉""既有舞基,自来不曾兴盖"

等神庙碑文所记来看,露台或舞亭已经成为当时许多神庙必备的建筑之一。舞台在不断扩建中一点一点消失,消失在人扩大的欲望下。

清时,戏台最活跃是为了春秋二祭:春种时祷告许愿,祈神降雨,盼望春耕顺利;秋祭时杀猪献五谷,请戏班子唱大戏。

神庙大都坐北朝南,正中间叫正殿,正殿代表着一个礼的概念,要在那儿举行仪式;对面的戏台,则代表着乐的概念。古老的礼乐,礼以兴之,乐以成之。礼乐不是一种技艺,不靠任何训练,而是一切,是一个人从生到死与自己苦难相关的敬畏。

走上戏台,我惊讶地发现,一些恍若锣鼓的家伙,一派高亢的梆子腔,都被封在它的木板和廊柱的木纹里了,一起风,咿呀呀似有回放。

二、移民把戏剧带到流入地

出门人成了外乡人。

山西历史上有过6次大移民,据史载,明初从山西迁民,不管老百姓家在何府何州何县,都要先集中到洪洞县广济寺。

明政府在广济寺为移民登记,"发给凭照、川资",而后再由此处编队迁送。

生存是漂浮在水上的一块薄冰,据说当时是按照"四家之口留一、六家之口留二、八家之口留三"的比例从山西向全国各地迁移。

此时的离家,一切障碍物都荡然无存,悲剧不仅仅在于它的结果,还在于它的过程,远方锯齿一样锯割着离乡人的心。

当时,负责迁移的官员下令:"如在限定时日内抵大槐树下报备,可以不迁。若未到者,全部迁移。"立时各地百姓携家带口齐聚于大槐树下,却被官兵绳索捆缚,一连串连接起来强行迁移了。

渐行渐远,只看得见冬日广济寺前"树身数围,荫遮数亩"的大槐树上,错落其上的老鹳窝。

"问我故乡在何处?山西洪洞大槐树。祖先故居叫什么?大槐树下老鹳窝。"

没有在既定日期抵达洪洞的,得知这一消息后,奔走相告:"去了洪洞就被骗,好人不在洪洞县!"

看戏的人一定记得《苏三起解》,起解,也就是押解的意思。明代小说家冯梦龙据此写的《玉堂春落难逢夫》被收入《警世通言》,流传后世。不过,戏曲小说中的结局,都会是正能量,让冤情得到昭雪。

这出戏很经典了,三堂会审,风趣幽默,常使人会心一笑。

剧中苏三受审那场戏中,潘必正问:"鸨儿买你七岁,你在院里住了几载?"苏三答:"老爷,院中住了九春。"刘金龙问:"七九一十六岁,可以开得怀了,头一个开怀的是哪一个?"苏三答:"是那王……啊郎……"

苏三那兰花指一跷,那些花荫月影下,照他孤零,照奴孤零,轻弹浅唱,奴给你的温柔就全部泅出来了。

离乡人那此起彼伏的心情,为了打破苦难,娱乐吧。大概真是上天之旨,无论人情还是地理,一方人又养了一方水土。

移民不惮万里跋涉、离乡背井、身处异地,面对与出生地区迥异的方言、风俗习惯,在精神上急需一种文化的归属感和认同感。

"家乡戏"作为当时非常重要的一种文化娱乐活动,自然也被带到了迁徙地。

如蒲州梆子在明成化年间流播于河南卢氏县。《卢氏民俗志》在谈到境内居民的来源时说:"历代兵乱之后,直接或者间接迁来的移民后代。如元、明来自山西洪洞的,有口皆碑;历代工商业和手工业者,从四面八方流入的……"

"黄河水绕着准格尔流,她是蒙汉人民的结亲酒;草原上挑马一搭搭高,蒙汉人民最相好。"

在"中国民间艺术(漫瀚调)之乡"准格尔旗(以下简称"准旗"),不分城镇、乡村,本地人几乎个个能甩开嗓子唱上几句。

清嘉庆、道光时期一度对蒙旗实行"借地养民"政策,使大量汉族移民流入准旗,形成了蒙汉杂居、农牧兼营的局面。移入汉民不但促进了农业经济的发展,同时也促使蒙汉旗之间进行文化艺术交流,准旗的漫瀚调便由此而产生。

阴山南麓的呼和浩特市土默特左旗,地处农牧交错地带,走西口增进了中原腹地与北方草原的文化交流,曾流行于山西等地的二人台在这里扎根、成长。

取自民间的说唱艺术,同样遵循艺术自身的发展规律。大多数人,即通常所说的老百姓,作为创作的主体和接受的主体,在一个历史阶段的社会行为和审美取向,直接决定了戏剧的存亡和发展。

社会的不安定,成为戏剧得以在夹缝中成长的机遇。

"音随地改",外乡人生根落地,随着日子流逝,逐步形成了具有地方韵味的杂交戏剧。

移民不仅是普通老百姓,更多的是工商业和手工业者。一旦站稳脚跟,有钱人便开始修建家乡会馆。会馆是寓居一地同籍人士的会聚之所,是同乡人复制乡井氛围的一种组织。会馆主要有行业会馆和移民会馆两大类。

对于一般移民来说,移民会馆是他们联络乡谊、共祀乡土的神灵和乡贤、从事娱乐活动的重要场所,会馆重要的文化活动就是唱戏。

星光与夜鸟的鸣唱在彼此胸腔汹涌。那时间,出门人觉得大地上的声音开始乱了,望着乡音乡戏,看着老树横杈上落着一层来看戏的乌鸦,那眼泪是一次一次滴落在胸口。

三、拿最旧的故事打动最新的人

小时候,家里喂养了一头母猪,生了一窝小猪,不知何故不愿意喂猪娃子奶,我爸用自己做下的二胡在猪圈墙上凉腔走调边拉边唱,地上站着黄狗,弦乐扯开,狗脖子竖着捋直嗓子叫,也是不能发出正经音调。我爸拉了一段梆子戏哭腔,并配了唱,那声音灌满了整个村庄,悲凉、凄苦、不舍、求饶。

> 想当年那辽邦设下虎口
> 你弟兄去赴会大战幽州
> 你兄长一个个命丧敌手
> 不成功便成仁壮烈千秋
> 唯有你小畜生投降萧后
> 配了她桃花女得意悠悠

我爸捏着嗓子唱完收住弓,发现母猪主动靠墙躺下叫猪娃子吃奶。

人养一个定乾坤,猪养一窝拱墙根。猪是家庭中最没出息的家畜,也懂得人间悲凉。父亲认定是自己唱出了戏剧的特质并因此感动了母猪。

母亲认为,母猪与其听父亲尖声浪气唱不如喂猪娃子奶。

最狠的打击莫过如此。

那时的我还未曾蒙学,受炕墙画的熏陶,也知道几出老戏。比如《桃园结义》《三顾茅庐》《苏武牧羊》《梁山伯与祝英台》,窑炕上因了炕墙画,有一股心境里说不出的勃勃生机。

在乡间,会画炕墙画的油匠很吃香,谁家没有两铺炕呢？炕墙画的艺术形式,是壁画、建筑彩绘、年画的复合体。躺在炕上脸朝炕墙,看那月光下的美好,常常会觉得自己要融化进戏里了,整个夜晚的世界会在入睡前忘记贫穷。

二十世纪九十年代末期我有过一本画册《传统戏剧故事人物画》,是用于画炕墙画的。其中有一张画的是《苏武牧羊图》。画中的苏武满脸愁苦,站在贝加尔湖边,向南而望。飞雪如鹅毛般飞舞,寒气如命运中戕害他的利刃正威逼而来。

水墨重彩下有字写在画的左上方:"塞外牧羊十九年,汉朝苏武大英贤。不服番邦总归汉,功臣阁上姓名传。"

长髯、节杖,以及他单薄的黑色斗篷,这些都让我看到了一个汉使的忠贞和尊严。

能够演好苏武的演员不多,演员不仅靠韧长有力、极富感染力的唱功,还要有一股子文学情怀。

我们这个民族,在国难当头或国民精神萎靡时,总有文化人要以戏曲舞台上的人物做榜样,寓教于乐,从而传递出民族精神高度。苏武活在孤独和希望中,对忠贞不贰的价值捍卫,艰难到了自己来证明自己的地步。

拿最旧的故事打动最新的人,一直是戏曲的真谛。

历史是不可改造的,唯一敢改造历史的是戏。

十九年,时间是可怕的,死亡的气息离苏武那么近,这不是他最怕的,他最怕的是精神上的孤独和骄傲,他无法和这个世界交流,整个时代都找不到值得对话的人。

历史上的乱世英雄,都是来历不明的飞贼,都是由戏剧演绎出来的。

《林冲夜奔》一出戏养活了多少后来人。林冲身为"八十万禁军教头",一夜之间被高俅以莫须有的罪名,褫夺了一切——功名利禄,妻子家庭;一夜之间不仅变成了赤贫的无产者,而且被脊杖、枷钉、刺颊,流放两千里外的沧州,看守天王堂和草料场。

昔为天上,今入炼狱,前后反差之大,想必林冲感慨切肤。但是即使如此,林冲也并没有"反"的愿望,而是安于命运,只求存活。直到陆虞候等人要害他性命,林冲才奋起反抗,杀人逃亡,最终被逼上梁山。

戏剧总是叫一个人的命运雪上加霜。如果没有风雪,茅草屋就不会倒塌,林冲也就不会上山神庙,就不会遇到陆谦,就不会知道他们的阴谋。林冲说"千里投名,万里投生"。

由《林冲夜奔》衍生出后来的画作,大都是画林冲一肩长枪,一身罩袍满纸雪白,似乎因"那雪下得正紧",显得林冲有些怯懦,造型清秀多于凶猛。实际上施耐庵笔下的林冲,豹头环眼,持丈八矛,应该是一个凶悍威猛的武人而不是落难公子。

《两狼山》是杨家戏,由杨家衍生出来的戏很多。杨家的男子、女子,就连风烛残年的佘太君最后都要向她的国家交还一把骨头,有大国子民的气魄。

杨家戏在舞台上所用最多的道具是马鞭。马上马下,奔波于疆场要依靠的是他们的坐骑:强悍的马匹。

马是龙的近亲,在工业文明没有到来之前,农耕文明推动了战争,良马可以使萎靡的军队振作起来。

我的一位本家爷爷喜欢唱戏,也算民间把式,唱《两狼山》里的杨继业,唱到苏武庙碰碑那场戏,台上台下遍地哭声。盖世英豪,撩起征袍遮面,一头向李陵碑碰去!叹坏苏武,愧煞李陵。苍天啊,泪雨漾漾,洒向人间都是怨!

　　我的本家奶奶,性子滚烫,地里做工不输男人,搂茬割麦,打场,没有人敢把她看作是个女子。在家里也是一把好手,做黄豆酱、腌萝卜和芥菜,稍带做醋,日常生活拿得起,还要赶会,看丈夫唱戏。

　　有一年在台下看到丈夫碰碑而死,她托着小腰,一步三晃,走上舞台递一罐头瓶胖大海泡开的水要本家爷爷喝,台下笑成一片。

　　人间纷扰,形形色色的诱惑比仙界多得多,白蛇变化成白娘子下凡来了,想过人间的日子。

　　《白蛇传》是佛和俗展开的内心搏斗和尖锐的世俗交锋。人生会有这样的世俗情景,它需要某个人成全某件事:假如没有法海,一本戏就泄了;假如没有许仙左右摇摆的性情,两个人的爱情则无戏可演。断桥是《白蛇传》里的重要背景,背景对于剧情有非常重要的凝神作用,极大地形成了故事的向心力,并告诉我们爱情是在雨中诞生的。一把伞是道具。

　　戏剧就是这样,在熟识的世界里尽量叫你感觉陌生化。

　　我们这个民族是喜红的,比如国画里桃子、牡丹都是很生动的色彩,很民间化。我赏读它们时会心生一份稚童的眼光,觉得世俗是喜人的。又想到舞台,艳若桃花,满台都是锦绣。

　　舞台上大富大贵之人都是黄袍加身。黄色成为皇宫颜色的专属,似乎是汉武帝太初元年的事,用"五德""以土代水"说,宫服才有尚黄之举。"天子常服黄袍,遂禁士庶不得服。"

　　想起春天便想起桃花挑开的月色,一壶热茶退隐到呼应的气息之后,一群女子挽腰搭背吆喝着看戏去。

　　春暖花开了,我要看戏去。戏剧里生动的色彩,让我眼睁睁地醉下去,醉在快要被人遗忘的戏曲里,到最后遗忘了我自己,才叫个好!

四、一台戏可以拢住村庄里的人气

"春祈秋报",是远古先民留下的对土地神灵的崇拜。

山西上党,民俗文化历史悠久,至今保存了许多悠久的民俗事象与活动,比如"迎神赛社"。

源于周代十二月的腊祭。

人们在农事结束后,陈列酒食祭祀田神,并相互饮酒作乐,称为"赛社"。每逢大赛要有主礼、乐户、厨师参加。民间流传有"大赛赛三行,王八厨子鬼阴阳"之语。这里的"王八"是指参加演出仪式的乐户,乐户在旧社会属于贱民,这个称呼体现了其地位的低下;"厨子"就是厨师,仪式上奉神的供品都要由他们来操作;"鬼阴阳"则是指仪式上的主礼。

赛戏日子的到来不仅禽畜鼎沸,全村人更是都在繁忙地往返。一台戏把血和肉粘连在躯干上,把外出的脚步声拽了回来。

赛戏开始,台上关公手举大刀追杀华雄,从戏台上踩着锣鼓点一鼓作气追到台下。

两位演员在观看的人群中穿梭,那时节,一个胸前挂着鼓,一个臂弯上挂着锣的乐队跟着他们,有一下没一下敲打着,他们绕场子边打边跑,一时又跑到了场子外的街道上。老者站在村边的路沿上,下巴颏儿一翘一翘的,嘴张着笑不出声来。

笑在肚子里乱窜。

一群大小娃娃跟在后头,走进村街,关公和华雄沿途随意抓取摊贩的瓜果梨桃,边吃边打,觉得寒风并不都是冰凉刺骨,亦有千姿百态。打一阵子,摊主笑逐颜开地再一次扔给他们吃食。

舍得,是福报是大吉大利。

一群娃娃横晃着膀子钻到演员前面,两张挂了油彩的脸齐齐对着娃娃们扮鬼脸,娃娃们呼呼四散。在敞亮的空地上,他们把历史演得玩儿似的轻松。

敲锣的敲鼓的,不时吼一声,此时打斗到了戏台下。演出快要结束时,跑得满头冒汗的关公和华雄重新登上戏台,关公大刀挥舞,斩下华雄首级。

民间剧团就像一个走街串巷、流动的表演群体。演员与观众融为一体,演出高潮迭出。表演者和观看者相互追逐,村子有多大,戏台就有多大。

历史给戏剧最重要的一点是戏说。

民间奔田地、奔日月、奔前程的普通人,能知道多少历史中的事情真相?看戏看热闹,热闹中那些非分之想,闭眼、睁眼、醒着、梦着,黄尘覆盖在村口大道上,一出戏明晃晃亮过来,历史中的真真假假对后来人没啥坏处,那就娱乐吧!

涂脂抹粉,更换各种鲜亮的戏装,放开喉咙的歌唱和扭动肢体的耍弄,民间没有严肃,严肃在简单的民间是犯忌的。

谁见过这样的演出!无论过去还是现在,走至村口的人都要愣愣站站,步子里显出几分怀念,盼一场戏开始,不光是人,鸡呀狗呀的,都盼。

乡村的戏台经历了完整的嬗变过程,它是热闹的中心,于平淡平常之中系着撕心裂胆、揪肠挂肚的乡情。

要说什么地方最能体现乡村的味道,肯定是戏台。

只要唱戏了,生活就进入了最饱满最疯癫的时刻。很多人平常想不起来,在你就要忘掉的时候,一转身却和他在戏台下碰见了。

天涯海角走远的家乡人,到了过会的节点上,再忙也要找一个借口,回乡看戏去。

回乡看戏,啥时候念着了,心吊在腔子里都会咣咣响。

戏曲除了演绎历史,戏剧脸谱也好看,来源于生活,也是生活的概括。生活中晒得漆黑、吓得煞白、臊得通红、病得焦黄的人脸,在戏剧中被勾勒、放大、夸张,成了戏剧的脸谱。关羽的丹凤眼、卧蚕眉,张飞的豹头环眼,赵匡胤的面如重枣,媒婆嘴角那一颗超级大痦子等,夸张着我们的趣味。

不管怎么说,历史都是一张面具,戴着面具离审美才会很近。

从前的舞台上没有麦克风,声音不装饰,将自身作为人物的一部分,尽量让音乐从人烟当中响起,那热闹糟乱到极致,现在不是了,变化多端的灯光让戏剧花里胡哨。

记得有一年麦黄时节,山外我姑姑家的女儿爱苗进山里来看我,适逢我家窑里新画炕墙画。小小的一方炕上有着历史的血缘,是历史的基因留下的印迹,民间手艺人用自己的方法描绘出来。我看到的画中人,永远没有微笑,看不到他们的内心,但可以感觉到他们的忧伤。

国仇家恨,传达着一份无可言说的神秘力量。

我和爱苗胳膊上挂了丝巾当水袖,两个人在炕上对唱《断桥》,小奶奶坐在对面炕上咧开嘴笑,细碎的阳光紧贴在她的头发上闪着光辉,她的眼神随着我们的表演湿润。

人这一辈子有多少人事可以入戏?戏剧人生,人生戏剧,它就埋伏在村庄那头,随时可能扑向我们。

生活需要戏剧化,只有等到合适的时机,普通人、事才可获得再生,生活背后的苦难才会获得新生。

戏是共同记忆的符号,那样的时分,我是西湖中的一条白蛇,爱苗是西湖中的一条青蛇,我们把小爷的炕当了舞台,观众是我们的小奶。我们不正经的表演,不可避免地成了小奶奶的快乐。

我们没有许仙。

小爷拍打着尘土进窑的那一瞬间,哈呀,许仙来了。我们一定要小爷喊我一声"娘子",小爷不叫,小奶奶捂着嘴笑。生活是生活,戏是戏,朴素的小爷是真不会也不敢说戏话。

一场庙会结束后,冬天真正开始了。村庄成了麻雀的世界,它们把饥饿和焦躁嚷嚷得满世界都知道。冬天里的乡村就像黑白电影,而在生活中交谈的人们,无异于在重复从前的每一个冬天,他们抑制着自己的情绪,在黑白世界里想着明年春来第一场戏。

女人们冬天里看不得男人闲着,日常生活中会施以他们一些小惩罚,女人们总喜欢制造一些生活的叽吵打闹,喜欢在冬天里交出眼眶中的泪水。

旺盛的日子,一天胜似一天,一直到入了腊月。腊月里的灶间少有消停,杀猪、宰羊、磨豆腐、买新衣裳,家家都忙乱得很。一个最大的节日在等着,那是一个样样儿不能耽搁下的好日子:年。

我反复回忆那个冬天的夜晚,我是那个冬天里舞台上的一枚花旦,我甩着长长的水袖,我为我的故乡唱戏,为一个节日唱戏。

我站在现代文明的中央,四围尽是塌落的旧砖瓦,风物已是比不得昨日。上下八方,村庄都少了人烟,谁还记得老庙内的从前?一声老腔,突然在一个什么地方响起,如同放逐的囚徒——咿呀!<u>丝丝</u>寒凉,余音袅袅,拖拽得很长很长。

一台戏或许让村庄在大地上缓过神来,然而,我还是听见了秋虫干死的爆裂声,人声居然捂不住虫鸣。戏台上凝聚的光与色,在释放与渲染中似乎是记忆的显影,那些人老得真快啊,没有秩序地老去,卑微地老去,戏也叫不醒他们脸上的春天。

戏台,牵动着我的想象,让我相信世界上不仅存在着精神与念想,同时还有守候。我能够守候这些美好的事物,在生存的距离里与自然更为亲近,是因为我曾经学过的戏曲,它告诉了我太认真的事都该由唱腔中的"咦、呀、呼、哪、咳、哎"这些虚字、衬字带过,这样,人生才好舒展明朗。

村　　庄

一、走

　　好，那就走吧，山峦河流皱出阳光的明暗，假如我不回头。
　　今生要走过多少道路？
　　一条宽阔的谷间，曾经有一条河流过，如今一群羊恰似河的洪峰滚出山间，向远处四散而去。
　　这繁殖的土地，鲜花盛开，青草繁茂，正适合当羊们的口粮。
　　一切都是晴朗的光照，数丈宽的河道蜿蜒，无水。下游一位年长的老汉说："往山里走是它的源头，公家人叫它沁河源。走到我跟前喊它秋水河，从前的秋天雨水多啊，河的声音大，便有了这个别名。"
　　古人誉之为"沁水秋声"。
　　有诗曰：

　　　　滔滔沁河不停留，一色同天节到秋。
　　　　银汉高连云漠漠，金风暗转韵悠悠。
　　　　一帆风顺千波助，万籁含虚两岸幽。
　　　　浪及中州勤灌溉，但叫邻省屡丰收。

　　这条让"邻省屡丰收"、南北贯穿晋东南的沁河，发源于山西沁源县的霍山，郭道镇以上为上游，郭道镇以下经沁源、安泽、沁水、阳城等地进入河南境内,在河南沁阳接纳丹河后转向正东,在武陟附近汇入黄河。全长456公里,流域面积1.29万平方公里。

沁河下游平原有广阔灌区,隋唐时已开渠引灌。隋为通济渠,唐改为广济渠。元中统二年(1261)开浚的广济渠引沁水灌溉济源、沁阳、孟县、温县、武陟五县民田3000余顷,后20余年淤废,1329年左右修复,今济源、沁阳等县的广济河就是当年广济渠故道。

1952年修建的人民胜利渠将武陟与卫河接通,在沁河和黄河汇合处分洪。我从老百姓的话里知道,沁河许多年都没有涨水了,当年上游下雨下游涨河时,站在沁河岸边举着粪叉捞横财的人们一脸兴奋,洪峰一个浪头接一个浪头滚来,猪啊羊啊的,河岸上等待发财的人心跳得怦怦如鼓。

沁河古称沁水,也称少水。《左传·襄公二十三年》中记载:"齐侯遂伐晋,取朝歌。为二队,入孟门,登太行。张武军于荧庭,戍郫邵,封少水。"文中的"少水"即沁河,当指沁水县端氏镇附近河段。

端氏附近河段有西城村,是沁河岸边的一个小村庄。2000年时村庄里有几十户人家,2012年的夏天人口少到只有十几户,村庄在老人眼里生成败灭,一代一代人老去,一代一代人成长,谁家的子孙活成人样子了,谁家的日子活得百般得劲了,日子一天天垒起来,垒成了坟墓,活着的谁走了,走了的不出三代,自家祖坟上的香火就断了。唉,可惜这家人哇,无后。

老人说,人只能记住三代。

三代后谁也记不得自己的祖宗。

现在,长记性的人实在是少,除非自己的祖宗入了文字。

西城村的人不知道西城村的历史,西城村的历史关乎着中国古代社会进程的记忆,它是沁河岸上第一个政治文化中心。

说这些,西城村人不信。

他们认为,现在的人都喜欢说大话,针尖大的事情能说成天大的窟窿。

可西城村确有历史可寻。

西城村是晋国最后的国都。从三家分晋始,最早的西城村成为县治端氏聚。历春秋、战国、秦汉、魏晋、北朝。隋代时,端氏、沁水二县并置,沁水县移至今日之县城。

西城村,这个名字很容易叫人猜想出答案,城西边的村庄,会想到它是端姓人聚居之地。走到现在我们已经很少见到端姓人了,在远古姓和氏本是两回事,姓起源于女系,氏起源于男系。

《通志·姓氏略序》中记载:"三代之前,姓氏分而为二,男子称氏,夫人称姓。"秦汉以后,姓与氏始统称为姓氏。清代顾炎武《日知录·氏族》记:"姓氏之称,自太史公(司马迁)始混而为一。"

有人说司马迁的《史记》有小说的样貌,好读,不讲等级,以细节和故事为重,每个人都有自己不同于常人的品行和个性,把人写得极有感情,把历史写得极有路数。

《红楼梦》中林黛玉的潇湘馆挂有一副楹联:"绿窗明月在,青史古人空。"告诉我们人的寿命不及文字,而人活着,贪图富贵的人到最后也都把一切看透了,唯对名垂青史贪得无厌。

从古到今,有几人能入了史?

端氏聚的地名到现在已经无法考证了,所有人只知道沁水县有端氏,没有人知道有端氏聚这个地方,历来执政者都喜欢修改地名,把端氏聚改成西城村,既没有内容又没有历史,无非是城西的一个村庄而已。

不能简单地怨西城村的人不知道自己的过去,百姓的日子太过朴素。

日子是从天气里过来的,以往的日子里端氏聚确有几个好天气。好天气和人与事有一定的关系,比如说这一天阴雨连绵,没有日头,可偏偏这一天传来了喜报。你能说这不是一个好天气?

历史对于端氏聚有幸,幸在与名人有缘,与政治有缘。一条大河为一介书生的姓氏而浩荡而激昂而感动的时候,姓氏与土地的结缘使得这块土地在历史中有了文化。

明代吴宽《家藏集》卷五七《端友传》中载:"端友,盖春秋时卫人,端木叔之裔。端木叔好游,庄周称其维山川险阻无所不之者也,曾南游过五岭至端州曰:'此吾姓也。'止之,遂去木称端。"

端氏之姓由端木叔改之,端木叔为端木赐后裔,其与端友应当为战国时人。端木赐子贡为春秋卫国人。春秋时的卫国辖地按现在的版图来规划应该包括河南北部与东北部、河北西南部,与山西东南部接壤相邻。春秋时期,端木家族中可能有一支迁入山西沁河岸边。沿河的风光真好,因为喜欢,所以定居在此。

走到此处,杨柳晚照的亮隙间,眼中有水,胸中有山,无怪乎端木叔要为他的先祖感叹了。

端木叔的先祖,唐人林宝《元和姓纂》记载:"孔子弟子端木赐,字子贡。子贡后人以期字为氏而为贡姓,所以端木氏与贡姓实为同姓,后人改称端木氏为端氏。"

卫地子贡,其子孙迁居沁水后,便称迁居之地为端氏聚。

文化人对生活的追求是更接近山水,如飘落至此的一团云笼罩在一堆柴上,无论落在哪里都弥漫着人间烟火气。

端木赐子贡是谁?是孔子七十二高足之一,善言辞,在鲁国、卫国做过官。春秋时齐国曾攻打鲁国,子贡游说齐、吴、越、晋诸国,促使吴国伐齐,并大败齐师,保住了鲁国,子贡因此曾到过晋国。晋国先后建都于今山西翼城、曲沃,子贡由鲁国入晋,无论是去山西的翼城还是山西的曲沃,一条沁河水都是其必濯足的地方。

子贡又善货殖经商,经常往来于晋鲁之间,家有千金之富,是孔门最富有的弟子。

子贡依傍着婆娑的树影,静立在流动的水边,时间、空间里的村庄,他驻足停留,一个生意人加一个学问者的满足,沁河岸边的杨花柳絮,望过去,像一幅中国山水画中的墨晕染开去。风水于物中超物,于意中归于无意,无巧无俗,本真天成,风水是更接近自然的风云际会。

二、风云

风云变幻。

唐代骆宾王在《为徐敬业讨武曌檄》中写道:"呜咽则山岳崩颓,叱咤则风云变色。"

在我心里,公正地描述一段历史几乎不可能,更多的是凭想象演绎。风水好的地方出人才。风水好的地方并不是一只鸟儿的飞翔,最大的可能是一群鸟儿绕城高飞。

到过沁水县郑庄西城村的人会发现,从地势上看西城村与邻近的河头村最初是连在一起的,只有连在一起我们才能看出历史上一个侯国国都的规模。树木繁杂,百鸟喧嚣。

那么是什么坏了曾经完整的一座村庄的风水?

是流动之水?是战争?是变幻莫测的风云历史?

流水不腐,河岸的树遮住了古人极目远望的视野。砍伐一段繁华盛世的热闹景象,也是君王衰落而致穷奢淫逸的狂妄激情。

当卫地端木氏之一支迁居西城村,以居地而名为端氏聚时,端氏聚隶属晋国。魏、韩、赵三家分晋时,迁晋君于端氏聚,西城成为晋国最后的国都。战国时沁水县归属韩国,继而赵国又夺去了晋君食邑之地,沁水又归属了赵国。

长平之战秦国灭赵,沁水又归属秦国河东郡。到了汉武帝时,湿成侯刘忠封到端氏聚,建立了端氏侯国,历西汉二百年;光武帝刘秀推翻王莽新朝后,恢复了刘氏天下,又封端氏聚为族兄成孝侯刘顺之子刘遵的食邑之地。也就是说,端氏聚在汉代因汉武帝实施"推恩令",分封同姓诸侯王子孙,端氏聚"荣升"为一个小小的端氏侯国,直到成孝侯刘顺之子刘遵即位,端氏聚一直作为侯国之国都,也一直是这方土地上的政治文化中心。

我们来看西城村的风水,西北背靠紫金山,东临沁河,县河由西而东流,汇入南下沁河,冲积出一块三面山峰环拱、一面临水之高平之地,端氏聚就在高平之上,依山傍水,一方形胜,属好风水之地。

古人选址是很有讲究的,子孙的命脉、气数都在山河里包括着,古人称为堪舆术、青乌术,今日称之为环境和谐。

端氏姓入住也罢,被封为侯国也罢,沧海桑田总要被历史车轮无情碾压而过,河水连年暴涨,不断冲刷崖岸,不断砍伐,不断战乱,不断历史割据,空气中到处充斥着狂风和骤雨。

一座小小的侯国,当被风被水冲分为二时,伤风败俗的事就裸露出来了。

历史上社会中显现了许多无法解释的谜,我们没有办法将历史还原,就像我们不可能回到昨天一样。讲不完的故事、动感的情态和逸事,我们一定不是解谜的人,因为昨天已昙花一现。

有时候想想,败灭比生成格外有一种神秘和威严感。在这个世界上,也许没有比拥有"名""利"这两样,更叫人担心的事了。

冲刷之故和历史变迁导致了地脉风脉散尽。曾为晋国国都、汉代侯国国都,曾为近千年沁水县政治文化中心的西城端氏聚,失去了旧日的辉煌与威势,只好随着河水东流消散而去。

不知道明代之前可有端木氏的后人来此寻过自己的祖先?应该说是汉代之前还有端木氏一支,也许因汉代王室的分封让村庄里的端木氏都赐姓了刘?也许朝代更迭中端木氏如强权政治裤裆里的虱子叫人家随便抓没了?

假如两种结果取其一种,尘世劳作、左转右掉都显得悲凉了。

清代雍正年间,泽州知府朱樟来到沁水,很想知道晋国的子孙生活得如何,到处察访找不到晋国子孙,晋国之前的端木氏,他想都没有想起来。他很伤感地作《端氏城怀古》,诗云:

　　言寻鹿路转林腰,深喜居民未寂寥。
　　百折溪泉收嫩堰,一梨寒雨立疏苗。
　　山遮岭北峰尤峻,水曝村南势渐骄。
　　城郊已开分昔日,教人何处问椒聊。

"椒聊"指花椒子,喻子孙。

朱樟打问的是如今的沁水县的端氏镇,端氏聚在汉代的时候就已经消失了,村庄的名字流落到离西城村数十里的沁河岸边,流落的途中丢失了"聚",同时也丢失了自己不凡的身世。

如今西城村生活的依旧是汉代延续下来的百姓,对于祖先有过什么样的身份他们是木然的。木然好,木然是活着的正途,不想太多,就想活。

我看到刘姓后人,他们满身沧桑、满脸茫然,曾经的改朝换代,对他们来说已经成为今古故事。

见一位挑箩筐的汉子走来,我迎上前说:"你们刘姓先人曾经做过汉代的皇帝。"

汉子盯着我的脸说:"我的先人是李世民。"

我好一阵子才反应过来。他姓李,李姓又是什么时候迁来的呢?我冲着对方的背影喊过去:"你们西城村还有啥姓人家的后代?"

他甩过话来:"百姓人家后代。"

一根扁担两头挑,担风担雨担重任,担天担地担日月。生活掩盖了生命种种辛酸和叹息,活着,除了为明天而疲于奔命,他已经对探寻古人缺少了热情。

是的,热情!没有了热情的村庄,其实就是宿命的象征。没有热情的村庄也就等于结束了万紫千红的生活。

三、旧时影

我从西城村进入端氏古镇。

偏离了历史方位的端氏古镇,肃穆气象在夕阳下山之前扩散开来,让人感叹它旧时的宏阔开张。

三十年前我坐班车路过端氏古镇,车停下来拉人,一股黄尘荡进来,我躲避在空隙瞅着窗外,端氏的繁华在尘埃落定下丰富起来,小摊小贩在桥的两边,青菜、萝卜、豆角,桥下的沁河水清澈得一展到底。我看到带有颜色的河卵石,那些长成须的青苔在流水间快意地摇摆着,那一刻我很想下车买一个烧饼或橘子什么,口水在我的嘴里汹涌澎湃。荡进车里的黄尘叫我激动,多么繁华的大地方呀!

我的一个本家叔叔就住在端氏西街,他叫葛王八。因为小的时候大人怕不好养活,起个赖名字神鬼讨嫌。记得很小的时候跟随父亲搭村人的驴车走过亲戚,我的本家爷爷站在胡同口喊着:

"王八,王八,爬回来吃饭。"那时候葛王八正是捣蛋的年龄,从胡同口出现的时候,一张脸烧红了半边砖墙。

三十多年过去了,没有再走过亲戚,只知道葛王八青年时修自行车,中年时转修汽车,是不是发了不知道,只记得当时问过他端氏有多大。他说:"端氏大哇,有多大,没天边。"

我和父亲站在桥头等驴车,两只眼睛看不全端氏,然而端氏在我的眺望中诞生了幸福:幸福就是大,就是无知。幸福是自大、自满、无知。葛王八在河道里,望着桥头上的我父亲喊一声:"哥——"一步赶一步跑,我怕他跑快了喘不上气来,刚一张嘴驴车来了,父亲提起我放进了车篓里,赶驴人一声"嘚",驴夹紧尾巴一阵风似的就把我带走了。葛王八在视线内越来越小,端氏镇在我的视线内反倒真是大。

我问父亲:"没天边在哪?"

父亲说:"眼皮关生死也关没天边。"

闭上眼睛时,我无法抵挡睁开眼的光亮,黑暗无边。

端氏由端氏聚而来,可人们已经忘记了它曾经是西城村的前身。端氏有多大?隋朝至元代它一直是县治所在地,千年兴盛,还一度为州治。端氏东依嵬山,隔沁河与榼山相望。古县河由北而来,至端氏汇入沁河;沁河由西而来,至端氏南折而去,留下一块三角洲沃地,端氏建于其上。端氏是沁河的中游,是沁河流域第一重镇,是沁水的富庶之地。沁河流经沁水县境内一百三十余里,自三郎始,至尉迟终,全沁河之锦绣,几乎全聚于此地了。

光绪年间的《沁水县志·山川》记:"又西南数里,有嵬山,西下数里滨于沁河,而端氏镇在焉。嵬山与榼山东西相望,翠巘争奇,而沁河绕其中。故自端氏而下,二十余里之间,民居稠密,人文蔚起,灵秀所钟,盖不偶矣。""稠密"二字把端氏镇大到没天边的形容挤对得傲慢十足。

说端氏是旱码头,是因为它的声名在外。

一个人的声名,是这个人把本事亮给了世人;一个镇子的声名,是它神色不动站在那里饱经沧桑的历史。

端氏是一个又一个时代的见证。隋开皇三年(583),端氏县治由西城村迁至端氏村,隶属长平郡。唐、五代、宋归泽州管辖。到元至元三年(1337),端氏县并入沁水县(延续至今),隶属于晋宁路。其县治从西汉至元延续一千多年时间,既是沁河岸边最繁华的商贸之地,也是沁河流域的文化中心。倘若置换成视觉形象,起伏跌宕的吆喝声中激励了多少代人奔涌而至。岁月让人们把钱财投向了广阔的社会,声名与热闹比肩而行。

从端氏镇风格迥异的历史建筑中可以发现,摆布看似杂乱无章的镇,却无形当中构筑了无数个不同的视角,可以叫你想象,古人占地是颇具匠心的,不像今人,粉饰的斑驳仅仅能遮住骨子里的钢筋水泥。我还记得我小时候往沁水县走时看到河岸上的桑林,稠密的树,阔大的叶片,日夜不息的河水,采桑的女子跟着流水走。那时候的沁河两岸家家户户养蚕。据说早在唐代,在古老的端氏东街就集中着众多的缫丝、织绢等手工业作坊。后来,那些和人们生活、生产有关的粮店、日杂店、骡马店才陆续发展起来。耕种五谷得以食,植桑养蚕得以衣。

"遍地罗绮者,不是养蚕人。"养蚕人没有衣穿罗绮的奢侈,他们穿棉花线做成的布衣。

蚕商起源于黄帝元妃西陵氏嫘祖,嫘祖在中条山的夏县发明了养蚕,考古学者曾在夏县发掘出半个蚕茧化石。沁水临近夏县,通婚通商,蚕茧是神赐给这一方土地上的幸福。因为打丝,端氏镇整个秋冬季节,大朵大朵生丝一样散乱在天空的云朵因水雾积聚着,家家户户逼仄狭小的地锅前,蚕茧在铁锅里被煮沸,一双手逗弄着丝线,一同逗弄的还有日子往前走的热望和奢想。

青雾在端氏镇上空歇足,一路顺河而来的乡民,抵达端氏镇时的脚步是散乱的,当他们看到端氏镇上空吊挂的青雾时,他们的步履不由得飞快起来,同时加速的还有心跳。硕大的云影落在沁河里,有骆驼驮走打成麻花样的生丝,有人见过八驮的驼队,麻纸、盐巴、生丝、药材,小山头一样沿着沁河一晃一晃走远。因为打丝,端氏的声名在时间之外延伸,无比广阔。当年哪家女子出嫁,娘家人不来端氏买几床洋红缎子被面。有老人还记得,1958年在端氏村小河西筹建端氏缫丝厂,正是大闹食堂、大炼钢铁的时代,东、西沁河两岸的女子进厂大闹生丝。1960年建成投产,当年生产十九吨,经上海商品检验局审定达到了3A+38级梅花牌厂丝。桑叶用来养蚕,桑皮用来做纸,沁河畔手工捞纸作坊开有十几家,原料大多用桑皮、绳头、麦秸生产绵纸、土纸。有人计算,三个捞纸池,每天可生产白绵纸三捆,每捆折合小米五斤,年生产总值折合小米一千三百五十斤。1944年春,端氏河北自然村捞纸池有八个,年产量三千一百二十捆,年产值折合小米一万五千六百斤。

小米是北方人们日常最主要的粮食,从生养的女人们喝下一碗谷子水开始,小炉台的砂锅里小米熬出的米油子不仅滋养月子里的女人,也滋养子孙。小米,金黄中浸出光泽、温软、厚实,甜香沁鼻,有了小米,其他农作物都歇凉了。

有很长时间端氏镇人因为缫丝来钱快,谁家还种庄稼?他们认为最没有出息的家户才种庄稼。米香让端氏每一条街道的犄角旮旯都显出过日子的朴素和温和,但是,在生长的时间里那些腰身笔挺、横眉竖目的人依然不是种地人。有了小米,谁还种其他粮食?有了蚕茧,谁还舍得大片的土地不种桑树?盛夏,细密的纸浆铺陈在沁河岸边,被光芒铺亮,一种气味在空气中走得晃晃悠悠,明亮的、冷艳的,在固定的地理位置上以自己的方式变化着四季的不同色彩。端氏因为蚕,成为最锦绣的地方。

手工业的繁华如现代文明一样,极易抵达的热闹瞬间开始了。

黄昏的端氏古镇,"萧瑟秋风今又是"。在端氏桥上遇见一位干瘦的老人,岁月抽干了他的力气,他挽着篮子,篮子里装了花生,他想绕开我,桥并不太宽,但绝对不窄。晚夕的光尘包裹着他的身体,他的躲避无用,我迎上去,我只是想买他篮子里的花生。

老人说话的时候,我看到他眼角有泪往外渗。

他说:"人老了,得了风眼,见不得刮风天。"

我们站在桥头上说话,往来的车辆呼呼的,一股一股尘土袭来,老人说:"自从有了高速路,这路上的拉煤车就少了。"话到深处,老人还记得端氏镇有"复兴楼",金银首饰制作店铺兼营丝行,有"源顺祥"布店、"资源和"布店、"同兴和"烟坊、"聚汇源"烟坊、"育合昌"油坊、"源茂公"油坊、"复兴昌"麻铺、"东顺合"油坊以及染坊、糖店、药房等等,当时在城东从郑庄、朗必沿沁河至西古堆、东西峪、十里至柿庄河、玉溪河,从端氏以下沿沁河至阳城县的广大地区均为端氏商业的贸易市场。相应而起的饮食、旅店等服务行业也增多。

老人说:"当时端氏进出商品以绸缎为大宗,以油品、粮食、黄丝为多,仅端氏粮食市场日销米、麦、豆、芝麻即有百余石。"

那时流行着:"梳分头的不戴帽,镶金牙的见人笑,戴手表的挽三道,穿皮鞋的提裤脚。"多少人路过端氏镇都要住下来,旅店里养了"姑娘",姑娘们个个儿风姿绰约。有姑娘的旅店常叫男人感受一股春潮迎面涨来,他们痴狂,血液开始快速流动,好端端的人就骨软腿酥了,不在端氏逗留几天就不叫出门人。还听说,那时去端氏镶金牙成为一种时尚,两颗大而鲜明的金牙,天光下一忽闪一忽闪的,紧挨着吐出的话,听话的人能听见金属和气息之间那一声呼哨声。

老人一张嘴豁牙露口。牙掉完的时候即将把生命带走。我想象不出他五十年前的青皮后生样子,他抬起黑干细瘦的手指着桥下的沁河,生命在岁月和欲望的摧残下已经失去了优雅和尊严。

旱码头也有冷下来的时候。当热闹满溢出来时,社会仿佛被一股粗莽的力量牵扯着,来得太容易的私利像一地无法聚拢的心事,人心不足蛇吞象。当伸出去的手无法收回来时,沁河记忆里藏着曾经被染绿过的河岸。

四、明月降临

窗户内的事情在历史深处早已破败无着,窗外的世界依然日新月异。我一直认为窗户就是建筑的眼睛,哪怕它已经散乱,沦陷到大地的内部,但你依然可以感受到它的明亮。

老人盯着一户人家的窗棂说:"1916 年'东裕合'盐店缺斤短两,被群众抓了秤杆,当时聚众闹事的人有几百人。'东裕合'盐店是端氏望族贾家在背后支持的盐店。贾家长子贾景德是阎锡山的红人(秘书长)。出了这种事是要叫人妒脑凹(指着脑袋骂)的。自古官家就好在自己的官位上兴风作浪,人家一句话,河东盐运使便要求仓销阳城,沁水两县盐务随后立马关门。后来贾又在端氏开了'积成厚'盐号,总号就是现在端氏的盐店圪洞,共设四个分店,他怎么去台湾的?不给阎锡山上号(行贿)他能过了海?不在生意上做鬼他能上得起号?从来都是'官商一张嘴'!"

老人的言谈固执而决绝。

从前一只狗见了陌生人,叫得很凶,人一见狗吓得打哆嗦;现在，狗看见人打远处一脸和颜悦色的样子，人一走近，狗吓跑了。一条老街悄无人声，一座老屋黯淡地矗在怀旧的惆怅里。一只狗热望门前的热闹，多希望闻到蚕茧锦缎的芬芳，哪怕牛粪柴烟的气息。从前的狗叫声点捻子似的，一串响儿引爆一村的屋檐，檐头飞花，村庄的幸福是一种背景，世俗在灵动的青山秀水间，寂寞下来的一个"闹"字因狗叫爆了。

世事更迭的无奈，是一镇子的古物都叫现代人敷衍过去了。人的习性自古都是一样的，权利面前人更喜欢自顾自地表演，可是，古时候啊，所有发展都是围绕着耕读传家理想家园开始的。现在，一群演技高超的演员好端端地把村庄搭成了布景。

我和老人一起往镇里走，想去看看贾景德的住处"贾谷洞"。

贾景德故居坐落在镇内东西老街之北隅。由于其父辈在清朝为官，属于当地有钱有势的大户。1934年，贾景德任太原绥靖公署秘书长时，回家乡大兴土木建筑贾府，同时整修祖茔并亲撰墓志铭。除了贾府，端氏还有南门里、聚江园、史家院、曹家院、贾宅院、大花院、盖家院，这些富贵都被尘封在往事中了，任由观者的眼睛与想象力天马行空地去感受。

书上说由于战争及历史原因，临街的豪华大牌楼和许多建筑已被毁。现仅存一院三排古式砖木结构的房子，以及人称"贾谷洞"以北的一座门楼。房子均面阔五间，进深两间，青砖砌墙，屋顶复素板瓦，从外表看显得古朴大方。院东南仅存的门楼，为歇山式屋顶，上置琉璃青瓦，斗拱相叠，美观精致。可惜门两侧的石鼓、石狮子早已不存，但仍能显示出当年官宦人家的威严和气势。

走到这里，我的记忆突然复苏了，若干年前我来过，我的王八叔叔家在拐过去的那个弯道里。王八他爹是我的本家爷爷，一个会唱戏的老艺人，他作为贫下中农分下了贾家一座柴院。爷爷唱上党梆子,专攻大花脸,一生尝尽江湖之险恶、艰辛甚至屈辱。外头传言他功底瓷实,每到一处演出,常常有掌声潮起的场面。

老人说他认识王八,说他不如他爸,他爸在世时是个"硬人"。

传说有一年夏天夜里赶戏,剧团拉行头的毛驴车走到贾家的坟茔前突然有老者出来挽留唱戏,青花瓷盘里放着金元宝,哪有艺人见了不眼馋的?随即扯起大幕,演员化装,台下的男男女女老老少少叽叽吵吵,一下子就乱开了。这边厢因为赶台口路过端氏,王八爹想留家中一宿,明晚上的夜戏不误就是,正在炕上睡囫囵觉呢,那边厢剧团差人隔窗叫王八爹快快起床。王八爹随来人赶往舞台前,一时想不起来这是哪个村庄。王八爹来不及问就被团长按在了化装桌前。

大花脸几笔勾成。戏是《秦香莲》,他演包文正。陈州放粮途中遇见状告陈世美的秦香莲,王朝马汉上场,包文正手拿马鞭,手抟髯口,二道幕穿一袭黑蟒袍上场。不等第一句唱开腔,他突然发现台下个个都是骨头架子,叽吵声是沁河的哗哗流水。包文正在舞台上大喝一声:"小鬼作怪!"霎时灯灭幕谢,一干人呆在一大片河滩前。

我说:"假如唱下来会怎么样?"老人说:"到最后都落进沁河喂了王八。"

沁河曾经是有王八的。王八是河水的寄宿者,也是河流的生灵。什么时候我们的河流少了王八呢?1958年"大跃进"期间,端氏村就开始安装锅拖机、提水灌溉。引北城后河水沿村中到南头,挖池蓄水提灌,当时只能浇30亩土地。从1968年开始正式建立高灌站,1975年已建立13座电灌站,挖建大型水池6个,最大容量为10000立方米,最小为1200立方米,加之曲堤水轮泵站的东灌区灌溉,全村当时2000亩土地全部实现了水利化。沁河两岸何止一个端氏镇在实现水利化？做机砖、炼铁、挖煤，农民开始与土地疏离，与河水疏离，与村庄疏离，疏离使人对大地的感情萎缩，谁能喝住虚荣的野心？

有时候想，一个村庄繁华的证明，是它曾经拥有庙宇，端氏最早的庙宇是寨上的庙院和法门寺。明、清两代，又修有汤王庙、城隍庙、端阳祠、文庙、南佛堂、铁佛寺、关帝庙、黑虎庙等八大寺庙，分别坐落于镇内的东、西、南、北、中。而且还在镇的东街，修有大、小两座阁楼，分别矗立于古街的南北。由于村庄寺庙不断修建，城内街道逐步形成了完整的"丁"字形布局。可惜"毁坏"从诞生之日起就具有重而有力的刺激之能力。每一个朝代，每一个运动，每一项手工业的遗失，每一次推倒重建，都因为明天的到来而从未过时，甚至还颇有可发展的前景，因为它的爆发力和宣泄的合理程度，都来自人的身体内部，摧枯拉朽，有时候只是扭了一下头，连叹息都没有，一切就都变得萧瑟了。

我喜欢秋天的繁华，喜欢看剥麻晒蕨的农人，喜欢檐头下挑起的新剥下的玉米棒子。天黑下来时老人像一截木桩，寂寞地站在村庄的空地上，像入定的老僧，噢，岁月让他无奈了。

两道柴门五眼窑

晋侯的窑洞可以让人把心灵的宁静安置其中。

一道柴门,又一道,在寒意料峭的风中,寻找一扇打开的门。这不是一个浪漫抒情的年代,庸凡的生活里,一切都显得那么轻。就在柴门被打开的那一瞬间,那种荒凉而辽阔的野地开满了油菜花,尽管人们已经开始喜欢早春的荒草地上那种鲜明的层次,以及大地的苦涩,但是,油菜花带给了我精神上的迎接,这使我想起了张爱玲的一句话:"活着就是一件壮举。"

五眼窑洞,朝南,给人一种不忍惊动岁月的感觉。我们站在院子里的油菜花田,春风从远处刮来,夯土的墙只是拦挡了一下,艾草儿香掠过我的嘴唇,我狠狠地吸了一口,这是呼吸最为隆重的事情。春天就是这样的,风情、有序,用一种光芒的形态生长在晋侯的院子里。

这就是生活啊。

去冬柴门上的对联还在,晋侯说他的父亲刚走,并不因为红彤彤的对联而不悲伤。他的父亲最好的姿态遗落在这个院子里,那张生前的照片,坚固了晋侯一些忍耐、一些麻木,对面那山岗一样的土塬上,风列队而过,望过去,我实在是不想把生命的走失理解得过于沉重,如同我们此刻的笑。把一切归于生命的自然、必然吧。

院子外望沟的土嘴上长着半截老树的木桩,晋侯说,他从沟里来乡下,用40分钟走到他母亲的视野内,在他母亲起身拍打风落在围裙上的草叶时,沟口上的晋侯冲着高处喊一声"妈"。

远处也有一片油菜花田,几只黑鸟起伏在花田中间。要起风了。

酸枣树杈在土墙脚下,发青的枝干上挂着一层宗教般的绿色。去冬一粒儿干果挂在枝头上,似乎以生命之壳自警:这是人间春秋,保护好自己。时光衔接了一切,春天很活泛,尤其是从豁口的墙望向那些窑洞。

油菜花开开落落,一部分开着,一部分豆荚里的菜籽正在鼓起,在接近最后的成熟。明黄中泛着沉绿,晋侯望着它们说:"一年的收成,有十几斤菜籽,它让我的生活变得富有弹力。"

从窑洞走进走出,麦秆的泥皮,石灰的墙,人顺着性子走了。

柴门上的锁用塑料布包着,怕春天的雨水下进锁芯,仅此而已。

沿着黄土墙角前的小路走往高处。晋侯说:"人浪费了钱财把砖房子盖在平地上面,人又往城市里去了,砖房子闲着,想不明白人活着是为了什么。"

古人曾描绘的理想国是重视死亡而不向远方迁徙,虽然有船只车辆,却没有必要去乘坐;虽然有武器装备,却没有机会去布阵打仗。再回到远古结绳记事的自然状态中去,有香甜美味的饮食、清雅的衣服、安逸稳定的住所、欢乐的风俗。人在慢慢发展的过程中无知觉地背叛着一种美,人并不如油菜花,油菜花一辈子都没有背叛它浑身的油绿和开放时的明黄。

回头再看一眼柴门,一道两道,在它的小动小静之中,我又想到了刚看过的大面积的桃花,令人躲闪不及的花开,都是为了一点功名,一点生计啊。在铺天盖地的春色里,有红得无力抵挡的哀艳,有媚冶风情却是不怎么入骨。

又一个平静的下午就这样来临,走进乡村就如同走进了语言,这又让我想到了晋侯是一位诗人,又是一位画者。他神态谦和,略带一点羞涩,没有多少语言,一脸静气。他乡下的院子里种了油菜花,我想象不出亲切的日子是怎样的一种日子。看见晋侯的院子时,我想,亲切就是在底层被人们忘却的角落里,和一些细小普通的事物亲近并获得美好。

人这一生究竟在满意什么?这真是天大的苦,我感觉晋侯懂得"味苦格高"。

当一个人傍晚出去散步

　　我住地的窗前有一队杨树。春天的时候它发芽长出像毛毛虫一样的絮子,我看到的是青白。等看到绿色的时候,天气已经很暖了。等到大片的绿色悬挂在树枝上时,已经基本进入了夏天。我的感觉是:春天来得有点唐突,在我惯常的意料之中很唐突地就来了。我比较喜欢夏天,杨树张开了眼睛,伸出了小手,向着掠过天空的东风招手,在我仰望之中,茂盛着蓬勃的生命力量,也陶醉着我一颗孤独的心。我望着它笑,然后看白云悠悠。绿的树,白的云。懒散地坐在窗前的我,眨眨眼睛,窗户上落着几只苍蝇。我不说话,在电脑上码字,码累了停下来看。窗外有景致。

　　有时候我也会一个人出去散步,通常情况是下午,或者还要晚一些。我住地的周围有一些很有意思的景致。左边五十米的地方是一座歌城,右边一百米的地方也是一座歌城。我这样说,是要面朝北站着,而朝北偏东的地方有一座火葬场。有朋友来访,我常常要交代一下我住地的特殊性。当我一个人散步的时候,常常会遇到一些穿得很透亮的女孩。现在社会上的人把她们叫小姐,和戏文里的小姐的叫法一样,但基本意思有些变了。她们走着,或者说也是在某一个地方来回散步。我看她们,她们不看我,看街面上滑行的车,有车停下来的时候,她们可能身不由己地会停下,会笑,一切没有不正常的。我突然会想到,她们就像杨树上飞飞停停的鸟雀,叫出一身的甜蜜,陶醉在绿杨林中。她们都很可爱,因为这个世界上没有不可爱的女人。

往西走是宽敞的马路,有时候散步我要走到那里。傍晚的时候有垃圾倒出来,豆粒般大小的苍蝇,旋转着飞在垃圾上面,它们圆鼓着复眼,有着令人讨厌的嗜腥习性。有一天我看到了一件事情,准确地说,是看到了两个人的肢体语言。两个捡垃圾的人:一个是男人,有五十多岁;一个是女人,三十多一点,因为共同捡垃圾,难免就会有看到同一件有利用价值的东西的情况存在,会一起上前去抢。这时候,常常是那个女人不可能得手。一次两次不得手也就罢了,屡屡不得手,女人就伤心了。女人伤心的时候大同小异,找一个地方坐下来,只做一件事:哭。

女人哭了,很伤心很伤心。过路的谁也不会注意她,我注意了。因为,我现在无事,主要是边看两边的景致边散步。

那个男人有一颗善良之心。他看到女人哭了,他主动张开自己的垃圾袋,取出一个塑料瓶子放到了女人面前。女人还哭。那个男人又取出一个塑料瓶子放在了女人面前。女人还哭。那个男人有点不舍得把手伸进自己的垃圾袋里了,犹豫了几分钟后,他还是伸进了垃圾袋里掏出了一个塑料盆放在了女人面前。女人放下揉着眼睛的手,看着地上的三件可以换钱的垃圾,笑了。

那女人也有一颗善良的心。她从地上拿起两个塑料瓶子,站起来,走过去,走近了那个男人的垃圾袋放了进去。

很细微的一个生活过程,一个场景。我有些感动,我本来很忧郁的心情突然开朗起来。一个人活着,不可能长时间地被一种事物吸引而陶醉,生活是真实的。不善的,不美的,很容易落在眼前。因为,人的欲望在膨胀。在过多的时间里,我们嗅到的是人与人对抗的弥天血腥。

一个很微弱的群体,有他自己的气场:善。

我始终坚信,每一个生命都有着自己与生俱来的生存能力和适宜环境,哪怕是毫不起眼的青草、树和扔丢的垃圾。因此,我一直在心里想着这一幕。

一棵树的生长就是树林的生长,一种善的存在就是文明的延伸。

当一个人散步的时候,偶尔还真能感受到阳光直接照射的光芒!

难得文人不正经

"郎骑竹马来,绕床弄青梅。"如今郎骑竹马渐渐远,远去的过程就是一切。怀旧,是人的通病,也是人的不正经,这些年很盛。说白了,不正经,是刻意营造一个自由宽松的环境,去想象历史,调侃生活。当下中国传统秩序严重退化成"一本正经",在一个层面上展示了民间情怀的瓦解,在另一个层面上又和政治衔接得紧张。另外,怀旧风泛滥时,很多时候人会变得"醉生梦死,百无聊赖"。其实,"一本正经"和"不正经"就差那么一丁点儿。前者,毫无人味,有生活崇高志向作怪;后者,人性解放,看淡衣食苦而风情不减。前者,把天下早已经整明白了的道理拿起当思想说;后者,则把社会和那个常和社会打交道的神经从崩溃的边缘拉回来。

不正经,林林总总,俯拾即是闲言话语,和文人的情怀有关。文人坚守的领域,一直有一层神秘的面纱。他们不同的文字叙述中,似乎仍然存在中国最后的人文精神和道德堡垒,仍然怀有和民众不同的生活信念或道德要求,仍然生活在幻影和恶作剧当中。在思想蠢蠢欲动又方向不明的社会里,文人的性子不能够尽情张扬,在社会的消费欲望中开辟发展新的领地,这个领地里的文人越发拿不正经当情趣了。

古时候民间饮食是有规矩的,两宋之后百姓才有了一日三餐制。在此之前,按礼仪天子一日四餐,诸侯一日三餐,平民两餐。西汉时,给叛变被流放的淮南王的圣旨上就专门点出:"减一日三餐为两餐。"普通平民日常饮食能从两餐到三餐,最欣喜的是文人。

把饮食描写融入吟咏的诗词文赋中，苏轼的不正经决定了他的情趣。他写有《东坡羹颂》《猪肉颂》《老饕赋》《试院煎茶》《和蒋夔寄茶》等。饭饱生余闲，他见人家妇人卖饼利少，心血来潮帮卖饼妇人写下了广告诗："纤手搓来玉色匀，碧油煎出嫩黄深。夜来春睡知轻重，压匾佳人缠臂金。"

"少年一段风流事，只许佳人独自知。"那个时代的苏东坡，有失意的处境没有失意的人生。有一盘菜叫"东坡肉"，既是居士又吃肉，可说是人生修养的一个范例。"黄州好猪肉，价钱如粪土。富者不肯吃，贫者不解煮。慢着火，少着水，火候足时它自美。每日起来打一碗，饱得自家君莫管。"不正经的贪吃改变了他生命中很多重要的事情，历史才让他长久活在当下。

张若虚的《春江花月夜》，被前人称作以孤篇压倒全唐诗。那一句"谁家今夜扁舟子，何处相思明月楼"，真叫把风月推向了四级之高。闻一多曾给这首诗极高的评价："在这种诗面前，一切的赞叹是饶舌，几乎是亵渎。"又说"这是诗中的诗，顶峰上的顶峰。从这边回头一望，连刘希夷都是过程了，不用说卢照邻和他的配角骆宾王，更是过程的过程。"闻一多1925年留学归国。走下海轮的刹那，他难以抑制心头的兴奋，把西服和领带扔进江中，看着它们漂向西方，他的中国身子急切地扑向祖国怀抱。

我见过出土的陶俑唐代侍女，乍一看就很温暖，暑气撩人的样子。从元稹诗句"藕丝衫子藕丝裙"，欧阳炯诗句"红袖女郎相引去"中，能看出唐代文人喜女子红装，喜媚俗。清风日朗，写虢国夫人身着描有金花的红裙，裙下露出绣鞋上面的红色绚履，走在长安郊外晒富，倦意来了，几个肥肥的女子，停留在日头晒不到的凉亭下饮酒，一幅挥汗而就的奇异画面。酒喝到火候，哥哥妹妹鱼水情深的样子。与其说文人不正经在于那份开放，不如说不正经在于那口酒和女子胸口前的大朵牡丹。

历史上不正经的、被女人怀念的文人有很多,比如北宋词人柳永,是一个具有艺术家气质的词人,他风流、落拓而又饱富才情。只是他那个时代,入仕是所有文人追求的核心目标,也是文人唯一的出路,因此艺术才能也要为之服务。那些在文坛执牛耳的领袖都能将两者完美地结合在一起,所以柳永虽有令人敬佩的才华,也只是用于花街柳巷。柳永最后家无余财,死后由一群妓女为其送葬,如果不是那活着时不正经的深广情怀,怎么能在历史上独成风景?

喜欢看文人不正经的书屋。文人的书屋安适独立,于世间纷乱争逐之外,不一定大,但有书足以裹卷文人的气场。

丰子恺先生在他的"缘缘堂"里写作画画,多少打击和创伤能伤及他那颗善良的心?他的心一定具备了自给自足的本领,不然他不会给自己的书屋起名字叫"缘缘堂"。他不露声色地点化着凡尘俗世中心乱意迷的人们,他是可以在乱世中获得文化定力的那种人。看看先生的漫画便知先生有多么不正经。他让一个孩子尝试雪花膏、牙膏的味道,他就想告诉世人,不为执着还为洒脱,人就这样一天天在无知、有知中把自己堆叠成了历史。

文人在历史上一直处于寂寞之中,又不甘寂寞,努力地在社会空间寻找自身的位置和确立话语权,寻找容身之地。文人率直,有一种莽撞地介入现实的力量,文人的不正经应该算是社会角落里的一朵奇葩。

现实生活并不是一般意义的一本正经,适用性太强的俗世,很容易激发人的功利体系,太正经的文人在此间活着,既不能真正的精神独立,又不能真正的空间独立。有几个字支着,很容易"看不惯一切",很容易营造出一个"偏静"之境。中国文字在当代中国实用性中一直处于衰变过程,自己的书屋取一个什么样的名字并不重要,重要的是一定要有点不正经。文人活在精神田园里最典型的代表人物是陶渊明。"采菊东篱下,悠然见南山",你看他那"桃花源"式的生活,千百年来,无论平民百姓还是王胄贵族,都在声色犬马的天地间念叨这种生活。

　　见过许多书屋的叫法,"人境庐""双忘斋"等,无非是"堂""斋""轩",所有的出现形态大都是从古文人的文章间获得启悟。什么样的名字能有丰子恺的"缘缘堂"好呢?什么样的名字能有鲁迅的"三味书屋"好呢?什么样的名字能有郁达夫的"风雨茅庐"好呢?

　　岁月粗糙如煤渣,又粗糙了多少情怀?"朝来风色暗高楼,偕隐名山誓白头。好事只愁天妒我,为君先买五湖舟。"到最后变成在泪眼中争吵度日的夫妻,寂寞一旦被世俗化,郁达夫也只好不正经地拿起笔,饱浸浓墨,在那衣衫上大写"下堂妾王氏改嫁前之遗留品"而已。

　　不知为什么,我一直不喜欢文人的山水画,偏重人物画。再好的山水,也明知人家是取法宋人元人,也具备了雄浑沉稳一格,可我偏就不喜欢。可能是住在太行山上,看多了自然山水的缘故,看那雨淋山崖皴的样子,一看就是为画画走进山中的,少了纵酒放笔、任气使才的性情。喜欢看文人的人物画,喜欢那一脸的人事之渺小、天地之唯我的样子。很耐琢磨。

　　文人不正经是俗世的窗口,有呼吸,有体温,有古今。看看当下的社会闹腾得多有阵势,闲余看看文人不正经的文字,文人说:"看看吧,看看吧,阳世哪里有鬼?鬼都在人心里,藏着呢。"

　　文人里的字画最难求的,大家认为是贾平凹的,其实是错误的认为。平凹老师的字很好求,只要你和他"不正经"。那一年去四川郎酒集团开笔会,酒桌上我说:"平凹老师,外界对你评价不好呀,都说你小家子气。"他说:"我哪里小家子气了?"我说:"比如想求你字……"他没等我把话讲完,急忙说:"你把你的地址给我,我回去就写好寄你。"果然半月后我就收到十个大字:"凤栖常近日,鹤梦不离云。"和一个人正经,怎么可以求得到他的字呢?

喜竹子的文人不少,由喜而画。画竹可以写实,可以写心,来得快,有文人难得的高雅在纸上。我一见难得的高雅就想到了难得的流俗。能画好竹子的人有画者骨格在里面,竹影疏朗,看似画得自在,却能看出笔头生拙老辣,意态清新俊逸来。风流才子唐伯虎曾在一扇面上画了《竹子》,铺纸沾毫,他的画如何?倒是《画竹诗》:"一林寒竹护山家,秋夜来听雨似麻。嘈杂欲疑蚕上叶,萧疏更比蟹爬沙。"可说是"流俗"得太不正经了。王维有"独坐幽篁里,弹琴复长啸"之句,与《黄冈新建小竹楼记》有一比,王维是唐时难得高雅的诗人。不是所有的文章都说竹子是好东西,也有骂的:"墙上芦苇,头重脚轻根底浅;山间竹笋,嘴尖皮厚腹中空。"人是个怪物,多少好诗句我没有记住,偏偏这尖酸、不正经,反倒鲜活在我心里。

古今能说出"宁可食无肉,不可居无竹"的,只有东坡一人。"门前万竿竹,堂上四库书",只为了确证一件事——不可一日眼中无竹。可知他的另一面的不正经呢,"十八新娘八十郎,苍苍白发对红装。鸳鸯被里成双夜,一树梨花压海棠。"一个"压"字,道尽无数未说之语!

我的书房里挂过一幅字,不是名家写的,是很普通的一位友人应我要求写下的。"真水无香,假山有妖。"我喜欢这八个字。如今是人到中年,觉得越老越难正经,倒不是想"玩世不恭",实在是对自己很难正经。我不是名人,但知道名声卓著的人都有点不正经。

看卢梭、托尔斯泰、雨果,包括我们的鲁迅。周先生给许广平写信是这样的:"广平兄,我是你的小白象呀!"那年他44岁,长得又老又黑又瘦。

几年前在京看电影《东邪西毒》,东邪带着一坛新酒,从绿色遍染的东边到风沙干烈的西域,送给那里的西毒。一坛酒,一世人,就只为了一个女人桃花。桃花是以此试探西毒的真心,东邪是为借此一睹桃花的芳容,西毒是为了从此得到桃花的消息。一年一次,坛底见空。极喜欢王家卫那句把心掏走的台词:"今年因为五黄临太岁,周围都有旱灾,有旱灾的地方一定有麻烦,有麻烦,那我就有生意。我叫欧阳锋,我的职业就是帮助别人解除烦恼的。"王家卫的电影有一种文人在美学上,甚至空间关系、人际关系上自己的解释,有些不正经地强调诗情画意。

我喜欢庄子说过的一句话:"天地岂私贫我哉?"但,这句话一时没有想出来叫哪个不正经的文人来写。

缘,需要一颗善心来恩养

把一个人从一条路上找出来,比把他从一个人的心里找出来容易得多。一个人的心里能放很多东西,不一定能放得下一个人。一个人能够到一个人的心里落脚,是有生存背景的。它的背景不是阳光取悦你的时候,捏制一些蓬松的俯身相就。它的产生偶然性极大,但有时也不偶然,似乎带有命定的成分。

这样说,一个人或一种事物的交往典型化过程,实质就是"缘"的产生。缘是肉眼看不到的东西,它在一个地方停留着,有茁壮成长的经历,你从那里经过,一个意义的生成就如同水的面貌产生了鱼,其精神的暧昧是活性的。

《红楼梦》里有一句话是"识分定",那个"分"是一种"定数",也就是"缘"。曹雪芹先生进一步阐释说:"穷通皆有定,离合其无缘?"人一生插过人流走,靠着顶逆的反力活着,凭借缘的定分立规,然后有聚有散。有英雄失缘之悲,有六情众友欢喜相聚之缘。缘定了,言笑过从欢乐共之,没缘分,前生有定,是争也争不来的。所以说缘还肯定证明了它的分。

我最早的启蒙读物是《聊斋》,它让我知道了人与狐之间的那种细腻的缘。因为缘,便有了书生一系列故事,一系列入境的走势:"妾身与君缘尽于今夜矣!"也就常常滞留在书中,因暂时的柔情林林总总地感怀。农民书生蒲松龄可说是给了我一个好去处,让我一生结缘与书,并且无法从思想中剔除。书看多了,久了,便不知不觉地,潜意识地模拟、类推着书中的情节,于是做事就难免有点形象化,就觉得有必要做点正经的、现实的、活生生的、能出名的、概率大的事情,就感觉与书结缘真好。当拿起笔来写一些小文章,比如,有缘发表。如此就有了一种干渴后的舒畅,就连带起了和这个世界的感觉,就觉得自己生命的定分终于冒出个嫩头来。

缘的概念于我就是父母和姊妹、朋友和爱情,这些构成了一个生物完整的缘体,我们依从这个缘体,带齐自己的肢体出发,从一个人的身边迁居到另一个人的身边,从一个城市迁居到另一个城市,留下一行一行不同的脚印,组成一个人一生一目了然的行迹。如果说我们一生与一个人或一种事物有缘,那就是缘的养料在我们组织的隔层供养我们,我们共享着这个"分",依着一天又一天的呼吸存在。

生有缘。

死有缘。

聚有缘。

散有缘。

天地万物皆朋友,这样人生似乎才有气味。但是,说起来容易,做起来就很婉约了。有些缘是我们想而不能的。比如京戏里的鲁智深在五台山闯下祸,拜别长老唱的那段《寄生草》:"漫揾英雄泪,相辞处士家。谢慈悲,剃度在莲台下。没缘法,转眼分离乍。——赤条条来去无牵挂……"可叹他一介武夫"哪里讨,烟雨笠卷单行?一任俺,芒鞋破钵随缘化"。两个"缘"字连连惋惜地瞩望着鲁智深一步一回头逼近梁山。

再比如某些生了暗疾的爱情,像国画里没有晕开的酒壶和牡丹的暗香,香气早透尽了,怎能闻出水墨的本色。所以说,缘来的时候要懂得珍缘惜缘,缘尽的时候也要随缘化缘,却不可以入境较真。一入境,整个思想就跟着缘瞎跑,从这个沟里爬出,便会毫不犹豫地跌进那个坑,没有半点含糊,你就把自己搞得人不人鬼不鬼了。整个大脑皮层的沟沟坎坎都被缘填得满满盈盈,缘尽了或感凄凉,或感悲伤,或感失望,潜移默化地成了一块心病,到头来自己也被缘搞得分明地过着不是天不是地的日子。细想想对缘也是不能认真的,尤是对两情相悦的事情。

爱与恨,轻与重,并非毫无由来的喜好,因为"缘"的背后有我们摆脱不掉的东西——骨子里的血液和气质。

与物结缘可以养人的性情,与人结缘可以充盈人的精神。佛不讲命讲"因果缘",但世俗把"命运"二字当成解读人生的一种误导。当风轻无力,生命幽兰绝世而去,其世间留下你生前的灵动与回忆时:绢本长卷缓缓打开,该托起和笼罩住的那种人生本色是你的善缘,而世间留下的是对你的念缘。

有缘连接,人世才弥漫着重彩,有了喜怒哀乐。

又因此,缘需要用一颗善心来恩养。

从一个铜铣开始

2000年前,西汉朝廷的皇上和大臣们在云南进贡的贡品里,看到了一个精工细作的铜铣,一时间,这个小小的铜铣震动了朝野。

原来远在云南,在当时人们看来还是夷蛮之地的地方,竟然还有国家急需的铜资源。于是,东川的铜矿开采被纳入中原经济发展的轨道中。

铜作为一种金属,有非常广泛的用途,更加重要的是,它是历朝历代铸造钱币的标准材料。

有关资料显示,至清代雍正时期,东川的铜矿开采都处于极为重要的地位,全国有百分之七十的钱币都是用东川的铜铸造的。每年运往京城的铜,从金沙江一路漂流直下,到镇江再经运河船运到京城。

东川年产铜在6000吨到8000吨之间,这些铜被用作国家铸造钱币的标准材料。

铜矿在国家战略上的重要地位,直接导致了会泽的兴旺。

会泽紧邻东川,属曲靖辖区,从汉朝开始便被作为东川的府衙。在最鼎盛的时期,会泽聚集了全国各地的商人,被称作"铜都",这样的盛况从西汉开始,持续了近2000年。

据记载,清朝中叶,古老的炼铜方法对木炭的需求量极大,每炼1000斤铜,要燃耗10000斤木炭,而烧出10000斤木炭,却要砍伐10万斤林木。

仅仅在清朝乾隆年间,每年要砍伐约10平方公里的森林,才能满足当时炼铜的需要。在2000年的岁月里,这种成倍的付出在不断累积着。

清朝末年,因为洋铜的进口,东川的铜矿开采一度减缓下来,跌入了低谷。对于东川那连绵不绝的大山来说,应该算是它2000年里唯一得以喘息的机会。1949年建国以后,东川又一次成为国家战略发展的重心,号称拥有"万人大铜矿"的东川,成为全国规模最大的铜矿。

从新中国成立初期到现在,东川累计为国家提供了50亿的铜产值。

铜成了重要战略物资,为此国家专门成立了东川矿务局,那是新中国第一个五年计划中156个项目之一,由苏联人援建。

1959年中国集中了全冶金系统的精兵强将来到东川,开始万人探矿。

东川也因矿建市,与昆明一样是省辖市,成为昆明的一个区是以后的事情。进入20世纪70年代后,泥石流年年暴发,越来越严重,不是冲毁铁路就是冲毁公路,一到雨季,东川与昆明和外界的联系就全部中断了,常常是持续半年连煤都运不进来。

小江桥就是那时报废的,从建成到报废不到20年。为了对付越来越肆虐的泥石流,迫于生存,东川政府开始治理泥石流。

那个时代东川常被灾难的阴影笼罩着,人心惶惶,报纸上也出现这样的标题:"东川,泥石流包围的城市。"

2000年的时间里,采矿的方式没有变化,炼铜的方式也一直停滞在原始的状态中。在2000年的时间里,这样的公式一直在被忠实地执行。2000年的时间里,东川的树逐渐被砍光。砍光树之后就挖草,终于连最后一点植被也被剥光。

东川最后一点维持尊严的植被被剥光后,水土流失开始愈演愈烈,干旱风蚀不断加剧,土质疏松,泥石流也就接踵而来了。还有,蒋家沟上游不断进行的矿石开采所产生的大量废渣,也堆积在那里,等待着迅猛的山洪暴发。

1999年,对于东川来说是值得被永远铭记的一年。在这一年,东川的铜矿资源终于濒临枯竭,这个因铜而生又因无铜而衰的古老名城,最终被取消地级市的规格,被划为昆明的一个区。

我们是不是可以这样认为:2000年来人类对东川自然的无情索取,终于画上了一个并不圆满的句号?在历史的长廊里,留下了一声无奈的叹息。

然而,人类的无情索取结束了,人类的灾难却远没有结束。

小江泥石流的动力来自地下的断裂构造带。科学家认为,如果没有人类活动的介入,小江泥石流照样会发生,没有人类之前,泥石流就存在了。

泥石流是构造运动和地貌塑造过程中的自然结果,与地震、与风、与水、与河流的涨退一样都是地球生命中的一部分。

人类活动不过是加剧了它的破坏程度或者扩大了规模。

东川有很多古老的泥石流堆积,东川城区就是建在五条古老的泥石流堆积层上。泥石流在这里如此发育,是因为东川处在一个很大的地质构造带上,小江河谷之下就是一个穿透地壳的大断裂——小江深大断裂。

小江断裂带北起四川康定—泸定一带,从巧家进入云南,经东川、嵩明、宜良、通海向南延伸,这个新构造时期以来十分活跃的活动断裂带,塑造着青藏高原东南边缘高山深谷的构造地貌,也诱发了频繁的地震活动。

在青藏高原第一阶梯到云贵高原的第二阶梯之间,大的断裂都在这个活动带上。青藏高原不断抬升,而云贵高原上升得没那么快,中间就有一个断层。活跃的地质活动,使得岩层都破碎了。泥石流形成有三个条件:能量条件、物质条件和水源条件。

在小江这个地方正好三个条件都具备了。

从东川站观察数据中我们可以看出,蒋家沟的输沙量20世纪70年代为360万立方米,但到了80、90年代,它的输沙量已增加至600万立方米。这令人震惊的数据告诉我们,每年约有3000万吨的泥沙由小江直排金沙江,对长江中下游生态造成的危害难以想象。

东川境内拥有深大断裂带,形成典型的深切割高山峡谷地貌,为参与泥石流活动的松散固体源的构成和堆积提供了条件,当雨水量充沛时,松散固体与水混合后形成泥石流。

大水涨到了龙王庙的根基,就要淹没龙王庙了。

由此我们应该得出一个结论,我们没有理由,也没有颜面把生态环境的破坏完全归责于古人。

我是过客,不是归人

去沁水县西文兴村,西文兴村人都姓柳。

说是柳宗元的后人。

十年前就去过一次,还看到过保存至今的《祠堂仪式记》等各种碑刻,知道了明、清两代的西文兴村,是严格按照传统的儒家文化修建的,宗族社会典范、儒家道德礼仪所规定的神庙社坛宗祠牌坊等一应俱全。

西文兴村,宗族昭穆,排列有序,走进去便知正庶亲嫡辈也分伯仲。

西文兴村现如今改叫了"柳氏民居",沾了柳宗元的光,可以把旅游文化做大。早些年我来时,西文兴村有些破烂,但已经看到了高台上堆放的木头,说是要修旧如旧,开发旅游。

将来的西文兴村究竟要成个什么样子?当时我的情绪波动得厉害。

我对乡村的古建筑就像对初恋情人的感情一样。那时候城市已经开始拆建了,我一直没有怎么难过。也许是因为我不喜欢城市,但毕竟在城市住得舒适,或应该更舒适一些。

当时在西文兴村,我用傻瓜相机拍照,有些景收不进来,稍稍想拉远一些,成像的照片全都模糊不清。

在西文兴村干净的街道上来来回回找那种破旧,却发现全都是破旧。

街道两边有坐着小板凳的居民,他们温暖地甚至想迎合什么地看着我们,在他们的身后,我依稀看见他们的家,黑黝黝的,一堆乱七八糟的家什。浓烈的烟火味从那些屋子里窜出来,让我感觉到了亲切。

西文兴村一改造,他们就要离开西文兴村了。他们对离开或留下的态度显得那么温暾和迷茫,我想,如果是我就不离开。

柳宗元是谁?是唐代古文运动的倡导者和旗手,是唐宋散文和唐代韩柳诗派的重要代表。

但柳宗元肯定没有来过西文兴村。

是柳姓人家的西文兴村,一定不是柳宗元后人的西文兴村。

我这样说,也是从史料中淘挖出来的。

因为历史有相关叙述,柳宗元是河东人,后世有人称柳宗元为柳河东,那么西文兴村的柳氏一族也是从河东迁来的,在地缘上有些瓜葛,就一定这样认为是不对的。

西文兴柳氏应当是这样:柳氏至唐末东迁翼城,明代永乐年再从翼城迁徙至沁水,先后有过两次迁徙。唐朝末年,正是藩镇割据,黄巢起义,五代纷起,军阀混战之时,而河东是主要战场,活不下去的柳氏人家投奔四方。

再来看柳宗元家族,虽是河东柳,约自柳宗元八世祖始,世代都在唐长安做官,遂占籍长安万年,柳宗元遂为长安万年人。

过去的人和现在不一样,现在人常说一句话:"天下何处不故乡。"

古人观念难移,千里扶灵,老死回乡。

"鸟飞反故乡兮,狐死必守丘。"

柳宗元出生于长安万年,他死在柳州,归葬在长安万年祖茔。

柳宗元一生起起落落,悲欢离合下却总是不忘写诗。

诗是什么?是怀有的一颗敏感的心。柳宗元在他走过的地方常留下他的诗文。他的诗文写过长安也写过万年,写过永州也写过柳州,却不见写过河东及中条山。

河东与中条山在他心目中怕是早已淡化了,或者本来就是淡化的。

柳宗元的一生让我看到了人在体制中,努力工作不再是唯一值得肯定的价值,因为他被一贬再贬。从邵州到永州再到柳州,没有看见过他有起死回生的迹象。好歹他拥有了许多可能的生活,不是作为一个历史的懦夫被掩埋在长安万年的祖茔里,而是以历史文化名人的身份依然被现代社会借用着声名。

我读刘禹锡的《故唐柳州刺史柳君集》,读到柳宗元临死前,曾遗书刘禹锡,将自己一生倾尽心血写就的文稿委托他整理的那十几个字:"我不幸,卒以谪死,以遗草累故人。"想柳宗元定是涕泗满衣裳的呀。

在天有灵,柳宗元真应该感激刘禹锡,一个给他后世带来盛名的人。

而我现在看到听到的都是一些借势的人,翻脸不认账常有,一脸的笑,一肚子坏水。

我对西文兴村的期待不是对柳宗元后人的期待,任何人的后人都没有值得去深究的意义。

我对西文兴村最感兴趣的是历史中存在过的家族生活的必然样式,那样的存在样式不可能有后来了。

一个生机勃勃的宗族社会,虽然被后来者瓦解了,但依然喂养了我的民族自豪感。

明是历史上大规模的移民时代。朱元璋在驱逐蒙元时,曾与蒙元长期打仗,打仗是要死人的,人到死时会在乎什么?什么都不在乎了,社会经济必然要在不在乎中受到极大的破坏。城邑空虚无人,土地大片荒芜。明代的沁水境内地广人稀,极需要外来移民开发。

山西人原本就有故土难移的观念,就近迁入,这个时候一些大户人家开始由战乱频发之地迁往安乐之乡。明朝初年有许多家族顺着河流迁来沁水,他们在沁水广置田产,他们的到来不仅促进了社会经济发展,也促进了社会文化发展,外来家族对沁水的贡献一直延续到现在。

时间到底也没有让一切躁动和激奋归于平坦,我们依旧还在吃大户人家的这盘菜。

一个家族在一块公共的土地上建立起了自己的王国。

这个原来有十三院屋子的家族社会,曾经有过文庙、关帝庙、真武庙、文昌阁、魁星阁和柳氏祠堂,儒家礼仪所规定的神庙社坛在这里全有。

突然想到,古代并不是一个法治社会,但是宗族社会家族里庙宇的存在活生生地发挥了伦理作用。

管理这样大的一个家族该要多么地勤奋。《柳氏宗支图记》中,明永乐年间迁入沁水西文兴村时,柳氏只有一人,历明初嘉靖年间,先后已历六世,柳氏"起初则一人也,以一人之身,而甲者四,户则十",至六世柳遇春,已经兴盛,繁衍为四支十户,以西文兴为宗脉,明、清两代西文兴周边河沟里存活的都是姓柳之人。

富不为贵。贵是什么?是声名。千百年来步入仕途跻身庙廊,能够生活在翻云覆雨的环境中才叫贵。

不是皇亲贵胄,怎么能够一步青云?

不过以光绪《沁水县志·选举》为据,不论官职,仅谈科举,明、清两代西文兴柳氏有科名之人,以科举名目轻重,名录如下:

沁水明、清两代共有举人一百三十八人,柳氏有两位举人:明代成化庚子(十六年,1480)科一人,明代嘉靖丙午(十三年,1534)科一人。前一位不说,后一位柳遇春中举后,曾九次参加会试皆名落孙山。明清科举考试规定:参加乡试考取举人,举人参加会试考取贡士,贡士参加殿试考取进士,进士中前三名分别为状元、榜眼、探花。进士是科举考试中最高的科名,人们常说的金榜题名即指进士及第,柳遇春共费去时光二十七年,再回乡时依然是鱼望龙门。

读书真是一件辛苦的事,不说少小读私塾,二十七年,硬是把一个青皮后生弄得老态龙钟。

负载苦难的重压,展现美好的愿望,古人和今人一样难!

来西文兴村时已经是傍晚,傍晚的晚霞还在。我发觉西文兴村的河道里已经修起了门楼,西文兴村的河道里很冷清。村庄里的人都迁走了。偌大的一个西文兴村显得空空荡荡。趁着晚霞往前走,突然想不起来以前来时西文兴村的模样了,似乎过去街道里的石板路就有,又似乎是后来铺就的。

在司马第廊檐下坐了半天,努力把丢失了的记忆找回来。

看到北房的瓦坡上有两只鸽子在卿卿我我。鸽子的背景是天空,天空的云朵上照着晚霞。所有的一切都在尽可能为我展示一个与世隔绝的西文兴村。

这个时候热闹来了。一个导游领着几个时尚的人,讲柳遇春做官清廉,是一个可以把个人道德扩大到公共道德的人;讲柳遇春是一个讲义讲情分的人;还讲到了冯梦龙《杜十娘怒沉百宝箱》里的柳遇春。

我以一种姿态在听,心思却不知窜到哪里去了。只有晚霞,没有耀目的光辉;只有雕刻淳朴的木窗,没有水泥。我抬起头来看高处,导游的声音越过我的头顶,借用名人典故来娱乐游人,尽可能叫他们满意而归。

现在有多少游人是真去看古老的文化？文化从来都不是大众化的。

就像文明的薪火传承，一定都是聪明人继承。

旅游不单单是附庸风雅的事，对于大多数游人来说，每年出去一趟似乎只是一种时尚，而在文明为旨的西文兴村，大家的眼神都很散漫，风一样进来出去，生命的过去和未来与他们却从不会彼此过问。

他们哈哈大笑着说："过去的人住这样的地方，黑咕隆咚有什么好？"

古人讲一命二运三风水，四积阴德五读书，在西文兴村因为附加了读书人，所以包容了天下大美。

一时又想到明代万历年间冯梦龙"三言"之《杜十娘怒沉百宝箱》，那个叫柳遇春的人，他也不应该是此柳遇春。

《杜十娘怒沉百宝箱》之本事，最早见载于明代万历河南开封人宋幼清的《负情浓传》。

这是万历年间轰动一时的社会事件。

柳遇春在整个故事中共出现过四次：一是李甲穷困潦倒时借钱无果，"今日无处投宿，只得往同乡柳监生寓所借歇"。二是杜十娘情由心生赠李甲一半银两，柳遇春闻知，见杜十娘真情，便也赠李甲一半银两，并鼓励李甲爱这个女人没错。三是杜十娘随李甲离开妓院，无处安身，"暂住柳监生寓所，整顿行装"，准备返回老家绍兴。四是杜十娘投江瓜洲渡后，"柳遇春在京坐监完满，束装回乡，停瓜洲渡"，梦中巧遇十娘来会，深为爱情故事没有好的结局而痛惜。

我们来看沁水西文兴村的柳遇春，他于嘉靖二十五年（1546）

中举人,共九次赴京会试均金榜无名,不得不于隆庆五年(1571),以举人资格赴吏部铨选,先后任陕西巩昌府(今甘肃陇西)通判,又迁今陕西同州(今陕西大荔)知州,在万历八年(1580)前后致任还乡,约五十八岁。十多年后的万历二十四年(1596),柳遇春死于西文兴家中。

这时候北京发生了杜十娘事件,河南人宋幼清以新闻的形式记录了故事,冯梦龙写下了《杜十娘怒沉百宝箱》的小说。

假如果真是冯梦龙《杜十娘怒沉百宝箱》里的柳遇春呢?

旅游有演绎并享有独自创造传说的功能,可兼而有之,不过一定不要为自己的祖先自命风流。

西文兴村宗法社会家族延续的四支十户,明、清两代始终团结在先祖柳氏周围,并且相安无事,发扬光大,这才是最重要的。

他们都是寻找家园的人,寻找家园的人都是求功名的人,如此之难却有如此风雅之地做根基,足够宣传。

坐在西文兴村的街道上,来,照张相。

晚霞暗了。西文兴村所附着的河流的某些历史、某种生活方式及审美价值在最终消逝之前或正在消逝中,我留下影像。

向照相的人致以微笑!过客永远不是归人。

寂 静 之 味

  我一直认为荷花和淤泥是有性爱的,从人类的幸福观里来解释,似乎一切都应该在血脉里传承。
  其实不对,比如植物与土地,牛马从土地上走过,啃食着多汁的青草,冒着热气的粪团子落在土地上,植物一啰嗦,一场雨水,又茂盛地摇曳。
  这种高情深韵而非局促仓皇的调情,看起来是外在动作,实则并非用意,一用意就徒劳了。
  喜欢植物与泥地的爱情,无性,唯其如此,春天才会如在眼前。
  荷花长在暖光暖香里,初夏,坐在它长身玉立的影子畔,有些醉会随着岁月的流逝越来越有味。醉着,一直醉到秋天,荷花有了古旧情调,落红之后的藕比荷花更有味道,更令人舒服那么几分。不单因为萧瑟,更多的是空气里清扬的枯寂味,是季节不经意的细节总和,被光线和色彩相加,荷花在水面上惊心动魄得叫你当下就想寂寞到更深里去。
  人有些时候不一定是被书本感动,更多的时候是被情景感动。快乐,是一个逼近日常的词。有些时候来了又走,留下什么,但知道那一池的好。那份旁若无人的自在,意境藏得深,风姿绰约是可以推开俗世的。
  想起祖母的三寸金莲。千年庭院,青砖绿瓦,斗拱檐壁,阳光森森细细照进来,那双金莲慢慢移动着,瞩目在一棵石榴树下,树下一缸荷花粉艳。祖母穿靛蓝粗布小衫,土织布染色的那种。还没婚娶时,在小院开垦一片菜地。祖母死后衣裳归我,袖口上有一圈老绣,平绣,婉约的魅,素净的时光就在我的袖口上搁浅。我在眷恋的缘由里,常常会在红袖前搁置一杯莲心茶,苦苦的,让时光呈现出寂静。

瓦蓝的天空上升到我仰望的高度,那一口苦下咽到喉部,不知道为什么,感觉有荷花的魅惑之味。

年轻时不喜欢大红大绿。穿绿也是旧绿长裙,穿红也是暗红衣。很珍惜色彩。想来,还是喜欢白色,多余的背景都多余了。白如光,如雪上返照。尤其是月下,一塘的妖艳。要想俏一身孝。民间的打扮,浪漫入怀的趣味,追求形而上的,每一次相遇都重在个性上,会眷恋,风吹过去,水墨的意蕴在流泻。

买过一袭长袍,是一个小圈子里流行的牌子"布言布语"。几笔墨像水晕开似的,一尖荷花,要在极瘦时穿。水蛇腰,风摆柳,很贴近风情万种。

有一年夏天我穿着它去见一个人,回来时很晚了,打出租车到我家门口。我的住地在城市郊区,左手右手都是练歌的地方,前方是火葬场,院子后面是戒毒所。那是一片长着荒草的郊外,入秋的草叶鬼魅摇曳,我告诉司机往草深处走,他一脸惊异。

我下车,夜色中,他绝尘而去。

后来就不穿那件袍子了,做了睡衣。

睡如小死。睡在人间望断天涯路上,睡在虚谷的画意里。

虚谷的画有苍秀之趣,敷色清新,落笔冷消,不知道是不是和他的性情孤僻有关。他的荷花是经得住挑剔的,离烂泥还有两步,但已经生根了,寂静之外还有人烟。有时候想到,天才的成功,需要时代给予充分的条件,国家兴亡,于他来说也不过是季节交替,时代怎么舍得给一个喜萧瑟的人更多喧闹呢?

少年时画荷的人喜欢极淡的艳,无欲的美,无情的动人。年老时反倒喜欢用粗粝的技法画出那种奇怪的隽永和生机,迢递的安宁,咫尺里的旷远,那是欲说还休的伤身伤世呀。

我想,我的晚年一定要像黄永玉的红莲,艳俗、妖媚,精怪一样,尽量去贴近中国的民间。

真不知道未来还有没有中国民间。

黄永玉笔下的红荷,它们没有给人那种非常清高、出世的感觉,而是一种很绚丽、很灿烂的气质。他曾开玩笑说:"荷花从哪儿长的,从污泥里面长的。什么是污泥呢?就是土地掺了水的那个叫作污泥,是充满养料的那种土。"多好的话,富贵藏在情爱里的,竟然是泥做它的养料。

幸福是小暧昧,有羞耻的欲。

依窗处,清茶一杯书半卷是一种好,大碗喝酒,大块吃肉呢?好!万事过去皆与酒无关。与什么有关呢?与恩爱有关。

原本两个恩爱的人,在泥土中通往粮食的道路上,还有多少人懂得?人的欲望和要求没有那么热闹,太烂熟的生活都是俗常,都该有草木性情。

喜欢枯荷,着迷一样燃烧。"枯荷摧欲折,多少离声,锁断天涯诉幽闷。"

枯,是不好画的,有一种极端的精神特质,说不出那样衰败的叶子里到底藏着什么打湿心灵的东西。枯的莲蓬,意兴阑珊的冷,珍珠如土金如铁,天地的骨鲠危立耸峙,贵在神,形貌已不重要了。

只可惜,能面对秋日枯荷萧瑟相邀喝酒的人少了。偶尔,已成为一种怀想。因此,人世间的红颜知己总是要挂在嘴上说的。

吃过用青绿荷叶包裹着的鸡,味道极好。是把加工好的鸡用泥土和荷叶包裹好,用烘烤的方法制作出来的一道特色菜。盘子里的货色在灯光下,色泽枣红明亮,芳香扑鼻,板酥肉嫩,真叫个好吃。它的制法方法与周代"八珍"之一的"炮豚"有点相似,"炮豚"就是用黏土把乳猪包裹起来,加以烧烤,然后再进一步加工而成的。

就算是好,也要有情绪的节制,真正的"福"不奢华,反而朴素。没有至情至性的人是消受不起这般福分的。青绿的荷,初生长时有藕带,再大些会开出花,花谢过后就会长出好吃的莲蓬,莲蓬过后莲藕就长好了,就连那荷叶,都可以被用来煮粥,克勤克俭的样子。

夏日的黄昏,院子里养一缸两缸三缸荷,荷下养了锦鲤,入伏,渐渐长得亭亭玉立。荷花开的日子真叫人醉生梦死。人的欲望和要求不一定是热闹,太烂熟的生活都是俗常。

谁一辈子活着不是为了俗常?只有为了俗常下的那一种寂静之味,才要去欲说还休,欲说还休。

街 巷 深 处

  隐于历史建筑之间的小巷是幽寂的。
  你可以忘记在村庄生活了多少年,但是,你忘不了小巷。小巷的魅力在于其切割了村庄的空间层次。灰黄墙壁夹出的一路青苔,漏出的一棵绿树,一举睫、一闭目之间是寂寞的,总觉得身后拖拽着明明灭灭的故事,你也不知道为什么会那样,所有都扎根在了记忆里,并将成为永不重复的往事。
  如今的巷子只是排房之间的过道,像乌龟的腿一样短。
  巷子是家宅之间的路,家宅是当时人们最重要的财产。
  大规模的宅院是有钱人彰显身份的方式,越有钱的人巷子越幽深。
  村庄的过渡空间在完成高度变化的同时,也完成了使用功能与私密程度的过渡,更完成了院落生活与街巷生活的相互渗透。
  如果拿杨盖儿《交往与空间》所论述的标准来评判,巷子是有活力的完美街巷。多少年之后才知道,有钱人喜欢建造串院、三合院、四合院,所有的方向上有建筑围合,屋后通往别院的路就叫巷子。那些巷子大都是由各个院落退让形成的道路,随村庄生长而自然形成。
  巷子也是院落与院落之间内部的道路,有时候巷子里会放一根长木头,许多人走过会知道这根木头是谁家的,长在什么地方,或引申到那家人更有意思的生活情景。
  孩子们会在那根木头上望着巷子口,看自己的大人是否会出现在那里。

旧时代的巷子在晚夕中常常搜着怕,有一种情景在身后,一滴水一束阳光全都在巷子的尽头。黄昏眼乱的时候,有人扛着一捆草走过,草擦着巷子的墙,孩子们便开始进入想象:

有一个白衣女人,她的名字叫"鬼"。女鬼走过,裙裾擦着地面,人听不到她的声音,当听到声音时,看不见她的人影。

就这样,黄昏的巷子是一段没有人敢走的路。

有些传说都在王姓家族那棵老槐下开讲,月明在槐树的枝梢间,月明走开的时候,似乎身后的那条巷子永远都不再有人走过。

人喜欢在河流的避风处居住。河流不会留下人的脚印。多少年自然界万千气象都是河流生出的。记忆是孤独的。

天空蓝给巷子。

麻雀飞离树梢,墙头上两只猫望着叶片一样扬走的麻雀心怀难过,而它们爪子下的村庄的繁华,是巷子连成的。那些自然街巷和非规划街巷是走向外部的道路,共同构成方格网式的道路系统,连接各个院落,在院落之间进行交通疏导。

女人在旧时代都长成一个模子,杨柳身材,薄嘴皮樱桃大小,杏核眼淡眉毛,一袭锦衣,走过巷子,一束青白色的光颤颤的,能挑逗出巷子的轮廓。

过去的巷子是密闭的,是女人专用通道,女人可以在巷子里随意行走而不会被阻挠。巷子是女人的生活场所,你可以去交往,去拜神,巷子的长度是你满足的长度。巷子的自发性和控制性相互统一、融合的过程中有男人的规约。

那些自发性都是先于控制性的。

自发性大体是指在村落整体格局的形成过程中,道路不作为主体目标进行规划和建造。这种自发性的过程是明显区别于现代化规划过程的。控制性则指道路经过微观的调整,包括路面铺装,人们在修建房屋时有意识的退让,房屋建成后为保证道路的使用与相应的调整和改造等。

男人一直企图改变这个世界,他的改变从内部开始,因此,街巷最初都该叫宅内路。有如此规格的村庄大都出过富贵人家。富了贵了,最后告老还乡,一是要告慰自己的祖宗,二是要告慰乡党。人活着就该是来世上扬名的,人一生只是为了炫耀而活着。从古到今,有很多人前仆后继地探寻和追寻一种大同世界的乌托邦梦想,只是我更喜欢旧时光。

在沁河岸边的上庄村看到一条水街,街门楼永宁闸上所题"钟秀"二字,是对水街最恰当的形容。水街的灵气源于自然的河流形态,水街的端庄来自两旁沧桑的历史建筑。当地有人喊它"巷道"。水街的空间特质独特,从形态上看,称水街为"庄河"似乎更恰当。

它的魅力源于再现了村民的真实生活。

村民在水道里取水、洗涤,在平台上聊天、吃饭,大人们相互调侃,孩子们奔跑嬉戏。

假如没有预设,这些活动似乎更适合发生在巷子里。

建筑与街道之间存在一个过渡空间——巷子,同时为创造有生活气息的水街提供了物质环境主宰者:人。

看到这些美好时,对于这个村庄,我是一个局外人,不管自觉还是不自觉,它曾经的风情气韵已经进入了我的眼睛,激荡起了我的感官喜悦。回想它的从前,那是有着诸多隐秘的从前,它的水流声里有一条条生命游动,性急的孩子们等不得伏天到来,早已光溜溜地跳进了有水的巷道。

岸上的女子,你的手臂白皙如凝脂,你的脖颈如玉兰花开放。那些充满人间烟火气的大院,铺首开合之间,一张张生动的脸探出来冲着河道喊一声,要巷道里的小心瞧着,看鱼儿咬了你的裤裆。

雨天来临时,人坐在巷子的廊棚下听雨,猫啊狗啊的,一巷子蛙鸣声浮起来落下去,月升月沉,那些享受过这样好日子的人真是有福了啊。

朝思暮想,是欲望把我们的日子翻得断了线了。

在村庄,人们没有街道的概念,除了巷子,就是山沟、河道。村落中大多数建筑沿河道修建,也成了村庄的轴线。水街是自然形成的,因此,它没有中国传统中轴线的形式,当然也不具有中轴线的意义。村民告诉我,1980年前,它虽有黄沙满河,清溪中流,很浅,还能叫水。20世纪80年代末期彻底断流。眼下河道里堆满了建筑垃圾,那些建筑垃圾都是水泥材质。原来的宅内现在成了宅间,于规划街巷逐渐成为外部道路,拆的拆了,谁也没有说不对。巷子内我看到成群结队的苍蝇,屋脊上的一只兽头跌落下来,它的眼睛鸾铃一样,呼吸似乎已经很困难了。

成长是一条无比艰辛和充满未知的道路,成长又是很愉悦,总有快乐会在明天发生的迫切心念,成长是要有代价的。

同时,成长也对你宣布,就在此刻,生活和历史开始了并且结束了,你什么都没有觉得,连体验都谈不上。人在欲望、诱惑、无形的逼迫、生存原则和价值观的熏陶中慢慢变得功利化、现实化,然而,经过时间的沉淀酿就的泛了黄的旧时代,我们再也拽不回它曾经的绝代风华了。

崂山,人类共处的天堂

一

海成为汪洋统治下的殖民地,除了两栖动物,那些不会游泳的植物则在海中换肺为鳃,急促地呼吸,让海面升起一串串快乐的泡泡,水鸟划过海面,潮涨潮落,于是,海面上裸露出了岛屿,被海水冲刷得白净的石头,从很远的地方看过来,明显感觉到了海的过往。

海水退去的时候,石缝里的腐殖质开始滋生水之外的生命。陆地,隆升,日日铺陈出连天的繁草、连天的白云。

在此之前,我们是否看见过如此融洽的自然?从容不迫。人作为侵入者,热情,且执着得厉害;被侵者是安静的,且透彻得不张扬。在理由不充分或者契机没有出现的时候,连接陆地与海洋的地方出现了一条小路。

海是东海。裸露出的岛屿叫牢山。一条小路通往一座道观,通往一座渔村——青岛。

这是我们经验之外的想象。

长夜过去,炊烟再度升起,阳光普照,当牢山成为崂山时,天色、草地、树、藤蔓、道士,崂山成为心情流浪的去处。

确凿地显示在记忆中,从而把那些纷至沓来的人与事牵引到眼前来。如果没有人,我想一切都会是静止的,生命也不会发生变化。时间过后,天色会交替,草地会枯萎,树会老去,藤蔓会落入海中,是的,只有海,无论风来还是不来,它都活着,而且一直年轻。

　　远望,胶州湾的海平面在暮色中泛着蓝光,海面上有星星点点的船影,崂山在近处,它就像静谧而神奇的处子。我们坐在青岛龙盘海洋生态养殖有限公司的船上,回头看身后,海水退去,波涛呈现流线型,层层叠叠,一起一伏,消失在最后的浪里。

二

　　任何一个地方的美好都接近风俗画,与挽草而居和浪迹天涯对立而生的是这个地方的传说。我们必须承认,崂山道士和一个叫蒲松龄的人有绝妙的关系,他是崂山道士走往世人嘴里的"同谋",也是崂山太清宫财富和享乐的"同谋"。

　　中国的名山大川是没有普通人的,比如说蒲松龄笔下的道士,在崂山他可以学得穿墙而过术,入了红尘只能是碰壁。老故事翻新,永远讲不够。

　　一生无缘功名的蒲松龄选择了走创作之路。蒲松龄写鬼怪,离魂还魂、死生相易、阳赏阴报。他的路数与其他科场失意的人不同——柳永要把浮名换作浅斟低唱,李时珍落榜后改行学医,洪秀全领导农民起义,曹雪芹干脆无心仕途。有的人站在科考之不归路沉迷功名,科考失意的人站在守护人性的高度鄙视一切。

　　景因人显,站在"穿墙壁"前想象那个月夜。沉迷、孤独、焦虑与恐惧需要人来分担,或者分给他人。人生无非是一直在寻找改变的契机,在理由不充分或者契机没有出现的时候,入崂山看见了海市蜃楼,看见了道士穿墙,于一介落魄书生而言,犹如看见了水涨自满的河道,看见了炊烟升起和阳光再一次普照。

　　岁月何其长又何其短?日月云雾一天也不曾离开过崂山太清宫古树,弯弯曲曲的山道边,也总有灵兽的足迹,海市蜃楼匿藏在静如明镜的海面,月影下的崂山和崂山道士写作者蒲松龄,一个独自沉醉的、惆怅的写作者,他操劳着他的功名。没有人可以洞穿人生厚壁,他眯眼看人世,人世混乱而无道,正如那一塌糊涂的历史,很寂寞,处盛世而无为,自己对自己灰心,冷眼看世间闹哄哄,终于在太清宫看破了机关。

神秘都是人自己做出来的东西,记忆总带有感情色彩,那一刻,我能想出蒲松龄在月影冰气沁人时的不舍离去,喃喃之音立刻笼上浓雾,被醇酒融化的眼前,经过了岁月和文字的强调,道士穿墙便有了某种凭据。

而所谓的后来,让更多的游人停留的地方,只是一景而已。倒是太清宫三官殿院中那棵树龄六百多年的山茶(耐冬),被后人称为青岛树龄最长的名叫"绛雪"的树,因了《聊斋志异》中《香玉》篇的主人公而闻名于世。

蒲松龄一生游览的名山大川有限,但充满神秘色彩的崂山毫无疑问是他情有独钟的地方。道士穿墙,穿墙过后想要做什么?难道不过是写人间百相,人生如白驹过隙,不过一场杂耍而已?

三

崂山的太清宫已经不是从前的样子了,那些树还是。

树是另一种形式的生活史。

攀过院墙的青藤,梅开得冷冽,暗开的窗户,门前高大的银杏,还有石楠、圆柏、黄杨、乌桕、紫薇、楸,树的脸折叠着规则的时间的皱褶,青苔吸附的人声,由往古至此。风在高处吹,冬阳照着秃枝,山茶开得嫣红。

对生命的渴念,道家自有他们的一套理论体系。道经中说:"一切众生悉有道性,称之遍有,种之则生,废之则不成。""长生之本,惟善为基。"道教认为,人要长生,除了修炼自己的形体之外,重要的是在道德上行善去恶。修炼的主要内容是弃杂念、悟天机,而要完成这些功课的首要条件就是远离尘世,独居深山则是不二法门,而这也是"道法自然"的一种形而上的需要。

延伸着对幻想事物的永恒向往,所有时间给予人类巨大的恐怖、深邃、困惑及其毁灭所带来的苦难,道家则是悠闲自得和宠辱不惊。如果我们能够明白,真应该向太清宫的树学习。它们站立在土地上,没有语言之外的任何企图,所有走过并仰望它们的人,在语言进行过程中,喧哗声像水一样四处满溢,形成不同方向的欲望延伸,在空间和时间中扰乱了树下清净。

能够懂得"天地与我并生,而万物与我为一"的恐怕只有树了。

当万籁俱寂之时,海上一轮明月高挂,倾洒柔和清辉的太清宫该有多么安静。太清宫的月亮,让我想起曾任教育总长的清末翰林傅增湘《游崂山记》中的一段精彩的记述:"是日,适值佳节,月上东峰,遂同步海岸赏月。初行竹林中,金影布地,晶光上浮,若玉烟之笼被,清奇独绝。嗣乃登坡放瞩,海波浪碧,天宇横青,上下空明,如置身玉壶冰镜中。"

每当春秋月夜,微风徐来,海不扬波,皓月当空,浮光耀金,一派皎洁月光洒向大海,这就是被誉为崂山十二景之一的"太清水月"。清代文人林绍言有诗赞曰:"相约访仙界,今宵宿太清。烟澄山月小,夜静海潮平。微雨五更冷,新秋一叶惊。悄然成独坐,细数晓钟声。"

月下树影,心清耳净的精神世界,它们不以语言形态的方式交流,只是一种气息,清纯得连味道都没有。在世界上一个干净的夜晚相遇,当一个人从此间走过,寻找并决意要使自己的心灵和身体贴近某个地方时,月下树影能够引领你,朝向更为寂寞的领域,而此时的人必须冷静地保持自己。

人有时候真是一无所知,总是很激进地缩短和自然和睦相处的距离。

四

说东晋和尚法显取经由崂山上岸,那里已经只是一处遗址罢了。海洋,凛然阻止着人类前行的脚步。望"海"兴叹,便羡慕长一双翅膀的水鸟,可以掠过这宽阔的空间。站在这里,遥想长江从发源地到入海口的经历,整个流域所伸张开的根根系系,这条巨龙不仅穿越了南方广阔的疆土,而且贯通了一个民族生长的血脉和思想品质。一个凡夫俗子面对它,只能渺小如一滴水或一粒粟。要想抵达理想的彼岸,哪怕是一丁点微不足道的奢望,若不费尽心机,也是难以如愿以偿的。法显,是中国历史上第一个从西域向天竺,然后由海路归国的取经者,同去十一人,只他一人回还。

法显登陆崂山,对佛教的发展起到了推动作用。崂山最有影响的寺院不少是建于这一时期的,且都与法显有某种关联。潮海院,位于沙子口街道栲栳岛村登瀛湾畔。据很多史料,法显当年就是在这里登陆上岸的。对于法显的崂山登陆处,近代有学者提出也有可能是在王哥庄街道小蓬莱处,依据是《佛国记》中"即乘小船入浦,觅人欲问其处"的记载。因为这里有个村庄叫浦里村,据此认为"入浦"就是入浦里村,浦里就是法显的登陆处。其实并不尽然,"浦"是河流入海的地方的统称,并非指某一具体位置,每一个海湾都会有河流注入,登瀛湾同样也不例外。凉水河、黄家河等河流都在此处入海。而从法显的大商船是随海流漂泊而来的情况看,其进入登瀛湾的可能性更大一些,因为这里直接与海流相通,商船可直接随海流驶入。

潮海院又名石佛寺、白佛寺，始建于南北朝时期。在全国佛教寺院中，被称为潮海院的唯此一家。潮海院之名，想来应该是为纪念法显西行取经随海潮而来，在此登陆，与崂山结缘而命名的。石佛寺、白佛寺之名，也都与法显有关。《佛国记》有"太守李嶷敬信佛法，闻有沙门特经像乘船泛海而至，即将人从至海边，迎接经像，归至郡治"的记载，可见法显带回的不仅有经、律等书籍，还有一些珍贵的佛像。其在当地留居一年，受到地方长官的礼遇，赠送一尊佛像给地方，应在情理之中。而这尊佛像极有可能是用白色石料雕琢而成的。后来人们在此建立起庙宇后，将这尊佛像供奉在大殿之中，并以佛像命名其为石佛寺或白佛寺，应是顺理成章的。

日本侵华战争中，日寇想寻找传说中的佛像，曾有社区居民因不知"十佛寺"在何处而惨遭毒打，另有四人惨死在日本兵枪下。新中国成立后，主持还俗，寺庙百余亩田产归栲栳岛社区所有。20世纪50年代末，曾在该寺设农技学校；至70年代，因年久失修，加之"文革"破"四旧"及国防建设需要，潮海院塑像被毁，寺庙被拆。目前经修复后的潮海院被辟为海军招待所。院门上由湛山寺方丈明哲题写的院名——"潮海院"三个大字熠熠生辉，正殿廊道里挂着高僧法显的画像、法显西行路线图和潮海院简介。

殿前殿后的门柱上均书刻着楹联。院内一副楹联很有意思，颇具军人气概：

"钟鼓声中垂思百代云舒云卷，貔貅旗下静观千年潮去潮来。"

五

登上崂山顶，有冬雪残留。在铺天盖地的白石丛中，崂山顶带着入骨的萧瑟风情。

距今6800万年至13000万年的燕山运动晚期，从地壳深处上涌的炽热熔融的岩浆,在地面以下几公里的地方冷凝。岩石有肉红色、白色,矿物结晶呈粒状,地质上命名为"崂山花岗岩",但它在诞生时,并没有露出地面。新生代以来,地壳抬升,上边覆盖着的岩石逐渐被累年的风霜雨雪和经久的流水剥蚀掉,才露出了花岗岩石。

在几万年的沧桑变化中,大自然的鬼斧神工就在眼前呈现。此时登临,算是满足了一个浪漫而不无虚荣的念头。登高望远,一览众山小,当是人生一种境界,一种生存方式的渴望与寻求。

夕阳朗照,融入昂扬向上的激情,崂山依然鲜活如初。

崂山地貌按高程大致可分为上下两层。上层为犬齿交错的山峰,海拔近1000米,它们是1万多年前末次冰期时形成的。当时自然环境十分恶劣,第四纪几度入侵的海水已退却到冲绳附近一带,黄渤海成为一片荒原,气候干冷。此时,日夜之间、冬夏之间温差很大,花岗岩在寒冻作用下,机械风化很快,大块大块岩石崩裂,形成参差不齐、面貌峥嵘的山峰。下层的花岗岩地貌,多是1万年来冰后期形成的。此时,大海回归,化学风化占了优势,雨水和地衣植物参与这种风化,将质地均匀的花岗岩由表及里一层层剥离,一些早期崩落的巨大岩块,或原来没动的岩石,遂形成一个球形巨石。

巨石折射出太阳的光芒,抑或永恒。孤独和苍茫瞬间孪生于胸。只有风声,能让极其微小的声音震颤耳鼓。倾听,一滴水声,正缓慢消失,在树冠上面的云端,当群鸟从树枝间腾飞,那是一棵树正在和它的入侵者相爱,所有的巨石露出魔鬼般的微笑。也许只有天堂才可能给你这样宁静完美的平衡,整个世界总会在这样安稳与和平的气氛中,走向更合理、更健康、更完美的境界吗?

人是自然的产物。一个民族的文化,也常是地理与环境的文化。不寂静就不是崂山。英国科学家李约瑟曾说:"中国人的特性中有很多吸引人的地方,都来自道家的传统。中国如果没有道家,就像一棵大树没有根一样。"崂山临海,选择一种以退为进的方式修行,也是人和自然的友情携手,时间不能伤害的也正是这种友情。美景还覆盖着我眼睑的星空,崂山,是人类共处的天堂。

在选择把一切放在上帝脚下之前,我来过崂山。

十段时光里的新疆

万物都是相互作用着,比如沙漠、草地、赛里木湖、那拉提,都是由季候、水和阳光构成自己生命的本体。这是一个梦想,当梦想成真时,我看那青色铺陈远去,我找不到大地和天空,我感觉到了我语言的生涩和锈钝,我无力用更加准确的赞美来完成对她的解释,但我努力做到了让自己明白,我此时此刻站立在新疆。

一切都写满了生命的印痕。我的欢实,如青草地上出栏的牛羊撒蹄而去。

一、红山下的乌鲁木齐

乌鲁木齐,古准噶尔蒙古语,意为"优美的牧场"。

我上飞机前问过鲁院新疆同学桠楠,乌市是什么气候。他说,和北京一样。揣测冥思着北京的气候,什么样的气候?刚下飞机,热浪扑来。不过乌鲁木齐的气候还是和北京有别的,午后近黄昏,可以安静地端坐于街口,凉风习习中,注目美丽的维吾尔族少女。

史称"十三国之地",说的是西汉时期,乌鲁木齐周边居住着十三个部落的游牧民族。这里是丝绸之路新北道上,唯一的收税城、管理城和供给城。无论这里曾经有过什么,她都是充满了诱惑的。古往今来,厚重的历史感让每个没有到来的游客心生偷窥之意,一种念想冲击直逼心灵。

"繁华富庶,甲于关外",她不仅仅是"富庶",还是古丝绸之路上的四大文化交汇之地:汉文化体系、印度文化体系、伊斯兰文化体系、希腊和罗马文化体系。当乌鲁木齐失去她最初关于"牧场"的所有含义时,不可复制的乌鲁木齐已经成为辐射全新疆地区的现代化大都市。

到乌鲁木齐,不能不到红山。红山是乌鲁木齐的标志性景点。站立在高处,可以看到乌鲁木齐城市的全景。董立波指着南面,再往南十公里,就是乌拉泊古城遗址。董立波的胳膊伸长到即将脱臼所指的年代,他告诉我们,曾经它存在,与八十公里外更古老的达坂城一样,是戍守边关的堡垒。王洛宾的《达坂城的姑娘》被传唱得热闹不已,却很少有人知道它曾经是一个盐税关口,抽取由六十公里外的盐湖贩往天山以北各地盐商的盐税。

微风拂面,历史烟云尽过眼前。举目远眺,鳞次栉比的楼房,对于我,有着生活在别处的另一番意义。

二、大巴扎,民间的富丽与辉煌

大巴扎的小玩意儿给了我刺激。我是一个十分贪小的人,人都这样,我亦是。

小玩意儿很多,尤以乐器见长。新疆是一个闻乐起舞的地方,音乐覆盖并照耀了他们的日常。我想象不出来还有哪种幸福可以把他们拦腰夺走,如此,我走进大巴扎的时候,我发现了,是他们的乐器:卡龙琴和热瓦甫。只要拿起一样乐器,我就能从他们的眼睛中觅到一种到老也用不完的热情和爱。

我孤独的灵魂以贪小的姿态朝他们靠近。我发现新疆人交易不像内地人砍价,要砍掉一半多。他们只出他们认为合理的价位,你可以走开,但是,他们绝不让步到拉你回来。

我买了铜碗、铜壶、冬不拉和热瓦甫。看到一个铜盘,很入心,不想放弃,同行的新疆作协的朋友讲,等我们到了喀什,那里是最好的购物场地。我一路走到喀什,再没有见到它。我想7月5日回乌鲁木齐再来。

我终究没有买到。7月5日,哀恸春秋。

大巴扎,风情万种,尽管时间紧迫,可我看到了我热爱的,我惑过。

穿着艾德莱斯绸的维吾尔族的姑娘,她们美丽的好容颜,是大巴扎盛开的玫瑰。

三、放下俗世,你就能听见花开的声音

我越过天山,青色的皱褶,雪山闪烁着道道银白。天山占满了我的眼睛,我看到了山的呼吸和粗砾的咆哮、汹涌。

进入那拉提,正是青草没马蹄的季节,青色无边。我们经历了两种风情的那拉提:一种是雨后的那拉提,一种是阳光下的那拉提。云卧在山腰上,羊群迎面走来,孩子们举着雨伞当作降落伞一样奔跑。迷人的乡村,雨后脆薄的阳光照耀在它的头顶,光亮的地方有着女性额头一样饱满的光泽。

河流的最后,我想象不出那些聚集在地幔中的能量是如何操纵着板块在软流圈之上激烈搏杀,大地经过漫长的痛苦孕育,诞生了最美丽的风景——草原。暗绿色的青草峰峦一样层层叠上去,蒸升上去的雨后的云气,像戏剧舞台上的水袖一般拂去,阳光下,流韵一样。

我们以自己欢喜的方式拥进草原。花儿四溅,放下世俗,你能听到花开的声音。

那拉提是世界上四大河谷草原之一,是巩乃斯草原重要的夏牧场。它三面环山,只有西部敞口,迎接西来的湿润的气流,成为新疆的湿岛。2005年4月,那拉提草原被上海吉尼斯总部命名为

"哈萨克人口最多的草原"。一个爱马的民族。我看到一匹泊在毡房旁边的马的脊背上放着一张摇床,我不知道它曾经睡过多少孩子,有多少孩子长大后像鹰一样飞向远方。我知道有一颗母亲的心跟着他们,思念,遥远而顽强。

阳光开放,辽阔而呈现跳跃的牧场不可避免地被镀上了一层蜜色的光彩,追忆似水年华的娴静,这种追忆不是孤独伤感,它处子般的温柔宁静,让所有的人动心。

那拉提,草原的福地,哈萨克人的福地,天地之间的福地!

四、那达慕过后的赛里木湖

阳光总是纯正、热烈。

最重的风景——羊屎蛋满地。

所有的笑脸朝向赛里木湖,那湖平静如一面照见乾坤的镜子,我躺下来,羊屎蛋在身下托举我接近天空。

羊屎蛋告诉人们,这里的那达慕大会刚过。对于赛里木湖来说,真正的快乐属于湖畔的牧民。7月份,羊肥马壮,博尔塔拉草原上所有欢乐集中在这湖畔。那时,"车辆载着丰收,骏马驮着力量,雄鹰衔着胆识,牧歌赶着爱情向湖滨聚会"。当著名的赛马、摔跤、射箭三艺比赛开始的时候,草原就倾斜了,大山就摇晃了,湖水就沸腾了。欢歌和马嘶混在一起,笑脸和红霞映在一起,浪花和鲜花开在一起,整个草原都沉醉在欢乐里。

安卧湖畔,旅尘顿消,身心清爽,走进生命里的一个时节,我突然发现我是一个多么喜欢漂泊的人啊!漂泊一生,我的思想似乎更富丽,为天空,为太阳,为时间,为草原,为爱情,为悲悯,所有的漂泊显示出一种生命的丰富与从容。

赛里木湖水的光芒,以盖过人间的热闹注满了我的身心。我在赛里木湖水青色的笼罩中躺下去,自遥远处的羊群中传来的羊叫声,绕着人们的欢叫入我心来,在眼眸中,无边无际的草原和湖水都在我的视线里了。

五、伊犁河水淡泊无痕

仰在黄昏下的伊犁河水,像一瓣幽邃的百合。一叶小舟划过,金波闪闪拖拽,流溢出一片璀璨。我们在伊犁河畔行走,路边闪过的哈萨克姑娘在微茫的黄昏下浮着不易察觉的红晕,烁烁的长睫毛披覆的眼睛里,青青地闪着透亮的光泽。在寂静中,我突然觉得美丽是一种声音。那声音是人间生活的划痕。

一辆平板车从对面驶来,马头上的铜铃叮当,平板车上的哈密瓜高高堆起来。一个哈萨克男子仰着长颈走在平板车旁,他的前额贴着的红绒小帽上扑满了尘土,马蹄踩在黄泥小路上穿越我们而过,那男子回转头,长眉浓烈似墨,峻深的眼窝,掠过一股彪悍的自信。哦,哈萨克男人,朦胧的烟霞里,让谁心动了?马头的铜铃摇响,微风里从遥远处摇来清凉的脆裂。

我们去果园里吃消夜,青涩的果子在成熟中。《回族文学》盛情款待,因酒精作用,我们的眼睛散乱而蒙眬起来。夜里,夕阳落尽后的火烧云点燃了天边渐次模糊的霞色。

伊犁河畔,可有一双眼睛印在我的记忆深处?

六、将军府,两头越过历史活着的生灵

惠远将军府,一个承载着无数曲折和强悍故事的遗迹。

乾隆二十二年(1757),清政府平定了准噶尔大小和卓的叛乱,统一了西域,设立了"总统伊犁等处的将军"(简称"伊犁将军"),是清朝地区最高长官,统辖包括巴尔喀什湖以东、以南,额尔齐斯

河上游,天山南北两路,直至帕米尔等地的军政事务。1764—1777年,清政府在伊犁河谷修建了惠远、绥定、宁远、拱震、塔勒奇、广仁、瞻德、熙春、惠宁等城,历史上称为"伊犁九城"。

1871年,沙俄大举进犯伊犁,占领并彻底破坏了惠远等九城。伊犁人对沙俄的仇恨可以从门前的一对狮子上寻找。它有白人的血统,玉色深睛,略逊于一般北方石狮的凶猛威厉,显得淳朴、笨拙。

当地人说,因为对沙俄的抵制,将军府里管事的便依照沙俄的模样要匠人雕琢了这两个生灵看门。狮子没有尾巴,寓意为"兔子尾巴长不了"。以两头生灵的憨态毕露而排遣,真可谓扬眉气不吐。不管将军府外发生了什么,将军府内一脚踹过去陡减困闷烦心也算意外快乐。

它的淳朴、笨拙,消减了内里的精神含量,精神可以借石头涅槃。将军已去,它的悠闲里藏着怀才或者怀"春"不遇。

一只鸟儿飞落将军府大堂,停顿,被世人叨扰,飞走,融进太阳耀眼的白光中。我看着那一对不可小觑的"东西",它们不能用外观来彰显威力,我端详一阵之后,突然产生无限联想,它们的存在不是愉目,而是一段历史的侧面,超心的想象,其实带有一种安慰的希望。

天高地厚,一对儿石头,人生百年。

七、把一生的时光都换成了零敲碎打的声音

新疆的铜器敲击者,在一条街道上如一道梦里响起的祈望。

低下头,敲击者才能进入岁月。漫长的日子让他们习惯一种动作。零敲碎打,想以穿透岁月的声音换取一块砖茶,想以心底敲击的爱,为他的姑娘换一条乌孜别克头巾或一个俄罗斯套娃。甜

蜜的敲击声,灿烂的阳光下,奔他而去,我看到敲击出的一个一个铜窝窝,密密匝匝地布满铜器表面,我感受着时光,并相信了生活有它的延续性和关联性。生活只是一种仪式,敲击者立意要把它当作一种幸福的仪式来敲击。生活肯定是一种仪式,只有虔诚面对,生活才能满足你拥有幸福的愿望。

八、青色的月亮,升起在沙漠之上

高远的天空与无垠的黄沙让时间丧失了它亘古的威力。准噶尔盆地上,风起来了,它们从无形到有形,从稀疏到密集,一颗颗、一粒粒,在风中显得生硬,且棱角分明,戈壁滩上肆虐出刀割的声音。芨芨草和红柳,结痂的戈壁滩上居然长着成片的沙枣树,一头逆风而行的骆驼,越过戈壁滩走向起着连绵波涛的黄沙深处。陕西作家红柯贴着车窗喊:"快看骆驼刺,快看绿洲。"

地域和种族的神圣的美,当你走过大片无垠的戈壁滩,看到绿洲时,决不仅仅是一种外在的喜悦,从内心会感到生活在内地的优越。沙漠,不是诗意的。它绝不雷同于我们的期待和想象。史前甚至不远的16世纪,这里的草场茂密,可怕的是绿洲千百年来的顽强坚守和无奈溃退,让我感到了时间的傲慢和强悍,嗅到了自然与自然对抗的弥天血腥。

绿洲似乎比人更懂得这个道理,再大的绿洲也是一棵树一棵树组合起来的,每一棵树的生长就是树林的生长,每一棵树的死亡就是生命的死亡。绿洲是沙漠活着的今生,前世它们是河流,来世它们还能舒展着人的生命,也舒展着树木、花草和鸟们的生命吗?

骆驼刺摇曳着绿色,它身体带刺,这似乎是为了更好地保护自己身体内那些来之不易的水分,它们聚集在一起生长,比人更懂得珍守自己。

九、一个散发沙枣花香的女人

在喀什，我看到艾提朵尔清真寺和香妃墓。

据说艾提朵尔清真寺可以容纳一万人朝拜，虔诚的祷告能让活者的罪孽减轻。

和清真寺紧邻的香妃墓在热闹的空气下寂静得纹丝不动。一个身体散发出沙枣花香的喀什噶尔姑娘，蝴蝶围绕着她，花儿跟随着她，恩宠和赞叹善待着她，她活着时谜一样，死后依旧谜一样。

北京右安门下洼，陶然亭北的土坡下，荒烟蔓草中"一缕香魂无断绝"。但是，在喀什，我又看到了她。她先是"回部"首领的妻子，后成为皇帝的妃子，活着时有多么荣耀就有多么孤寂，有多么倾城就有多么招人嫉恨。身体的香味和心底的惆怅全部加起来只一行字：我不能决定我身体的去向，请把我的躯体带回我爱的家乡。

据说，也只是一个衣冠冢，阿帕克霍加麻扎一角上曾经染了体香的衣冠冢里缥缈的香魂，绝艳又志高行洁的女子啊，铁骑过后，流氓遍野，你总归没有身名俱亡，爱你的人，三千年后依旧爱你坚贞不屈的绝世魂灵。

十、我愿我再一次回到新疆

此时，我不是在新疆，只是在天津开发新区。与我结伴同行的人中，有一个蓄山羊胡的，叫沈苇，还有另一个白得要我命的女生叫戴来，我们三个人走在寂无人烟的马路上，没有多余的意思，只是想去找一家小酒馆。黄昏这里是蚊子的世界，它们很喜欢在这个时分飞飞落落，当有人的体香飘过时，它们开始奔走相告，开始在裸露皮肉的地方吸血。那一时间的感觉很调节我们的情绪，一巴掌拍下去一只,或两只蚊子,美食让它们快乐,也使我懂得相见不如怀念。那一家小酒馆,烟火一闪一闪,此时此地此景,人生不可能重复,每一次我们都心甘情愿酒杯满满。喝到静夜,人被腾空了,踩着芭蕾的步子往回走。一条来时的路,回时铺垫了一些情绪。有些词儿是含在嘴里的,有些时间咀嚼久了,最后下咽的那一口才知道:没了。

回到夜晚,我开始想念新疆的人事。记得红柯一路上脸始终贴着窗户,窗外是戈壁滩,是生长着的红柳、芨芨草,他很兴奋。年轻时有一段时光他生活在新疆,路把他带走了,又把他拽回来,成长的细节谁都有,在你要走过的路上埋下了许多小秘密,路是有嘴唇的。当你再一次走过时,路的嘴唇漾起诡然的笑意,笑看你再一次走远。

谁能把这辈子走过的路再走一遍?我在新疆喝醉过,我的同学桠楠走时托人带给我两瓶上好的红酒,我的另一个同学秦安江见到我时张着合不拢的嘴说:"新疆好啊!"

好啊!

这世界上有很多路,很多人,很多停留,走过去后多年回头再看,有一股陈香,不知道为什么脑海里想的依然是那些人,那些事,那些天气下的小暧昧,我像购物一样把他们捡拾在我的篮子里,不想丢失。

夜幕四合时,我愿我再一次回到新疆。

天长日久

东川的红土地和它的泥石流一样闻名世界。

小江有个泥石流博物馆,有东川,有小江,有博物馆。

小江的构造跟整个云贵高原的隆起有关,跟金沙江的下切有关。

金沙江下切了,小江跟着下切。

小江还有个很特殊的问题,到制高点去看看,到牯牛寨的那个炭棚以上看看,到白云洞那一带看看。站在几个制高点一看,整个小江,它是怎么解体的,它分了几期,都看得清清楚楚的。

当年最古老的高原没被破坏的时候,东川小江附近就有几个湖,云贵高原形成时,它上面的湖泊星罗棋布。

当气候转暖时,真正的冰川就看不到了,但能够看到冰川遗迹。古冰斗冰川,它上面像个小盆一样,盆下面伸个小舌头,那就是冰川的冰斗小冰舌,伸出一点点来,就是说最多达不到冰舌冰川,只能是冰斗冰川。

因为云南东川纬度比较低,高度倒是不低,纬度低了,所以,它的气温就高了。

垂直地带性和纬度地带性,这两个地带性就控制了我们现在看到的这个自然面。这些湖泊所处的气候一变暖,虽然还是寒冷气候,但是当暖和的夏季到来时,山洪就来了。季节性的洪水把沉积岩里粗的沙子推到湖边,积年累月,细层上又加了一层粗沙,粗沙上又加一层细沙。

到了冰川后期,接近出现人类时期,小江随着金沙江下切,也跟着下切了。当它的倾斜级别面再跌时,小江就被金沙江拉走了,形成了小江峡谷。

高原都形成峡谷时,小江反倒没有峡谷了,是什么原因呢?因为附近几条河流都有峡谷,如牛栏江,包括贵州那些河都有峡谷,为什么东川没峡谷?就是因为后期泥石流来了,泥石流把那个峡谷给淤满了。

当年,在小江两岸,有泥石流研究专家和七八十岁的老人聊天,他们看上去很老了,但是都不糊涂。

专家问他们说:"你们知不知道你们的爷爷、奶奶时代,他们吃水怎么吃啊?"

他们说:"那水深得很哦,挑担水好费劲哦。"

专家说:"怎么现在没有啊?"

他们说:"大沙坝来了,老家都被埋了。"

聊天中知道小江原来是很深的,它跟金沙江的河谷一样深。小江的河谷是慢慢往上翘起来的,那时候山坡也有森林啊,森林长得浓密。经过"大跃进"一砍,大炼钢铁,都给砍了烧炭去了。

泥石流是个自然现象,人类的活动起了个加剧作用。

从东川的地形看,它东边是牯牛山,4017米,西边是哄王山,4344米,中间的小江是怎么形成的?

天长日久。一个地质年就是几万年、几十万年的事。

就泥石流活动而言,它分为三期。第四季初期的泥石流,规模很小,它只是在湖面上出现,当时还有湖面。第二期,规模就有点大了,形成在东川的高山台地,在海拔3700左右那个位置,形成一个小平台,那就又被切割下来。从地形上看,泥德坪平台、达朵平台,这两个平台原来是一个平台。

这时候泥石流来了,是一个最大的泥石流,把它们切割开了。因此说,地质作用的泥石流形成是小江的一个非常主要的组成部分,因为小江是中国南北走向的一个大断裂带的延续部分。

看中国地图就知道,南北向大断裂,从西昌的凉山往南到乌蒙山,一直到小江,小江本身就在大断裂带上。

南北走向的大断裂带,跟东西走向的交叉了,中间青藏高原从喀喇昆仑到西昆仑到中昆仑到东昆仑,再从东昆仑到祁连,祁连往南拐了,拐到四川东北部,然后又往南走,往南穿过金沙江,这就变成了南北向大断裂带,就是这个南北向大断裂带把青藏高原给抬起来了。

金沙江就在这个断裂带上,又把云贵高原给切开了,青藏高原、云贵高原解体,形成了金沙江两岸的支流。整个自然环境解体,原来茂密的森林没有了,草原没有了,人也多了,人类开始向山区进军,自然环境就开始恶化了。

人类的索取永远充满热情,热情和拥有是一对孪生姐妹。

东川是一个曾经有过辉煌的地方。

这曾经的辉煌黯淡了之后,留给东川的遗产是极度贫困和平均一年二十八次泥石流。

车在半山腰处沿着间或被泥石流冲毁的公路蜿蜒而行,干涸的泥浆在我们脚下如同河床一样无边无际。偶尔有几片农田出现在这些灰色的巨大泥海上,让人感觉有时候希望的存在真是一件残酷的事情。

每年的收获季节,农民割去庄稼,犁开深红色的土壤,就会有世界各地的摄影爱好者带着价值动辄上百万元的装备来这里采风。东川的红土地仿佛是色彩的终点,它成了世间一切色彩的最终归宿。同样,每年的雨季,也会有更加疯狂的摄影发烧友守在东川,只为了拍摄那些随时会暴发的泥石流。

那是世界上最为残酷的自然景观,两千多年来,有关它的种种传说,就像一个宿命,似乎让人从昆明的这个区看到了整个人类的命运。

造成这一切的原因是什么?随便找一些有关东川的资料,无不让人触目惊心:"……随着铜矿的枯竭,1999年东川撤市归为昆明辖区,2001年员工近三万人的东川矿务局破产,东川日渐萧条……东川是全国第一座因矿产资源枯竭、经济发展停滞、城市丧失持续发展能力而撤销的地级城市。撤市五年后,东川依旧陷在矿产资源枯竭的泥潭里,产业结构单一,经济发展缓慢,失业率居高不下,人居环境恶劣,社会矛盾激化。"

从那些巨大的泥石流痕迹旁经过,制造泥石流的山脉像一头头灰色的巨象,蹲伏在地上。

这里没有一棵超过百年的树,所有的植被和房屋都在一个脆弱的环境里。一下雨,所有的居民都会忐忑得彻夜不眠,他们不知道自己脚下看似牢固的土地,会不会化身为凶猛的泥浆。

这里不能随意建造房子,打地基之前要先向政府打报告,政府派人来对地质结构进行分析之后,才能评估你住在这里所需要承担的风险。东川泥石流每年要产生一千多万吨泥沙,这些泥沙无一例外地被排入金沙江。这也是金沙江名称由来传说之一。

小江流域的地理地貌就这样形成了其独特的区位优势与特色。

在资源、环境、灾害三者问题非常集中的西南山区,生态环境和地质环境脆弱,生态环境保护、经济发展和公共安全矛盾非常尖锐,具有开展泥石流等山地灾害综合观测研究的自然条件和区位优势。小江地区诸多矛盾集中,被国内外专家称为"泥石流天然博物馆"，成了泥石流研究与防治的理想基地。

而蒋家沟作为暴雨型黏性泥石流的代表，泥石流流态多样，过程完整，类型齐全，也是世界上难得的天然泥石流观测实验研究最理想的基地。

东川站开创了系统性的泥石流科学研究，发展了适合我国国情的"东川模式"泥石流防治技术体系，在泥石流原位监测和预警技术，以及重大工程和重大灾害事件减灾中发挥了关键作用，在动力地貌过程与区域规律、泥石流运动学与动力学、泥石流体物理力学与流变特性、泥石流发育对气候系统变化的响应、泥石流灾害预测与防治工程等方面，都取得了为国际同行所认同的先进水平成果。

在蒋家沟，百年前的河床被深埋在目前河床的百米之下，两百年来泥石流的积累形成巨大的泥石流冲积扇，两旁山高陡峭，峡深谷长，置身其中，在感受苍凉、宏壮大自然景色的同时，反思人类对自然的破坏。

在东川城区的湿地公园和石头公园却让人们看到另一番景象，瀑布、湖泊、流水、树木、奇石、石阶相互映衬环绕，动态与静态的美丽自然风光交相辉映。

东川站是目前国际上观测历史最长、观测项目最全、观测实验设备和基础设施最完善的泥石流观测研究站，2000年底被科技部列为国家重点野外科学观测实验站。

从1988年蒋家沟泥石流观测站正式成为中国科学院首批五个野外开放站之一开始，每年夏天，世界各国研究泥石流的科学家都到这里来工作，开展泥石流发生、运动、堆积机理与过程等基础研究，以及泥石流的预测预报、警报系统、综合防治等方面的研究。泥石流工程防治的东川模式就是在这个区域里形成的，这成了我国泥石流防治的重要模式。

东川站成立以来,最长观测数据系列达五十余年。国际上突出的泥石流研究成果大多得到东川站长序列观测资料的支撑。几乎世界范围内从事泥石流研究的知名学者,都有过小江流域和东川站的泥石流考察或观测实验研究的经历。

我几乎看不见流动

　　武陟是沁河和黄河的碰头处,它既是开端,也是终点。我们是中午过后来到武陟的,天阴着,我期待午后有阳光出来。在等待的时间里我们在一家小店吃中饭。我越过嘈杂的人群看到吧台柜子里摆放着"沁河玉液"。我高声喊过去:"是用沁河水酿造的酒吗?"老板娘操着河南腔说:"不是不要钱。"朋友说:"中!"我突然觉得我的问话很无趣。我们要了一瓶三十元的和一瓶一百元的。两瓶酒的差价引出了对口感的好奇与期待。

　　武陟城在窗外,拥挤的人群收缩又伸张着对沁河入黄的好奇。就在刚才下车时我碰见一位老者,我问他沁河离武陟城有多远,他说往东有沁河大桥,桥下就是沁河。这时候沁河玉液倒进杯里放在我的面前。酒,潜藏着充沛的关于沁河自身历史文化特殊性的亲和力。我大口咽了一下,似乎喝出了青山绿水的景象。我说:"你们说说,这酒如何?"朋友说:"绵软。"我说:"难道和我一样,心思软得不行?"他们笑,笑得我心里发空。一路看过来,沁河水搅得我心里发紧。它流经的每一座村庄都能教我一辈子的人生经验,容不得厘清自己的思路,我到底要写它带走了什么,太多的压抑让我背负了太多的沉重。武陟的沁河大桥有多宽?我用脚步简单丈量了两个桥墩之间的距离,约有三十米,我数过去,桥上的人喊,有六百米。沁河流入河南境内,它的桥长有六百米。我看到的沁河在河道里静缓地流着,不足三十米宽的河道两边种着玉米,收割后的河道如此空旷。桥墩上写着黑字:禁止倒垃圾。当沁河河道成为垃圾场时,由于垃圾根本未经无害化处理,垃圾形成的渗滤液对沁河水质造成的污染是显而易见的。沁河流过多少村庄,多少城镇?

一群狗在河道里撒欢儿,一群羊散落在玉茭地里,大片的垃圾,昔日的沁河已成今日梦中的美好了。

有人在河边上钓鱼。沁河里都有什么样的鱼呢?我问钓鱼的人。他说:"小浪底放水,黄河回流过来的鱼,大部分是鲤鱼。"天气依然不好,有几只鸟从对岸飞起来又落在此岸,一群学生因为什么好笑的事把鸟吓得飞起来落在了对岸。桥上的人喊:"该走了!"快乐就这么被时光冲洗得淡了下来。一条河流一定蕴含着时间的力量,河流的力量我们在沿着堤坝前行中依然能感觉到。我看到隔不远就有一个"丁"字形的堤坝,沁河水流下来时它起着缓冲作用。那么宽的一条大水,民间有"小黄河"之称。当我由向往到贴近它时,我只看到了在虚弱光线下的彼岸,一条大水如此斑驳。我多么想看到一段视频,清澈的,旷远而深邃的!

谁都知道黄河现在的流量同过去相比已经大幅度缩减,沁河也一样。这是人类不当行为造成的后果。大量的报纸告诉我们黄河的明天、沁河的明天有多么美好。美好肆无忌惮地在我们的畅想中驰骋,而河流的缩减让我们明白世间的事情如此乏味。我们总是满足于别人的转述,那么走,具有了做证的资格。目前仅在晋城境内,沁河及其支流上就有大大小小的水库近百个,各种规模的水电站四十多个,此外还有许多临时建立的抽水站,方方面面的无数双手都伸向沁河掬水,人类寻觅水的目光总是热切如火。河流的全部意义在于水,没有水的河流就像没有血脉的人,只能是一具丑陋的尸首。

沁河两岸的人知道,沁河是一条温顺的河流,大多数时间忠诚地为人类提供服务,但沁河也有暴怒的时候,不止一次对人类实施过粗暴的掠夺。传说某年晋城阳城的九女仙台因为被洪水围困,结果竟饿死了仙女祠中的老道士。清代润城籍的大学者张敦仁写过一首题为《沁流涨》的诗,生动地记叙了当年沁河发洪水给人民造成的灾害:"去秋不雨至今夏,村村走祈烦神巫。晨来方欣田野渥,又复遭此河伯屠。高田忧旱下忧水,嗷嗷几口谁为哺?"郭壁到端氏一带的沁河水,我从河两岸往返,脚底居然没有湿水。时光的刀斧手抽刀断水,一个词语的结束,我会想到我们对水的破坏有多么鬼祟。值得注意的是,近几年沁河发洪的次数明显减少,洪水势头也明显减弱,2002年至今甚至出现了罕见的无洪现象。对于河流,人们寄寓了美好心愿,守着河流的村庄,依然有人会想起昏黄的马灯,面对天河煞白的星象,河流的蛙鸣扑面而来,如同八音会骤然响起,汪洋泛滥不可收拾。夜幕下的村庄,人们像河流中的小鱼,川流不息。水的味道如同扑鼻而来的牲畜体味一样,和谐地包围了人们的感官。回到现实,那种冰凉的感觉再一次如期而至。

  这里是沁河口——我站的位置。对面是白马泉。一座寺庙,当地人说是汉代庙。满眼找不到汉代的影子。寺庙里坐着六七个巫婆,年龄都在四十岁往上。我和看庙人聊天的工夫,不时听见她们发自喉管的很像是蛤蟆的叫声。看庙人说,她们都在和神说话。我第一次知道神的语言类似蛤蟆的叫声。院子里有一眼马蹄形的井,很深,无水。井上雕一腾空而起的马,一个孩子爬上爬下。突然听得庙里的"巫"集体尖叫了一声,那声音刺得我一惊,我紧张地看那个爬在马头上的孩子,恐他有什么闪失,发现烂漫的笑容顿时爬满了他的脸。孩子说:"她们不听神的话,神在打她们。"想来神是经常打她们了!为何要叫沁河口?为何要叫白马泉?水泥碑上写得明白。沁河从山西出,经济源、沁阳、博爱、温县至武陟白马泉汇入黄河。相传西汉末年,王莽撵刘秀至此,刘秀将士人困马乏,刘秀坐骑仰天长啸,前蹄刨出清泉一眼,人马饮此泉水后精神大振,战败王莽。碑上明确记载:"白马泉(实为管涌)。"前有沁河,后有黄河,当年两条大水的携手处,现在黄河缩了,沁河细了,沁河口已经成为一个形式上的记忆。

若干年前,南下干部葛起顺回乡曾经给我说起过沁河入黄口,合并处数百米远泾渭分明。艄公在黄河口岸上摆渡,一船人中如没有山西人上船,他绝不开船。数十里远,沁河水汇合处水流湍急,如若没有山西来的人在船上,船到河心常常翻船。沁河如此看重来自它故乡的子民,在河南人眼里,沁河是懂得报恩的一条河流。

碑上记载:据调查,沁河历史上发生过三次洪水,第一次是明成化年,阳城九女台处重灾,洪水每秒一万四千立方米;1761年(清乾隆二十六年),洪水每秒五千立方米;1895年(清光绪二十一年),洪水每秒六千九百立方米。沁河发洪水能叫多吗?只能说它太温顺了。据历史记载,从三国魏景初元年(237)到1947年,一千七百多年间,沁河决溢二百九十余次。1947年最大的一次决口,洪水返向东北经武陟、修武、获嘉、辉县、新乡等县境,夺卫河入北运河,泛区达四百余平方公里。受灾村庄一百二十余座,灾民二十余万。发大洪时,黄河将向沁河倒灌至老龙湾。黄沁并涨,会形成沁河洪水下泄不畅,水位暴涨,若由此失事,在今天将冲断京广、津浦、京九铁路。别忘了我的叙述是在黄沁并涨的同时。就是这样一条河,而今流到武陟时,河水臭了。

河堤上一位晒秋农民和我讲,沁河流出太行山时是清水,流入河南,两岸的工厂糟蹋了一河好水。多么实在的一位农民。他怎么能知道,在山西境内,地表水污染严重,监测的二十六条河流的一百零六个断面中,符合《地表水环境质量标准》一、二类水质标准的断面仅有三个,符合三类水质标准的断面仅有五个。《2004年山西环境质量公告》,细心人将四类水质以下的断面相加,高达九十七个！而五个三类水质的断面中,沁河就占了三个。沁河的繁华在它径流的中部,尤其是阳城润城至泽州栓驴泉之间,泉水多处出露、延河泉、下河泉群、磨滩泉、晋圪坨泉、赵良泉、黑水泉,由于众多泉水的补给,沁河长年流水不断。当这些河流如蒲沟河一样断流时,山高水长流还能由于沁河而发出感叹吗？

在众多泉水的补给中,几乎被河水淹没的排污管道仍旧在排放煤矿"黑水",仅嘉峰的寺河煤矿,年排放量就有七百三十余万吨。芦苇河是沁河的一级支流,兰花集团、阳城化肥有限公司均沿河而建。九女湖是阳城著名景区。其上游的延河泉河面上漂满了枯枝败叶、草籽、泡沫塑料等各种垃圾,几乎将整个河面全部掩盖。大量的垃圾覆盖在河面上,隔绝了水与空气的交换,会使水体缺氧,导致鱼类等各种水下生物窒息。九女湖下游就是拴驴泉水库,沁河由此出境进入河南。

高浓度氮肥基地、煤焦工业化基地,沁河还会清澈吗？

遥想当年在北魏王朝做官的郦道元,他是一个愿意把沁河写进《水经注》的人。他到底沿着沁河走了多远？沁河给他带来的快乐,在河水从敞开的山口明晃晃照亮了他心间的刹那,抬头见山低头见水的人世间,他可否长歌当哭！一条河是装得下山川梦境的床,河流两岸曾经欢歌笑语的人们,在他们各自的祖先固定的地理位置上,生儿育女,河岸上散发着古老的传统的时间之谜,他们的子孙因为沁河的养育个个遗传了一种优雅的品质,这都是河的气息与颜色注入他们生命体内的大爱显现。记载中大书特书的河之灾难,对于沁河的中上游是不存在的。山西境内的沁河类似于地中海的古希腊,更多的是丰收的喜悦。五谷从野草丛中脱颖而出,长满河岸,沿河往上在沁河的源头我们看到了荞麦花,它代替了麦子。我看过沁源吃荞面栲栳栳的汉子,举着老碗浇着浆水菜的栲栳栳让所有人的吃相生龙活虎。沁河中段阳城人的发芽面馍馍把阳城女子吃得水灵。"沁河从不会咄咄逼人,它温驯地从一个青色的峡谷中缓缓而来,巡检着蓝天白云下的青堂瓦舍、岸芷汀兰,摇曳着优美的绿缎般的曲线,以处女的情怀嬉戏于青山绿水之间。只有当沁河在大山的出口遇到愚公的时候,才在智叟诡异的表情中知道,它不得不'嫁人'了,婆家就是黄河。黄河娶了这么一个沁河美女便越发肆无忌惮。黄河像一条飘忽不定的黄色的飘带,一头连着青色的草原,一头连着蓝色的大海。在娶沁河美女之前,黄河被晋陕大峡谷和中条山管着,还算规矩。娶了沁河美女以后,前路再无遮拦,便撒欢儿地横冲直撞。而沁河呢,来自青葱的太岳,消失于暴怒的黄河,回归于蔚蓝的大海,终于完成了生命的轨迹。"这是从网上抄录的一段文字,我想写字的人也一定是沁河岸边成长的儿女。

  天空不给我一点希望。我的脚步无法让我停下来。我们误入了村庄。正是收玉米的季节,满墙头、满院子、满街道的玉米,黄灿灿的颜色,因为绚丽,我想,今年的玉米一定是丰收了。玉米是一种适合长在北方的庄稼,它们丝毫没有生长在贫瘠土地上的自卑和怯懦。它们知道自己不是被观赏的,所以能得到农民的更加疼爱,是因为它们具有比麦子更丰产的特质。除了丰收的景象,我一点也不喜欢武陟的乡村,乱、脏,似乎靠近黄河边上的人永远都在逃荒的路上。苍蝇像蜜蜂一样一群一群扬起落下,街道上到处扔着玉米皮,和牲畜的粪便一起被雨水浸泡得黑乎乎一片。当我们走到"人民胜利渠"的渠首时,天暗下来了。我期待中的激动和热烈无影无踪,实际上,在进入武陟时,我的情绪就开始骚动膨胀了,我一直在等待那个激动人心的时刻出现。可是,事情总是不及想象中的那么浪漫和惊悸。村庄里收秋的人不知道哪里是沁河,只有一位摘花生的老人指着不远处说,那就是沁河和黄河的携手处。近在咫尺的沁河突然叫我迷离了,我甚至怀疑一路沧桑的河水流到此处会如此宁静?我听不到水声,沁河流入黄河处也不见有浪花涌起,只隐约看得见一股浑浊的蓝涌进了浑浊的黄中。往事是一只白头翁,比我先一步白了少年头,我的沁河,我多么想听到你金属般铿锵的声音!我被想象浩大的美遮蔽了,我站在两河的交汇处,依旧是千年的风,千年凄迷的天光,千年口音未变的鸟鸣在我的头顶掠过,四野寂静,我坐下来,这是人伤害河流的结果。我想说,那些主宰河流命运的手,请缩一缩你们的贪婪欲望,用减法的形式找回幸福,好吗?

好吗?还我沁河清澈!

山 下 灯 火

　　清嘉庆己卯年(1819)正月十三,李道人,一位虔诚、执着的修隐者,在沁水县宇峻山下的塔沟修成正果。
　　其时,白雪像五月花香一样任意散发和飘浮,万物严格遵守的因果规律终于到来。空谷云底,溪水长流。当夜色褪去,雪住风晴,黎明乍现时分,在被一世苦修、佛祖澄明的思想照亮的刹那间,李道人成为佛陀。
　　我从宇峻山回来后,关于山上的奇异,一直写不出什么。归来,通常我要沉淀一段时日。这期间,我在庙里的许诺都沉入了混沌状态,它们在那里蛰伏。我不知从何处下笔。
　　宇峻山下曾经是我的婆婆家,我有过几年的时间就住在它的山腰上,我听到过山头上烧香磕头求功名的鞭炮声,那些许诺实现后的鞭炮声充满诱惑。
　　夜晚的时候村庄里的人想跟上爬往山顶,站在山头上看远处城市的灯灯火火,别样的欢喜、艳羡。远处如萤火虫聚会的地方就是城市,我们张着嘴看得心潮起伏,捡一个石头蛋子扔往远处时,嘴里骂一句"王八蛋都住在城里"。
　　对于那时候,我现在就只剩下骂城市的回忆了。
　　但是关于李道人我不敢静候文字的收获。我得承认,这个世界上有我所不能理解和解释的事情。"柘木倚寒岩,三冬无暖气",他悟道的根本就是要叫人看破红尘,无欲无求,但求成心切的他倒占了这一方山水的灵气,我拜什么? 求什么? 乞什么? 不拜、不求、不乞,我得什么?

李道人如佛陀死去后是存在还是不存在?心灵与肉体是一是异,是既一又异,还是非一非异?一个达到超然无我高境界的人,理应"忘我",又何以慈悲怜悯、自利利他?我试图从一滴水的消失中证明太阳的伟大,然而,我愚蠢。

几天来,我念念不忘的是宇峻山托举出的一只乌鸦和一个和尚、一只碗。

那只乌鸦就在宇峻山的碎石小路上停留。我走过,它"啊"的一声飞走了。我看到它丢弃在地上的一颗果实,硬壳的。

它在我的头顶盘旋。

我用石头砸开那颗坚果,然后走开。

我不经意回头时,看到它正觅食那粒坚果的果仁,它拍打着灵动的翅膀飞去。一个多么神秘而奇特的巧合,仿佛轻风吹动镀满金色阳光的树叶,心里响起了难言的感动。停止喘息,渴望它再来,但奇迹不再。

想象鸟类和人类的交情,人类以一种玩赏的态度走近鸟类,玩完了,却不去关心一只鸟的伤情。

乌鸦在目视的一棵白毛杨树梢盘旋,我凝视着,以那只乌鸦为蓝天里飞翔的风筝。

宇峻山把那只乌鸦托举起来,使它看起来超凡脱俗。

悠悠散步的云彩像一座华盖辐射在它的峰上,使它看上去很幸福。它生存的真实生活是我所不知的,如同它窥视人类。但我相信,那一刻我们被彼此吸引着、感动着。那种感动不啻对佛的虔诚。那种虔诚在阳光明媚的宇峻山腹地弥漫开来。

这是我们的缘分。

如果,你仔细体会,你会发现生命中时常会有这样的缘分。一只鸟、一棵树,甚至一个人的存在,仿佛就是为了等候另一只鸟、另一棵树、另一个人的到来。

我走上宇峻山,遇见那个和尚。荒废的寺庙里怎么会出现和尚?他端一只碗过来。他说:"喝一碗水吧,消渴。"我端了那只碗,碗中无水。我空端着那只碗,想不出,碗为什么要作为一个物体存在于我的视觉域之中?如何取水?

书上说,禅宗大师弘忍圆寂之前,就是送了碗给六祖惠能的。佛学辞典上说,它叫"钵"。然后又送了一件布衫。佛学辞典上又说,它叫"袈裟"。

弘忍的本意是怕后人"恐世未信其所师承,故以衣钵为验"。一只碗、一件布衫,食有所盛,冷有所暖,天下四季转换,六祖惠能就从容多了。

电视上说,印度僧人出门,从不自带口粮,只带一只碗,印度子民日日供奉,供奉的是自己的前生和来世呢。因此,僧人遍看世界,凡人都是施主。

于尘世,没有饭碗的人,拿什么打理人生?

循声望去,水在塑料壶里。和尚说:"把水倒进你的碗里。"

我不可能用他人用过的碗,我不知道他人的身体状况如何,我把碗送回到和尚手里。我说了声:"谢谢!"

我多么小家气度。

同是器皿性质,我与和尚,就隔着那一声"谢谢"的距离。

看宇峻山上的庙,什么都没有,庙里堆放着锦旗和牌匾,一律写着"有求必应"。

站在残断的庙墙上说山下的塔沟。塔沟有庙,塔已不知去向,庙也年久荒芜。早些年听说时运低的人夜晚路过常听到有人声,不敢停步匆匆而过。

20世纪90年代有人从塔沟庙里盗走一尊三寸高小金佛,一个姓李的河南人听闻趁着月黑之夜来与他交易。先是十万,贼不同意,最后加至三十万,贼依旧不同意,河南人搭黑走了。

半月后有人看到贼在十里柳沟一桥下死亡,双眼无神而睁。因是冬天,人冰冻如冷藏,轻骑在桥下,手上戴着的一枚金戒指还在,不是谋财害命,那是谋什么呢?

那尊小金佛从此不知下落。

据说塔沟庙里塑着的泥像里就有李道人极其珍贵的不腐真身,据说"文革"中有乡村"红卫兵"打烂泥塑,还看见过人骨头,后被张狂之人四下抛去。

聊天中说到李道人,我说:"李道人保持着自身的完整,是否出于灵魂可以无限重返人世的诱惑?"

和尚说:"不知。"

通过长久的修习,定会如佛祖般达至佛境,"登狮子座,乘大乘车"就是要更多的人能去自己想去的地儿。

我说:"你来这地儿想拜见山水吗?你想今生求得什么?"

和尚口念:"阿弥陀佛!"

我们大多想象有这么一个好去处,极乐。非亲眼看见,不能论断它的是非。几千年了,人从不为荣华厌倦,从来不知什么叫满足。看着一只碗,心思却在锅里,掩饰不了,对"再盛一碗"的不可辩白的一往情深。

来去烟尘之中的人物,一辈子都在求得一个"正果",官有官道,民有民径,佛有佛愿,这辈子没求得的,下辈子怕也没见回转。常见的一些禅语"不是幡动也不是风动,而是心动""梦里幻影,空中虚花……是非之辩,都一齐抛掉吧",倒让人觉得玩此文字游戏,未免有些远佛而近俗了。

我也拜过、求过、乞过,也曾把握善良的分寸,虔诚地战战兢兢地跪下,容下弯腰的方寸之地,容不下的是一个人的痴心妄想。我是俗人,命定。明知不可为,却脱不了这"尘"。

我来求平安。一种生存方式的渴望拜见,没烧一炷香,我看见和尚坐在石台阶上,他的身后没有香火。

李道人永远地烟消云散了,塔沟的庙只几年光景也叫文物小卒子们倒腾得什么都没有了。倒是宇峻山,听说县里拨款在修建并已经初具规模,修庙时镇里人招回了城里东峪、十里外出的民工,我想现在的社会一定再没有义工一说了。

历史存在的形式,就这样在空间的坐标上与时间纬度交合,它们播下一些奇异的种子,只等来年春雨过后就会长出一番新绿。

在寺庙的阳光下微笑

秋天,我和朋友驱车去往高平的定林寺。

定林寺在山西高平市城东南5公里的七佛山南麓。向东可达开化寺,西与游仙寺毗邻,北与七佛顶相连,南眺三嶕庙、祁贡坟。寺居山之阳,寺侧有定林泉,常年不涸,寺名即由此而得。来时的几日前,朋友说,领我去一个好去处。

无处不在的美,美在它的安逸、隐遁和人迹罕至,美在它的适度遗忘,被遗忘的风景保全了它的纯正,并成为心向往之的清凉主题。

一路上没有人迹,一些秋天的花朵开着,它们是人类的亲人。我突然想起了英国诗人丁尼生的话:"当你从头到根弄懂了一朵小花,你就懂得了上帝和人。"

风吹过,干净的黄土小道上有黄叶落下。

我们就这样走着。

因为,我既不想进庙里的三佛殿、七佛殿朝拜,也不大熟悉佛教的种种奥义,只是想在有佛的寺院的空地上散淡而无所用心地闲走,只是想看看宋朝的建筑。山野蕴含着古朴的静谧,一种迷离的幸福,那静谧是如此深广、质朴。

进得山门就看见分列有十几米的两棵古柏树。古柏全身的筋骨皮肉都向上扭曲着,形成了一种鲜明的旋转走势,像被千年大风抽上天空的两束干凝了的火焰。苍老的树皮保持着固有不变的沧桑。朋友说,在大宋遗绪与承传的脉络中走走吧,能听到历史的呼吸和沧桑。那么,从宋代到今天,我倒为树的古老而感慨了,一个单纯地授受着、接纳着自然而来的阳光和雨水,由宋朝的小苗到今天的古柏,始终都不隐含外形,始终都是满树的枯裂、嶙峋,满树干凝的火。难道这契合宋朝人本然的状态吗?真正对于古柏细部的岁月,我则无从注目。

后院的一挑大殿飞翘的瓦檐吸引了我。我们从七佛殿后的二堂间的陡石阶而上,就看到止涓、问津二洞。有水清澈见底,硬币在水底闪着金属的光泽。我爬下去,断了气似的喝。

经过千年霜雪浸透的水使人精神充足。

一抬头就看见庙墙上装贴上去的牌匾:"大清光绪年再造定林寺功德录",人的符号在这里永存了。想想看,人对寺庙的修建真是兴趣酣足啊。从宋、元延祐、清光绪到现今,匠人在技痒难耐中,敲凿声再度响起。"广施福田""吉祥幸福"就是佛的丰腴、流苏的衣裙、兰花状的手指吗?那么可不可以说,人的行善,善就是钱、权、名利和一切不弯下腰吃苦的幸福?守候在佛的足下,人是最有耐力的一种动物。

从"耸峙"二亭上登高远眺,心情充满了美丽的对自由的感情。在寺庙的阳光下微笑,这时,你看到的哪怕是一个古老的年号也不会使你吃惊,一首题写在古墙上的"到此一游",只能略微让你同情难过。"时有风吹幡动,一僧云幡动,一僧云风动。惠能云:'非幡动、云动,人心自动。'印宗闻之竦然……"竦然的感觉是顿悟之美。今天依然在寺庙的阴影和光亮之间传递。

朋友说:"红尘之欲杀生。"那么,红尘之欲是最值得逝去,或活下去的人们唯一的安慰。

这些建筑的寺庙,这些山野的气息。阳光在这里如此沉稳大度,如此安谧迷人。这时,我看到一棵树。一棵生长在众树之外的树——小枫叶树。一种阴柔的绿,在阳光下的空气里充满动感,充满快感。

那细碎的叶子,片片充满禅机。

远看很平凡,近看却有一种离经叛道的美。它的生长蕴藏着无尽的生命能量和佛性流传,只可惜它是一棵树,也只能是一棵树,所以通常情况下人们对它的审美到此为止。

一座庙里的一棵树,被时间关注着,如此而已。

定林寺住着一位中原流浪至此的无名僧侣。一个中年和尚。和尚在寺院的一角种植了木瓜、木梨树,在另一角种植了菊花。如此,我想和尚又一个秋天将更为繁华,也更为寂静。

那是一个人在无声的繁华中的寂静啊。

朋友说,时间在这里更具有相等的疏离的意味,他用熟悉的动作操劳他的一生。我想问和尚一些问题,和尚不语。我用尽了对男人的所有尊称,和尚仍旧不语。

朋友说,这和尚怀有目的。我不这样想。"对那些见到无念的人来说,业(语言)不再发生作用,那么,抱持妄想以及用业破谜,对他们又有什么用呢?"

我有疑问因我有欲、有念、有牵挂、有爱,不能如佛家弟子,无执着、无心念、无不舍。不执着就是不起爱僧之情啊,当这样的往心断念时,它既无住所,也无非住所,随时随地确具无念。我们的存在就如同风一样对和尚是空无一物了。

坐在定林寺外和尚耕种的玉米地边,看那些宋朝的砖木和修建拆下的瓦当,诉说生命的流逝。听远方投宿林间的夜鸟的啼鸣,就仿佛听到了安德列夫的大声诅咒:"我用我的诅咒来克服你,你还能对我怎样!"

我也像是一个朝圣的旅行者,在我的灵魂深处,我却看不见六祖惠能那张穷苦人粗糙的面孔,他对我如宋朝的建筑残缺不全。这时,在山林间谈爱的少男少女相伴而下,这种场面,必然带着浪漫的寓意。

想一想,一些不能释怀的事到下山时都消解了,感觉如同深山里的秋天,高朗爽洁,带着林中的泥土、宋朝的邈远和点点凉秋的寒意,这样的地方真是爱情再好不过的去处了。满山的山菊花开着,黄的、浅蓝的,一握握贴着裙边,拂过小腿。朋友说:"看着这样的灿烂,我会激动得哭出来。"这时,和尚永绝苦因的诵经声飞出寺外:泉水那个清清了,南无阿弥陀佛!

在回程的路上,我想起一个和尚问长沙景岑禅师:"南泉死后去了什么地方?"景岑禅师回答:"石头作沙弥时,曾参见六祖。"和尚不悦:"我不是问石头见六祖的问题,我是问南泉死后去了什么地方。"景岑禅师回答:"对于这个问题教你自己去想。"

佛是一些涉及事实而不涉及一般的法则,我不够成熟,因此不悟。

庄稼人的心念

　　这世界大抵有了人，就有了护佑万物的神灵。敬畏神灵的日子里，我始终认为人是幸福的，也是艺术的，就像佛像和壁画，就艺术性来说，实在与我们熟悉的那些经典不相上下，就算是民间的，其所达到的辉煌高度似乎后人永难企及。千百年来无名工匠多如繁星，在生活的各个角落，借助他们之手，让民间的岁月充满了暧昧的激情。

　　神灵出现在人类智慧初开、最富有幻想、思维最简单直观的时期。其时人类生存能力薄弱，难以克服畏惧，依照好恶，用简单的因果推理想象创造出神灵。

　　有了以神为中心的故事，便有了神的灵迹，接着便有了安放神的庙宇，无疑让我们感受到了遥远的空间和同样遥远的时间里，有一双慧眼无时无刻不在规约着人的行为，满足着你所满足的未来。

　　大千世界有过多少神灵的存在？有过多少庙宇？

　　宋代的道教类书《云笈七籤》里有一则关于白泽图的传说，书中讲述黄帝巡游全国时，在东海地方捕到一个奇妙的怪兽。怪兽能说人话，通晓万物，名叫白泽。黄帝从白泽口中得以详细了解到天下妖怪神鬼之事。

　　白泽用人声描述，鬼物和神怪都由远古的精气和徘徊在宇宙中的灵魂演变而来，有多少呢？有一万一千五百二十种。

　　黄帝大为惊讶，遂命臣下把白泽所言之鬼怪和神灵逐一描画成图，并昭告天下之人。我们的祖先黄帝，是一个多么高明和不同凡响的人,从源头上为他管辖的氏族解决了人类存在以来难以解决的社会矛盾。

说河流,黄河有河伯。对于河伯有这样的描写:西海之上有一个人,乘着一匹朱鬣白马,穿着白衣,戴着黑帽,后面跟随着十二个小童,在西海水上奔跑,如风如雨,名叫河伯使者。他有时上岸,所到之处大雨滂沱。傍晚他便回到黄河。

黄河的河神随时都会有所作为,以一个日子的某一刻为欲望,祭祀让所有的出行充满了骚动。

我们来看看秦军攻打赵国,秦伯把玉璧投在黄河里向河神祈求战争胜利,果然赵卒四十万人在长平头颅落地,史称"长平之战"。襄公十八年,晋侯攻打齐国,将要渡过黄河时,大将军中行献子用红色的丝系着两对玉璧向河神祝告:河神啊,齐国靠着人员众多,违背盟誓,欺凌百姓,陪臣彪将要率领诸侯去讨伐,如果得胜有功,不带给河神羞耻,都是河神您的功劳。

河神有帮助战争取胜的力量,因而在冷兵器时代常充当誓言的证人。"以黄河之神为证",河神助长了有力誓词。

我问故乡的子民,沁河有河神吗?他们摇头说,从来没听说过有。那么旱呢?他们说,旱是龙王的事,抬出来晒。那么涝呢?他们说,涝是天不开眼。那么大旱和大涝一起来呢?他们说,那是朝中出了奸臣。

守着香火和佛像的人却阻挡不了朝中出了奸臣。

一群多么耐受的伟大男女。

靠天吃饭的乡民,天空为背景,祭日。沁河两岸我也没有看到太阳神庙。他们祭天,村庄的任何一座寺庙都是他们许愿祭祀的场所。

很小的时候,我见过一次日食,民间叫天狗吃太阳。大人孩子们取了自家的脸盆敲击,吆喝声四起,黑漆漆的天空下看那日头一扭一摆地走出来。那时候人们已经不烧香了,虽然仍是古代做法的遗风,只是惶恐程度低,并且知道天狗是吃不了日头的。

古时候发生日食是要用九头牛来祭祀的,仪式中遇到日食天子要减少膳食,不用音乐,而在朝中击鼓。

沁河源头沁源和屯留的交界处有一座庙叫三嵕庙,庙里供奉着射九日的三嵕爷,也叫羿神。与史书不一样之处是,羿是一个卖锅的小商贩,天上出十日时,他正好过屯留老爷山,天地焦黄一片,十日烤化了他的锅,他气愤不过,用扁担做弓射下了九日。

人类手中始终掌握着有力武器,人们为神灵进一步人格化创造了条件。

现在的老爷山上立起许多庙宇,有佛有道有儒还有孔庙,最原始的庙宇里敬奉的是佛祖,庙后有座塔,上党战役国共两党在此血战,有许多的弹孔留在上面,更多的时候它是红色文化教育基地。

明月当空照,其实对于月也没有专门的寺庙,祭月是在天地间。

除了月亮在历法方面的贡献外,对月亮的祭拜是有世俗情趣和团圆意味的。月光皎洁,缺而能圆,晦而重光,月亮上面的死海形成的阴影,引起民间的种种猜想。

古时候文人考举人的考试设在秋天,又称"秋闱",正是中秋月圆季节,中举被称为"蟾宫折桂"。古人在月圆之时拜月求中举,更多的时候是分吃状如圆月的月饼和聚散常离的家人团圆。外出离家之人,中秋节时多远的路程也要赶回家,就为了夜静时全家围聚在一起祭祀月亮,求得来年丰收,也求得家人平安。

沁河的支流丹河边上有玉皇观,供祭星神,有参、辰、南斗、北斗、荧惑、太白、岁星、二十八宿等神。宋代造像,那位月神真叫我喜欢,栩栩生动的样子,我站在她面前,感觉从脚下升腾起一股旋流,将我的灵魂带往星汉。

有多少脚掌在她的面前停留过?她那毫不涉及时光的轻灵的衣纹流饰,悄然释放出无限光辉。原来的玉皇观香客如云,后来香火淡了。岁月给了它们特殊的照顾,在现代的明晰与幽古的暧昧之间,你会觉得寺庙是灵魂吐纳舒展的好去处。曾经的手艺用微贱的材料就可活泛得叫人心生幸福。

沁河岸边的村庄多山神,多奶奶庙。大村小庄小凹,祭祀着大大小小的神灵。奶奶庙内供奉的是一位身份明确的神灵,造福着一方人丁的兴盛。奶奶庙的香火比山神庙旺,虽然山神在乡民眼里几乎囊括了日常各种需求,但是,用他时一炷香,不用时常轻其为人。

人心过度膨胀,处事的圆滑就出来了。"夫山者,万民之所瞻仰也。草木生焉,万物植焉,飞鸟集焉,走兽休焉,四方并取与焉。出风云以通乎天地之间,天地以成,国家以宁。"

其实,山岳的分量在古人心中是很重的。

山神庙建在村庄的山脚下,也有建在山洼的,相比世俗的寺庙,它简单到只用几块石头就可垒成。《汉唐地理书抄》辑《地境图》记载了古人对山神的祭祀:入山前必须先斋戒五十天,用白狗、白鸡和一升白盐作祭品,来到山脚下要大呼"林林央央"。这是山神的名字。

各种邪鬼听到山神的名字便会躲开。印象中山神庙里只有牌位,不见有过塑像,后来听几位"过路客"(贼)说,安泽沿沁河有山神,尺许高,长得半人半兽样。

一尊山神塑像,20世纪90年代卖过两千元。

传说日本的山神是位女神,喜欢男人,凡是男人走过大都会在

143

一定的时间内有一阵子意淫。

小时候见过一次晒龙王,因天旱庄稼都焦煳了。

龙王光裸着上身被抬出来。

燃香、跪拜,敲锣打鼓,念催神咒。龙王长着龙头人身子,在太阳光下暴晒三天,三天不下雨,龙王回庙穿衣,仪式结束后龙王依旧是一尊泥胎。祭祀龙王的实用性很强,平时冷落小庙无甚供品,只有天旱要雨才风光一时,而且是恩威并用。

不过端午节时,民间并不知道有屈原这个人,只知端午节是送瘟神,有的地方端午节这天要去拜龙王,是不是龙王霸占了所有水域,瘟疫的通道只能顺水而去?

沁河两岸的龙王庙清代以后就少了,龙都上了柱子,盘龙绕柱,或上了屋脊,所有庙宇的屋脊上都烧造了琉璃,让它们享受人们拜佛求神时的香烟,也保护了庙宇不受水灾。

土地庙也是小庙,庙虽小却是一方大神。

河北有一篇民间故事叫《前山土地和后山土地》,说是山前山后各有土地庙,山前热闹山后冷清。山后土地来山前土地庙里抱怨,正好山前土地要出门会友,便委托山后土地代理几天,以便得些香火供品。

山前土地前脚刚走,后脚便来一人祭祀,请土地刮一阵顺风,明天他要行船。接着又来一人,请土地明日千万不要刮风,他的梨树正在花季。没等土地决定又来一老头祭神求雨,他要种田。后又来一老太她要晒姜。

山后土地实在是没有工作经验,急请山前土地回来定夺。

山前土地告诉他:刮风顺河走,躲过梨树沟;黑夜把雨降,白天晒干姜。

天地间与人掰扯不开的神是农家院子里的天地疙窑子,虽然敬奉的是天、地、人三界尊神之位,最主要的还是地神。

万物的本源,没有辽阔的土地,人们便会失去生存的根基。我们的上古神话有盘古化生万物,盘古以肌肉化成田土,用血液滋润大地,后来又出现了后土。乡民们开工动土时先要献土,土为"后土"。

后土是谁?共工氏有子曰勾龙,为后土。

因为共工氏统治天下时,他的儿子能够平治九州的土地。后土有凭尊贵和功劳享受庙宇的资本。乡民院子里的天地疙窑子由专门工匠造就,大户人家都在自己正房的门脸前,有一些在进大门处,有石雕和砖雕样式。拜祭地神与拜祭天神是对应的,天地合称为"皇天后土"。

作为司农神的后土神,常和土地的出产物——五谷神合在一起祭祀。谷神最早祭祀的是"稷"。

《风俗通义·祀典》说,"稷者,五谷之长"。五谷众多不可遍祭,故立稷为代表。在交通不便的方国之中,人们对农作物的需求是一致的,沁河两岸他们祭祀的谷神是炎帝。

炎帝尝百草,识五谷,他对人类进入农业文明的主要功绩是教民种植五谷。他的长相奇特,大多祭祀炎帝庙里的塑像为牛首人身。

我国古代典籍里对牛的作用给予极高的评价。"牛者,所以植五谷者,民之命也。"直到现在,牛依然是农家一等一的好劳力。

上党古城里有百谷山,山上塑了炎帝像,据当地官员说是亚洲最大的炎帝铜像。唯一的一座城中山,塑一尊炎帝像也不为过,毕竟人往上数不出三代都是土里刨食的乡下人,敬自己的先祖有什么坏处?可那尊塑像我怎么看都像西方社会里的耶稣,更可恶的是山周围全部修建了别墅和高级会所,我最见不得的事就是人在庙前庙后发财。像任何寺庙都需要有寺庙环境一样,寺庙周围应该绿荫掩映。

发财梦不是坏事,但美德一定是好事。

沁河岸边的大庙一般都是拜祭佛祖的庙宇,佛祖毕竟是外来佛,天下同一,有一座佛庙便可知天下庙宇形制。作为归宿在河水两岸的子民,他们除了拜佛,更多的是拜祭先师人杰。

古代重文教,"万般皆下品,惟有读书高"。供子孙读书,是天下父母的心愿,也是出人头地的唯一出路。

汉武帝采纳董仲舒提出的"罢黜百家,独尊儒术"的建议后,儒学的正统地位被确立。

孔庙在沁河岸边不一定是单一的一座庙,更多的时候是依附在佛教寺庙里和富贵人家聚集的村庄。

当富贵成为乡村梦想,唯一的通途考学有可能实现这一梦想时,拜祭孔子几乎成了乡村最大可能的希望。

一老一少奔向孔庙,在落满落叶的小径上迈动他们祖孙希望的步子,幸福如同明早的太阳。

"我的先师爷哎,护佑我的孙子学业有成吧!"

老祖母尾音拖长,很像戏剧舞台上的道白,那长音一拖,所有跪拜者已经在心里营造了一个自信满满的未来。

文孔子,武关羽。关羽在道教里称"关帝圣君",民间简称"关帝"。宋徽宗封关羽为"忠惠公",由皇室落草到民间简称"关公"。明朝万历三十三年(1605),皇帝加封关羽为"三界佛魔大帝""神威远震天尊关帝圣君",才有了"帝王"的尊称。

清朝咸丰年间,关羽的封号已经长达十八个字"忠义灵佑仁勇威显护国保民神武关圣大帝",咸丰为了显示自己的过人之胆略,又加上"精诚绥靖"的封号,紧接着同治、光绪又加了"翊赞""宣德"四字,关羽封号长达二十六字,越来越绕口了。

一个人在成为神之前他是有血肉的,当他由人成为神之后,在汉语言众多青面獠牙的词语中,关羽完全就成了一个张牙舞爪、无所不能的一方"恶棍"。

关羽的无所不能直接进入了店铺,更多的时候大户人家把关羽当成财神来供。这是商家自诩"以义为利""不取无义之财"的表示。

疾病使人痛苦丧命。

沁河两岸的乡民对病原存在两种解释:首先是厉鬼作怪,活人做下了孽事;其次才是风热暑寒所致。

曾经有许多庙宇供奉着神农、伏羲、黄帝,他们供奉三皇是希望三皇原谅他们做过的错事,希望由祭祀而起到祛除病魔的作用。真正供奉历史上名医的反倒少,大多供奉的是眼光娘娘、疙瘩娘娘,也有药师佛,具体是哪位似乎也说不清楚,敬奉的药神地方性强,实用性强,名位多并且杂,一般不占正殿。

倒是手艺人敬奉行业祖师的多,"百艺朝宗""百作手艺供鲁班",祭拜祖师是收徒弟的第一课。当有一天艺学到手了一定要怀有一颗恭敬心,用恭顺的话语,三叩九拜行出师礼得到师傅首肯。

我见过土屋上梁时木工祭拜鲁班的仪式。木工师傅把斧头、墨斗、曲尺放在桌子上,五尺斜靠在桌子的前方,瓦工的瓦刀、挂尺放在右前方。一切准备就绪后,木瓦工和房子的主人净面,燃香点烛,恭请木工上梁。木工掌墨师傅走到桌前叩首恭请鲁班。所有工具挂红,燃香封梁,祭酒结束后上梁。

上梁时女人都回避,上梁结束后,祭祀果品由主家撒向四方。

旧时的颜色就是由手艺人描绘的。

我一直不相信有天堂,天堂在我的意念中该是旧时代的颜色。

可惜社会风情变迁、历史风云变幻,无论旧时代如何显赫、繁华,尘埃落定后都将要成为过眼云烟了。

沁河是真实的,即使在今天的河道里仍然映现着昔日的热闹。

河流两岸被遗弃的故事中都有风姿绰约的女人,或凄迷或暧昧,或勤劳或勇敢,她们与神相伴,半是缄默半呈憨态,寻常的蒲团上,被光线和色彩相加,借助了低成本的民间本色,这些神和谐了两岸生灵。

还有一尊神,落地生根,凡声色场所、饮食之地,他总是昏暗在那里。

他是灶神。

灶神不如释迦牟尼佛,永远丰润的脸上是永恒千年的安详而不易察觉的微笑,因为他背后靠着皇权。

灶王苦寒,一年只吃一碗冷饭,腊月二十三骑一匹用谷草编的草马上天,清凉太虚之上他显得如此苦寒。

灶神是谁?你看他,并非看不见,无非墙上一幅老年夫妇漫画,大部分时间因为人的心肠太硬,一直认为他老两口不需要怜悯。

有时候对神的理解很微妙,我一直认为灶神就是自己的一家之主:父亲母亲。

一年劳作,年节所敬,敬完神也该敬敬自己了。

一个人和他自己够不够近?一个人和他自己的距离够不够远?

敬奉我们自己,一碗冷粥,筷子插得周正,距离就来了。

人和人的对抗在这里变得清晰和残酷起来,所有活着的生命中,或许只有灶神最清楚生命最本质的改变,自埋锅造饭始人们总是懂得节俭,主灶的人冷锅冷饭一口,而灶膛里的柴火生起来,无疑意味着日子过下去真正的狂欢。

乡村城市化的过程中最明显的一点是让我们丢弃了神,世界在文化剧变前,神消失得让我们目瞪口呆。

多么辽阔的大地和多么绵长的传统,才能孕育出这诸多的神,他们如繁星散落在穷乡僻壤,默默地闪烁着性灵之光,贫困和苦难如影相随,神却报答给敬奉他们的人们温暖的未来。

在平实而有规约的追求下,神给予人们深厚的历史情感和丰富的精神指向。当我们满足神灵摄取食物和显示威风的双重需要时,神灵对我们的制约是自觉的。

春秋早期的随国贤大夫季梁说,百姓是神灵的主人,圣王先团结百姓而后才致力于神灵。当神鬼没有了主人,这个世界又能求得什么样的福气呢?我怀念那些与神为伴的日子,那些日子里的百姓都有神性的快活。

有些事,暗影浮动

春夜,果树花木闹人得很,满世界叽叽喳喳声。花开时,花瓣就跌落了,地上飞起一层尘。有时候找不到立脚的地方,头顶的空间出奇地香,如是晴天,光与影会构成奇妙的组合,迷离而又美好,远远看过去,它让我如饥似渴的双目不由得充满了温暖的感觉。

多少年前,曾经有这样一幅画落入我的眼前,墨控制了未知,感受着自然的过程,当时的心情、天气、物、光线,都是无法复制的。看画时那一刻无比静谧,风的节奏,就连性格也比平常内敛。

是的,每个时代都有各自的叙述和逸事、动感和细节、情态和留白,晚唐的天空要略微显得伤感和婉凉一些。因为,大唐既是中国文化的平台,又是中国文化的熔炉,又因为它的艺术感太强了,因此成了中国历史上唯一不以政治取代文化的朝代。

荆浩,生于晚唐,五代后梁最具影响的山水画家,博通经史,并长于文章。他的《匡庐图》体现了那个时代艺术的高尚趣味,于意中归于无意,无巧无俗,本真天性,也是那个时代留下来的山水,更接近山水。

尘世以外的事物即是大自然。荆浩始终把自己的生命情节局限于一个几乎与世隔绝的极端内心世界之中,因此他笔下的画也有一种意蕴深沉的美、怪诞空灵的美。宋代《宣和画谱》收录荆浩的山水画共有二十二幅,流传至今者如《匡庐图》(或《山水图》)、《秋山瑞霭图》等,画幅之外究竟有一种什么情思感怀?历代画史画论著作都爱引用荆浩这几句话:"吴道子画山水有笔而无墨,项容有墨而无笔。吾当采二子之所长,成一家之体。"他本人在《笔法记》中说:"随类赋彩,自古有能;如水晕墨章,兴我唐代。"墨之溅笔也以灵,笔之运墨也以神,黑墨团中荆浩有限的生命因此而无限。

六朝以来,山水画都是青绿设色,勾线填彩。从盛唐、中唐开始出现水墨山水画,属于开创者行列的有张璪、王维、王洽等人,然整个社会尚未形成风气。到五代,水墨山水画日益成熟,经荆浩进一步发展,上升为理论性的"有笔有墨",并对水分运用也更加讲究。用笔与水墨相结合,更有助于表现大自然变化万千的气象,"墨淡野云轻",就是荆浩水墨山水微妙的艺术绝妙之境。

有关荆浩用笔的特点,历来记载分析不一。有的说他"皴用小斧劈,树石勾勒,笔如篆籀"(李佐贤语),有的说他"将右丞(王维)之芝麻皴少为伸张,改为小披麻"(布颜图语),还有的说"其山与树皆以秃笔细写,形如古篆隶,苍古之甚"(孙承泽语)。这些说法表明荆浩在用笔方面融入了篆隶书法的骨力,在皴法上还处于探索之中,面貌不一。宋代周密的《云烟过眼录》记述他见到荆浩渔乐图两幅,上有题书《渔父辞》数首,类似唐代柳公权的书风。前人的记载值得参考。

胸有山水,几人可得!

一位隐于画中山水的荆浩跃动着他的身影:一袭宽袍长袖,一张清瘦的脸,脸上挂着出世孤傲的表情,脸颊带一点酡红,飘然行走在山水之间,身无长物,只带几支狼毫、羊毫,及短锋、长锋的笔,检出横一卷又竖一卷的条幅,旧纸、陈墨间散发出一种冷逸奔放之气,然后,长叹一声,折一身瘦骨走了。

人世精神的出路只有两条:要么随着人的死亡而寂灭,要么另寻一个载体。这种无所归依的漂泊感,在与无言的山水自然的长久对话中,有一天终于在他的心灵间撞出了火花。古人曰:"书,如也,如期学,如其才,如其志,总之曰如其人而已。"画为情怀。中国文化的精神面貌,表现于毛笔;一个人的气质、性情、意志、精神世界、生活态度,同样可以表现于毛笔。亲近山水,这是他在丧乱中不愿流失其精神品性的唯一选择。其实,这也是最好的选择。为自己立言,为天地立心,为自然立神。这也是我读荆浩的画想象他生之艰难,选择自己最后栖身之处的意义所在。

坟墓下的欢爱

死亡是瞬间发生的事。当一个人的头顶被打开缺口,身体灵界鲜活一点点消亡,生命从此投入了混沌。时光,是出生通往墓穴的道路,不管你是达官贵人,还是贩夫走卒。走啊,霎时那个人就成了我尘世旧梦里的记忆,再也拽不回来。死亡让世界少了许多东西,河流带走带不走的,欲望总归要留在世上,堆得老高又能怎样?文字冷冷地告诉你,坟墓是一个人最后的句号。

我去沁河岸边的樊山看坟,坟墓高居于沁水、阳城、泽州三县交界处的樊山顶上。光绪《沁水县志》记载:"楹山东北有孤山,下有樊庄村;卧牛山东为笔峰。"又记:"孤山,县东八十里,峻峭壁立,一名大岭。横亘十余里,丰隆稳厚,状若牛眠,故名。文笔峰在卧牛山正东,若断若继,尖峰似笔,又名华盖。"清代沁水人王道熠《文笔峰峦》有诗赞颂:"文笔耸穹窿,层峦聚作筒。点成秋后雁,圈出雨后虹。蘸露笔端湿,披露颖际红。何时生巨擘,独管一书空。"诗意里有着特殊敏感的意蕴。不知是不是那山顶上埋着陈家的祖坟,或祖坟里的后人出了一个官居大学士的陈廷敬。先是盘山而上,在山腰处见有修建的陈家老母曾经居住的避暑山庄——老母掌。我能想象得出当年的景致,该是林密泉涌,该是鸟语花香。老母掌原名"老姥庵",什么年代始建?我只看到碑文上记载了明万历年重修的字样。另一块碑上有清康熙三十年(1691),陈廷敬父亲陈昌期出资重建的记载。门锁着,我们是从墙头上跳进去的,正在修建中的门洞上方嵌有"仙掌齐云"石刻匾额,整个建筑为一进四院、九门相照格局。主殿锁着,什么也看不清楚,走到后殿时发现有个小门开着,这样好,免得我们有做贼的感觉。不到五十米处的山腰上有一棵白皮松,真叫个好看。它生长在巨石中间,周围盘根错节,生长了近千年。在这棵树下,我不知道别人的感觉,我顿觉自己矮了许多。历史从一棵树开始,那么大一棵树能教足你一辈子的人生经验。我坐在旁边看,看得久了,心突然就热乎了,不消说,天真得很想作诗了:

> 晚夕浮腾之下
> 佛法说:空,并不是无
> 恰似大地墨迹
> 地上原本一无所有
> 我们却见气象万千

抬头看朝夕相伴的日头,昔日繁华曾经落满这条路径,可如今,仍与之朝夕相伴的,除了晚夕下落寞的剪影,再就是那碑文上记载的荣耀与气势,可惜荣华富贵淡得只留下了一棵老树——不言,而寿。

往高处,可以看连绵群山,可以听北风呼号,可以进入一个大世界,让心长时间地孤独。去过山西皇城相府的人,就该知道陈廷敬。其为清代名臣,入仕五十三年,历任经筵讲官(康熙帝的老师)、《康熙字典》的总裁官、工部尚书、户部尚书、刑部尚书、吏部尚书。这样的人物出世,祖坟该是占尽樊山风水了。明代樊山村人常伦写的七古《咏笔山》最后两句:"展图阁笔难为语,水远山清太逼人。"果然很有气势,黄昏的晚夕下,温暖和旧越来越大地延伸开去,一条疙疙瘩瘩的路,借着迎来的风,我看到满山遍野的植被像绿浪一样起伏。天色暗下来,天地间一片混沌。往高处走,环境似乎越发地预示着狼狈的窘境,隐约看到村庄的面貌时,居然寻找不到人的影踪。人在村庄里出没何其重要?由人而衍生的村庄里的热闹、鸡欢狗叫都去往了何处?门户紧闭,风搅成一个别扭的团,从村庄的街道上旋转而过。我站在一处敞开的屋门前,闻不到一点人气,只看到窗台上还放着提梁式的药罐子,一双破烂的解放球鞋,气眼上拴着麻绳,那是一双劳动人民下地穿过的鞋。我们穿过"相国牌楼",一束光从云缝中挤下来,端端地搁在牌楼上,我走在"我们"的最后,那座牌楼的出现让我在时光中再一次停顿了很久。

　　牌楼是死去的人在世的一个诱惑。普通人是换不来死后立牌楼的。普通女人冷不丁被守住贞洁的有立牌坊的人,可那个"女人"活着时已经接近于鬼魂。我们来看陈家祖坟的这座牌楼:建于清康熙三十年末,为陈昌期去世后,其子陈廷敬为了炫耀陈家的显赫而立。牌楼高约五米,宽七米,为四柱三门式石筑牌坊,雕刻精细,装饰华丽。石柱底座前为四组抱鼓石,上刻有造型生动的石狮子。檐下中间设石栏板三层,左右各两层。中间的上层题有"纶诰天申"四个大字,中间为"封冢宰陈公茔",下部写"驰赠相国"。左边两层刻"显亲"和"总宪万邦"。右边两层为"戴君"和"晋阶一品"。这些字不敢去深究,深究便觉得自己的先祖死后委屈,荒草坟堆,说平了地就平了地了。我的先祖一生穷困潦倒,人活在寒碜卑俗的窑洞,但从没有去争取多余的汉字往自己墓碑上刻。看人家的风光,生是风景名胜,死是风景名胜。由此而感悟,古人和今人是一样的,打破得了旧社会,打不破祖辈出大官的坟茔风水。

　　那便是陈家的坟茔。我靠着一棵树打量着这片山塬,二十亩地大的一座坟,天地间一个颜色,肃穆。天知人事耶?天不知人事耶?坟墓从隐处进入显处,富贵一下就汹涌过来了。围墙里的坟墓,让我猝不及防,映入我眼帘的是那两只兽,天地的颜色,固定在自己的位置上,从骨架上看,那是两匹纯种的贵族。我明白,没有石头就没有石头匠人,没有匠人就没有这两匹贵族面对世人的那种傲慢。陈氏家族在明、清两代,科甲鼎盛,人才辈出。从明孝宗到清乾隆年间,共出现了四十一位贡生,十九位举人,并有九人中进士、六人入翰林,享有"德积一门九进士,恩荣三世六翰林"之美誉。在此期间,三十八人走上仕途,奔赴半个中国为官。在康熙年间,居官者多达十六人,出现了父翰林,子翰林,父子翰林;兄翰林,弟翰林,兄弟翰林的盛况。我不想羡慕,也不想嫉妒。阴阳家们惯常用风水理论殚精竭虑地揣摩着主人的心思,选择坟茔,不知是不是只有中国开创了血脉和地脉相融的气脉关系?通往粮食的泥土道路上,我亲爱的先祖忙碌往返,只能是父农民,子农民,父子农民。这是一个难以言说的寓言,不知道和坟茔的风水到底有没有关系。

　　盗墓者其实是一把解读历史的钥匙。我看到一个一个塌陷下去的盗坑。富贵难守,上天总会让它遭逢对手。土堆之下究竟埋葬了多少宝贝?我想起我的少年时期,村庄外塌落了一个洞,没有人敢下去,都知道是坟。我父亲勇敢地跳了下去,年少不知怕事。我说,我也要下去。坟墓里的父亲说,下来!上边一个人抓着我的两只小手,父亲在下面接住抱下去。我看到一堆糟烂的棺材板,人骨头七零八落,我想哭,父亲显得很愉快的样子,冲我吹着口哨。父亲说,死人是一把骨头,活人是一张皮。我还是想哭。因为我想哭,我便从坟墓里出来了。我只记得地上散乱着一些绿锈铜钱,我出来后看到父亲扔出一些锈得看不出是什么样子的耳环和帽饰来,最后扔出来的是一个骷髅,地面上的人尖叫着四下逃开。那是人民公社时期,地是大队的地,刚收割完小麦,一个后生一脚把那个骷髅踢进了坟墓,我父亲一拳头冲着他打了过去,灵魂附着于亡者的尸体之上"事死如事生",只有妥善安顿,才能保证活着的平安。父亲拉着平车把那个墓填实,双膝跪下,我看到扬起的灰土下,我的父亲有北方人的情义在起伏。我担心以后我走过会不会害怕。我的担心是多余的。第二年,我看到长出的小麦把墓地丰富成了麦田,麦浪翻滚,麦芒儿朦胧,生长创造了奇迹,我再也寻找不到那座坟茔的印迹。

死人是一把骨头。我看到陈家祖坟上的这些巨大的守护神,这完全是一些有着深刻意图的信仰设计。首先,要守护他祖先的亡灵永垂不朽;其次,守护他的后人代代入朝为官过锦衣玉食的日子。不过坟墓的修筑应该还有另一层意思,它的豪华是修给世人看的,人在物质世界中遇到难题,有所不解有所困惑时,就修庙迁坟。只有活着的人才是文化的缔造者、耕耘者和传播者。陈家的祖茔从它的造势上看,原来一定是很热闹的,樊山村不知道有没有他们守墓人的后代。我在那些雕像前留影,有表演的成分在里面,一时忘了脚下的坟墓,便觉得这里完全是难得的世外桃源。一只鸟从头顶上盘旋而过,我看到最后的晚霞洇出云层,旷野之间那一抹浅黄和微红,转眼间天空就暗了,西边,山若巨龙蜿蜒而去。

"好风水!"

谁喊了一声?

人在路上走,只能让过去越来越过去,而路走下去走下去,人要能掉头走,是不是最后也只会得到物不是物而人亦非人的结果?

我想起多日前去沁水的嘉峰镇,听一位老者给我讲嘉峰的历史。1966年嘉峰公社的"农村红卫兵"决定用青石烧石灰。因周围的山上能开采的石头不多(大多是沙石),他们决定用古坟上的石人、石马、石碑和老街上的青石来炼。这地方曾经出大官,出大官的地方富人多，攀比的风气重，老镇以及构成嘉峰镇经脉的老街里，勾连交错的官道上青石耀目的光华在雨后鲜亮而暗沉。这些让红卫兵们激动。

嘉峰公社蜿蜒在沁河岸边，因昔日的繁荣，它积淀了丰富的政治、经济及商贸文化。在不断地传递历史信息、延续社会发展脉络的过程中，有了钱的人们就开始买官。买了官干什么？回出生地修屋。谁也不想当不穿衣服的猴子，何况这地方的进士第就有不下十个。地面上的地面下的屋，上好的青石遍地都是。而1966年的热情有上级的指领，人们对这些青石似乎就也找到了更好的玩法。老人说，从理论上讲，石灰是用青石烧的，人和人不一样，石和石能一样吗？此青石非彼青石。砸碎的墓碑、石人、石马、望柱有多少？没有人统计过，在乡村的猪圈、厕所、地垄到处都能见到大小不一的坟石，破坏的另一个词应该叫"兴奋"，"他们"生下了比他们先祖更勇敢的子孙。

那是一个极度缺乏关爱的时代，或者说那种关爱像一双老祖母的眼睛业已昏花（看到热闹就是好）。那个时代的人好像丝毫没有克制自己欲望的感觉，他们看到了世界已替他们准备好的那种"近"，那不是道路的近（脚所能印在路面上的近还叫近吗），近在明天，明天沉浸在激情之中，与狂热推动想象的光亮接近，接近，近了，最终剩下的却是永远的"远"。

我在樊山顶上和同行的朋友们谈起这段历史时，朋友说："那是喧嚣的'无产阶级大革命'时期，因为生命最本质的冲动，使他们把一切看得犹如原始文明的巫术一般神圣，他们是在'无产阶级大革命'中寻找神话的光晕，他们的寻找对于社会来说也许是灾难，但对于个体来说就是快感。"

那么盗墓也是吗？

在黄昏的樊山村我居然看到了人烟。问他们。才知道因为山下挖煤,山上房屋开裂,人不能住了,地还在。我们来时他们都下地了,收割回来的庄稼铺满了樊山村的街道,说街道也就只是一条东西老街,农作物五彩斑斓,看上去温暖又深远。静坐在街道两边休息的村民一定要领我们看他们开裂的老屋。斑驳的墙竖立,积灰的老窗合拢,我看到那裂纹,人一生难道真应验了一个词语:背井离乡?我无法帮助又深深落寞。我在纷乱的人群中越走越远,却总是感觉自己很没有本事。如果这个世界有鬼魂,我想做一个鬼魂。我出没在这个世上,帮助一些卑微的善人离开灾难,让他们辛勤而诚实的劳动得到正当的回报,我能够上穷碧落下黄泉,能叫他们一辈子不背井离乡。可我什么也不是,我看得见的一切与欲望有关。

我回头告别,看到天边上的晚霞抽走了它最后一缕光芒,我往前走,长叹一声,只能等坟墓把人的自传写完,才好结束活着,活着的一切。

炕是诱人老死的饵

　　窑洞,最美好的地儿是炕。多少年之后,我居然在单元楼里盘了炕,青砖勾缝,榆木炕沿,炕心里铺了羊毛毡,炕桌上放了我收藏的油灯。傍晚,天光暗了,我说不出此时到底藏着什么打湿心灵的东西,它们冒出来,诱使我把灯树上的蜡烛点燃,心荡神摇那一瞬,我盘腿坐在炕上享受一个人的时光。万事万物诸多情谊都有怀恋,只要懂得,都是贵重。

　　我落地在炕上。

　　生我的那一年,妈妈在碾跟前簸谷子,突然肚子疼,她的婆婆说:"快,上炕。"

　　我的出生没有异象。

　　十月份,青草繁茂。正午的日头照亮了接生婆的小脚,进进出出,紧束的围裙如同克制的欲望,没有多余的背景,炕,一张席片,妈妈扎着马步,我的出生,妈妈用了一个很可恶的形容:红蛐蛐地跌下来了(大约指那种鼠科、猫科动物的初生)。妈妈说:"百日后,你脱出来,白了,我才知道疼你。"

　　一年后父母离异,万事过去,皆与我无关。

　　三岁时,继父来相亲。妈妈坐在姥姥家的门墩上,抱着我,我坐在她的一条腿上,她的另一条腿则搭在门槛上不让他进门。继父无聊,站着端详了妈妈半天,妈妈手里掰着一只秋桃子,一点一点送进我的小嘴里,我像小驴一样惊异地看着继父错愕着嘴片,有口水流下来,继父扔过来一卷很糙的卫生纸。那时候乡下人没见过这么薄透的纸,妈妈抬眼看了他一下,搭在门槛上的腿缩回来,继父进门。

随妈妈嫁人时,我三岁。

山神凹,那时候,院子里有两棵枣树,秋天枣儿红了。驴拴在枣树下,我和妈妈扶着树下驴,进窑,上炕。炕桌上放着一碗红糖水,窑洞里的小奶奶四颗镂空金牙露出来,好奇地看着妈妈和窝在怀里的我,大概我与妈妈都很生动引人。山神凹的女人们从窑门上挤进来,空气如水流动。有人说:"小闺女好看。"窑洞里的小奶奶说:"是我成土(我父亲的名字叫成土)的闺女。"

都是一夜之间的事情。翻过一座山头我成了葛家闺女。

因为小爷没有儿子,小奶奶又大小爷十几岁,错过了生育年龄,我祖父又被扩军南下生死不明,这样我继父就等于过继在我小爷名下。小爷的窑洞里有两盘炕,互相对应着。两领羊毛黑毡,白天时铺盖是卷着的,夜晚,卷着的铺盖展开来。窑墙上还挖了洞,洞很小,像一眼小窑洞。放了粗粮,比如麦子,都用一斗缸装。那年月,因为是集体,农民改叫社员。秋后分粮,人均口粮,麦子也就只能分十几斤,都不舍得吃,留着过年。粮食是有味道的,不单单是一个"香"字。一个冬天里,窑洞里最活跃的是老鼠,闻香而来。小爷不叫老鼠,叫老君爷。窑内中堂前的方桌腿上敬奉有老君爷的牌位。黑是老鼠最喜欢的颜色,四只爪子细脚伶仃,夜里走路收收缩缩,不显山水。窑炕盘在进门处,临门有窗,窗户最下一格有猫出入,常常不糊窗户纸,用钉子钉一帘花布让猫出入。

有一段时间老鼠成灾,小爷下了许多鼠药,猫吃了药死的老鼠大都死了。灾难降临的时候,真是"平分秋色"啊。这下,老鼠的孙子们欢喜死了。窑梁上挂了玉米,五更天,老鼠开始夜生活。它们叽哇乱叫着,有从梁上掉下来的,放肆的大笑声扰得炕上人无来由要学几声猫叫吓唬它们。小有停顿,老鼠想:人哪,也仅仅扮演了一个岁月喑哑的歌者。

六岁那年夏天的一个中午,我在炕上午睡,看见一只老鼠从地锅前爬上炕,小眼睛贼溜溜儿顺着炕沿越过我走到我的脚头。我抬起头轻声叫了一声:"哎。"它停顿了一下,身躯稍向后仰了仰,似在微微着力,想回头,那神态,慵懒到不慌不忙。时间慢下来,我指望它能回头,接下来它还是稍歇一下走了。它爬上窗台钻出猫洞,我很伤感。屋外的蝉,浑圆而饱满地叫着,我坐在炕上,一副伤身伤世的样子。小奶奶在对面炕上剪鞋样,看着我失落的小样,从花肚兜里摸出一块糖递给我,迢递的安宁。窑外,蝉声一声接一声落下来,我跳下炕走出窑,等那细脚伶仃的"它"回来。

有一种纹理,它沿着成长的肌肤深深嵌进来,我对家的概念,是一进门不由分说地陷进炕上。任何一种光影的闪现都不能去除我对炕的怀恋。炕和祖先一样功德无量。祖先的功德是繁衍子孙,没有祖先也就没有后人。炕上生育,炕下生活。什么样的时代,便有什么样的艺术,只有睡过炕的人才知道炕的好处。乡间窑洞里的人从来不知道什么叫沙发,炕是人们生活的舞台,进窑的人说话吃饭都坐在炕上,一铺炕有时候能坐下七八个人。记忆中炕上铺羊毛黑毡,每到冬天,小爷都要剪羊毛擀毡。擀毡的主要工具是弹杖和一床木帘。弹杖用来反复均匀羊毛,如弹棉花的棉花客,弹杖被拉扯得嗡嗡嗡响,好听极了。擀毡需要豆面,豆面有黏性,羊毛和豆面掺和在一起,怕虫蛀,常要熬一些花椒水搅拌在一起。木帘用来铺平羊毛,而主要的工序全是脚踩手揉。擀一领毡要用去两个汉子三天时间。擀毡的日子里,窑洞里的气氛显得温情脉脉,很多很多的细节都极其可爱,比如,小奶奶会因小爷一手一脚羊毛喂小爷饭吃,一口饭一口菜地夹在小爷嘴边,小爷那细嚼慢咽的样子极滑稽。

　　铺了毡的炕,夏天隔潮,冬天保暖。因小爷是放羊的羊倌,近水楼台,窑炕上常铺两领羊毛黑毡,厚一些毛质不好的贴着席片铺,上面的毡是绵羊毛,坐上去要柔软许多。炕都是火炕,与脚地上的地灶相连接,烧火做饭时烟就从炕下面的炕洞子通过,饭熟时炕就热了。有时候冬天里仅靠烧火做饭把炕烧热还不行,还要在炕洞子里烧柴。夜晚的炕头下因是炕洞温度要高一些,炕梢不及炕头热。晚上睡觉时我早早躺在炕头上,不愿意睡炕梢。

　　窑炕靠墙的一面画炕腰围子,沁水人叫"炕腰围子",也叫"炕墙画"。会画炕腰围子的油匠在乡间很吃香,谁家没有两铺炕呢?炕腰围子的造型艺术形式,是壁画、建筑彩绘、年画的复合体。躺在炕上脸朝炕墙,看那月光下的美好,常常会觉得自己要融化进去了,整个夜晚的世界会在入睡前忘记贫穷。光说炕腰围子画的边道就很有讲究,常用的有褪色边、玉带边、竹节边、边棠边、冰竹梅边、卷书边、万字边、狮子滚绣球边、富贵不断头边、暗八仙边(八仙手持的道具)、鹤寿边(白鹤与各种"寿"字)、福寿边(佛手与桃或蝙蝠与"寿"字)、金玉满堂边(金鱼加水草水纹)等等,可谓百色百样、美不胜收。每套炕围画边道的繁简多寡不尽相同。同边道相配的还有几种适合图案纹样,画在画空两旁的为"卡头",设在第二组边道下面角隅处的称作"角云子",这些图案都是"细炕围"的附加装饰,乡间有钱人才会如此讲究。小爷家的炕墙上只简简单单地画边道,内里几朵富贵牡丹。

　　小时候出山到外村常去看大户人家的炕腰围子,常见的有历史典故《桃园结义》《三顾茅庐》《太公垂钓》《苏武牧羊》等,也有戏曲故事《莺莺听琴》《貂蝉拜月》等。各种选段的集锦式"会串"在炕墙上,一路看过来,相比较历史典故,我更喜欢戏剧故事,"小红低唱我吹箫"的幽幽怨怨似乎更适合生殖的热炕。"一生二,二生三,三生万物,万物负阴而抱阳",炕上的岁月是一个家族的红火,老婆孩子热炕头的故事,早已因为千万遍的重复变为我们自己的故事。这个世界的奇妙之处就在于炕,看似一副落魄遗老的架势,可对它的欢喜,永远都有旺盛的生命力。

炕上除了蒲扇、苍蝇拍、烟袋、捻线陀以及凌乱的糖纸,也只剩下了我的小爷、小奶奶的从前。而今,扑簌簌往下跌土的墙上,曾经的炕腰围子画和贴着的挂历画,因了窑顶的塌落,已经斑驳得模糊不清,所有的岁月为什么都是一闪而过呢?隐隐没没的日子过后,我再也睡不回欢喜的从前。

家里的乡下男人

　　一直感觉在某一个黄昏或上午,父亲会背着一个帆布行囊远足而来,会用他憨厚的影子堵住我正门的光线,那时有一个很不能概括的念想:"我们家的乡下男人进城来了。"

　　我忍不住遥想当时的形貌,居然有那么几分由近而远的缘由,但我明白,我们家里的乡下男人是永远住在乡下了。

　　每年的清明这一天,无论刮风下雨,我都要回乡上坟。说是坟,其实只是一眼废弃的窑洞,在山神凹后山的黄土崖下,十年了,父亲很安分地在等活着的我妈,而我的父亲曾经是一个多么捣蛋的人。老家有个不成文的规矩,夫妻一场,先走的人一定要放在一个地方等在世的、留在红尘中的那个人百年后一起入土为安。

　　春天的植被像世界地图一般,散淡地铺设在崖的周围,崖下的土窑内是父亲的家,阳光直截了当地照进洞内,那一口玫瑰红的棺木横放着,我们家里的乡下男人被装殓在里面平躺着,成为一个戛然而止、无法再坐起来或站起来的存在。无往而不胜的岁月呀,好端端把一个人一生的里程,减缩在了这个大匣子里。我跪卧在地上,点燃一堆亿万元冥票,有风丝绒般吹来,那灰烬很是舞蹈一番。这种无告的陌生竟伴着我那么多绝望和辛酸,但我却无意怨恨它,反而想到有一双厚实的黑手在哆嗦着收取女儿送他的这一份殷实的家资。

　　人生真是一个过程。我是 1969 年认识父亲的,在这之前父亲的绰号叫"跑毛蛋"(沁水县十里镇的方言,意指对生活不负责的人)。在这之后,我三岁,随母亲改嫁而来。母亲嫁时骑小黑驴款款地从田畦的小路蜿蜒而来,给满世界秋阳注一剂斑驳。父亲的兴致随驴屁股的一声疼痛而哼哼高昂,母亲的笑便暧昧得意味深长了。而一路的累乏,让我懒得兴致。也就是说,三岁的我还记不得多少当年的事。父亲的家是一眼土窑,墙上的许多洞和地上的许多洞是老鼠的家。父亲后来用许多玉米芯塞住了那些洞,那些老鼠很是无奈地和人一样光明地在窑洞里生活了几年。这期间,父亲到太原的西山煤矿,为了像个男人一样活着养家,决定下坑,人称下窑汉。我妈嫁过来不久,因井下塌方,俗世的父亲脑袋冒出泥地的一刹那,决定逃生,黑炭一样逃回老家,前后走了不到一个月,我妈开始和父亲生气。

这气,一生就是一辈子。我记得我生孩子时回老家坐月子,妈和爸吵,吵得我大声喊:"离婚吧。"片刻后父亲嬉皮笑脸地说:"还不到离婚那步。"我说:"爸,你怎么在这家里熬的?"父亲想了想说:"你知道啥?我在你妈跟前还没有小学毕业,还得熬。"

这里我不得不说我的爷爷。爷爷是被远一些年扩军扩走的土八路,后来得益于战争的最后胜利,身份转成了南下干部。正遇荒年,失去音信的奶奶无法养活父亲,出于对丈夫的报复心理,想把父亲丢在山里让狼吃。是小爷从山里找回父亲的。父亲便依靠几位叔伯爷爷的呵护成长起来。正因为有了这样的背景,父亲因山性而成为"三不管"式的人物,即小队管不住,大队管不了,公社够不上管。

父亲的家就是我后来的家。我的老家叫山神凹。这个名字需让我反复记起,它不仅是我父辈生存的地方,而且在抗战年代,是八路军的一个地下印刷厂。我的家族本不姓"葛",从祖坟的墓碑上刻的姓氏看是姓"盖"。姓氏更改也得怨我爷爷。当时大字不识一斗的爷爷被扩军扩走时,有军人问:"你们家姓甚?"爷爷很光荣地喊姓"盖"(盖姓念葛)。那军人说,知道,姓"葛",用毛笔工整写下。一个"知道"断了盖姓家族的香火,从此"葛"姓在山西十里镇山神凹广延。这大体可信,族人纯朴,还不大懂得"冒"姓。

老家没什么风景,有山,有人住的和羊住的窑。羊住的窑比人住的窑大,因羊多而人少。羊多,族人便穿生羊毛裤、生羊毛衣。父亲因此而会织毛衣。逢年过节家穷买不起鞭炮,父亲领人到山和山的对顶上甩鞭,用牛皮鞭的长鞭,长鞭一甩,因山大人少,回声也大,脆生生漫过村庄直铺天边。天边并不能看真,生生地凝成千百年一气,鞭声滚滚滔滔跌宕过来,山里人激动得出窑,听父亲隐隐然鞭笞天宇的响彻,能把人的心吞得干干净净。这种甩鞭和赛鞭过程,要延续至正月十五,十五过后老家的山上没什么内容,赤条条地与荒漠的群山对峙。荒山沟里,父亲开始了他生长期的旺盛。

父亲是一个高智商的人(用现代的话说)。他不太懂音乐,夏天打一条蛇,从马尾上剪一缕马尾毛,再从大队的仓库里偷一段竹节,三鼓捣两鼓捣,一把二胡从他手上就流出了音乐。父亲不懂宫、商、角、徵、羽,更别说现在的1、2、3了。窑中一盏豆油灯,父亲擦一把脸,憨厚地笑一下,挽起袖管,从窑墙上拿下二胡,里外弦一"扯",就这过程已有人对父亲手头这把民族乐器投来歆羡的目光。而真正的艺术,在父亲的手上,还没有扯开弓拉出声响。

父亲的毛笔字写得不错,不是那种龙飞凤舞的,一溜儿正楷。父亲的出名好像不仅是这些,从小掏鸟蛋,大一点抓蛇,再大一点摸鳖。他一上午能摸一木桶鳖,用铁锅煮了让光棍儿汉们一起吃。他说:"现在人吃鳖,大补,狗屁!我吃一辈子鳖,把十里河的鳖快吃完了,也没补出名堂。"十里河的鳖从父亲开始吃后,渐少,与父亲摸鳖关系重大。父亲玩蛇能把蛇玩出神话，让它走它才敢走。玩过的蛇，父亲从不打死。我至今不清楚这种吐纳百毒的长虫，为什么在父亲手里如此服帖。那个年代，父亲的故事频繁。那是一个没有法制的年代，强悍与苦难汇合让父亲野出了风格。我妈常说："早知道你这样，我嫁给好人家也不来你这沟里。"父亲总是看着我和我妈说："你带着拖油瓶上哪儿嫁好人家？来沟里就算你享福了。"

其实，从父亲身上我学到了很多东西。他的诚恳和逼真和来自大自然野性的浪漫。父亲多半不会在痛苦面前洒泪悲叹，寻死觅活。他的思想散漫得很阔，人生道路也铺展得很广。他像《水浒传》里的一百单"九"将，该出手时比谁都快。路见不平，拳脚相助。在他五十五岁时，三十岁的我还陪他到几十里之外的沁水县柿庄乡派出所交打架罚款。父亲在中年以后把兴趣逐步改向狩猎和打鱼。记得有一年夏天黄昏，父亲不知从哪里偷来"夜壶"，趁天黑装了炸药。五更天叫我快起床，领着我骑嘉陵摩托车翻山到另一个县。一路风驰电掣后，摩托车停在山脚下。我和父亲潜入就近村庄的鱼塘。见他点了雷管使了老劲抡圆了把"夜壶"扔进鱼池，接着冲天一声响，我听到哗啦一声，鱼塘被掀翻了。等水花落下，鱼翻着肚皮漂满了水面。我吓坏了，父亲却高兴地喊："发财了。"忙活着张开渔网准备要打捞了，村里的叫喊声朝着这边鱼塘来了。父亲来不及打捞，拉着我的手抬脚就跑。我不敢往后看，大口喘着气，跑到摩托车跟前说不上话来，喘气声把喉咙都拉伤了。

父亲于1996年得病，那年的正月初九，父亲从乡下给我打来电话，说自己怕是病来了，来得不轻。一贯孩子似的作风，让我忽视了他非常时期的实际。我又以非常含糊的感觉很自然地等到正月十一。那天回乡后，我看到父亲在麻将桌子上鏖战，胸口上冲着桌沿顶着一根木头,止胃疼。我想哭。我要父亲走。他坚决不走,说要把四圈打完。从父亲的态度上,我知道他输钱了。在乡人劝说下,父亲很是不情愿地离开了麻将桌。

回到城里,一连串的检查,证明父亲是胃癌,晚期。

我说不出一句话,一句话也说不出;父亲吃不下一口饭,一口饭也吃不下。我知道,父亲气数尽了。我告诉他是胃癌,晚期。父亲难过了一下便笑了,说:"我说嘛,不吃一口饭,雷锋还讲,人不吃饭不行,就不吃饭不行,一辈子就算完了。"我说:"以后怎么打算?"父亲说:"打算什么?父死之后见人磕头。"我说:"就女儿一人,怕忙不过来,想将来火化了。"父亲不语。三天后,父亲说:"水,千好万好,烧了爸爸就不好。你想想,我走了,活人的嘴脸要骂你,骂你把爸烧了,你愿意落不好名声?"父亲讲此话时一脸坏笑。

我是三月初三开车送父亲回老家的。沿途我买好了木板,回老家后叫了木匠赶做了棺材。我在做好的棺材里躺下试了试身长。我站在父亲身边不语,父亲说:"有话要说?"我告诉父亲:"大小正好。"父亲说:"躺下试了?"我说:"试了。"父亲说:"把它漆成红色。"我在寿棺大头写了"寿"字。因我字写得不好,远看近看都像个草书"春"。我和父亲说:"坏事了,把'寿'字写成'春'字了。"父亲说:"还寿什么?你爸的寿已尽了。春就春,春天生,春天终。"因父亲生于1937年农历四月十五。

父亲说:"死后把我放置在一个干燥的窑内,等你妈百年后一起下葬。死后多烧点冥钱,才学着打麻将,老输,那边的钱在这边可便宜买到。你是写文章的人,爸爸知道你辛苦,对我这件事你千万别太寒酸,寒酸了叫那边的人笑话你写文章供不起你爸打麻将。那可就不是笑话我啊。"我哭着说:"爸,怎么两边都是笑话我呀?"

爸说:"闺女呀,我死了呀。"

1996年三月初十晚,父亲拉着我的手说:"闺女,我来世做牛做马报你对我的恩情。"

我说:"爸,来生我们做亲父女。"

父亲哭不出来,从鼻孔里流出一丝清鼻涕,眼睛死死盯着我:"近跟前来,跟你说句悄悄话儿。"我近到他嘴跟前,他小声说:"你能不能把你的存款都贡献出来,给爸找点不死的药?"

我闪开了,哭着说:"爸,钱买不来命。"

父亲半天后说:"瞅你那哭相,难看死了。我是试探你对我有多好。"

我不语,泪像河一样。三月十一日早八时十分,我看到父亲长出了一口气,又长出了一口,没回气,父亲的眼睛就闭上了。

农历三月十三日,我把父亲放置在山神凹后的羊窑内。我告慰父亲,窑内放得下十桌麻将。我给父亲烧了四麻袋张张是亿元的纸钱。活着时,我曾和父亲说,无论那边怎样情形,都要托梦给我,我好给你打点打点。

至今梦中还没有出现父亲的影子。

父亲,你会在午后的暖阳下斜靠在我门扉前欣悦地凝视我吗?你这如此野性的城里上班的乡下男人,你现在躲在老家哪座山褶子里贪玩?

驴 是 兄 弟

　　从什么时候开始,故乡的驴对于我来说,就已演变成为我童年的兄弟姐妹,一些难以忘怀的季节的冷暖景致,一些远离文明的诗意的原始情怀,而不再是一般的劳动工具和牲口的浅表印象?真是这样,庄稼人知道,人与牲畜的缠绊比提起的话题更牢更长更雨露阳光时,人才会接近人模样。乡间的土窑,小石门洞的暖炕和窑掌深处的驴,没有人能够明白,人与驴同住一窑的风景。祖父说,驴是兄弟,它不会背人的视线而走向不归,蹄脚老了就凭借风力。印象中的风景,都被驴走尽了,遥远而又凝固,仿佛暖阳下的苍山,只在自己的故园,只在窑洞。

　　这是一个充满遗憾的世界,用什么来抵御岁月的风霜?牲畜成为庄稼人一种安详的依附。童年时随祖父骑驴出山放羊。寂静的午后,胯下的驴踏起阳光下的尘土,羊群在温暖睡意中被镀上了薄金,空气中山林的气味浓得像是液态。松树的针叶从脸上抚过,会看见从腐殖的泥土中透出的松菇,朗晴的,满目皆是圆润的黄。这时的羊群如果无知或故意分群,山下的驴会扬起后腿,颐指气使,蹄声归处。分群的羊会在这嗒嗒声中安然复群,这是动物间一种奇怪的默契。祖父回头笑骂:"狗×的驴!"然后勒细嗓子唱,"皇天后土人儿黄尘小,苍山绿水牲儿浮萍大……"那声音荡起天地一片祥瑞。

　　庄稼人知道,生命耗尽本能才会存活。存活的幸福和好天气一样,有,但不会很多。天地之间,风霜雨雪,人类彼此生存及农业耕种的开始,就意味着一切的到来。人养了牲畜作为农耕劳力,是人类出于对自己生命的功利主义,也是出于那些生命的善良和驯服。牛羊追水草,人子逐牛羊,迤逦一途。生命同等于四季,是牲畜使人类浪游的脚步停下来,并根植出了乐土息壤。

还记得冬日里和祖父一起出山驮煤。天近黄昏,雪片飞扬。雪天里直程的背阴路因寒风吹滞,滑溜狭窄,驴鞍头挂辔,笼嘴系缰,走,打滑,一人牵,一人打,生命延续彼此交困。驴处险,将后蹄牢牢把住雪地,前蹄实质上已经滑弋因而虚拟。祖父身体抽抖,注力于双脚,贴附于路边山坎,只用眼睛看驴。祖父说:"水,快脱去我的鞋袜。"天寒地冻,祖父赤脚着地,趾肚脚掌似乎有牙,冒出丝丝白气。祖父屏气不敢大口呼吸,使出"驴"劲,生凉的地气能把人的骨缝扎透。那真是一幅人类艰辛的生存之图,先是蕴含着无尽的力,之后就是心头的一线明悟,是人类存活的永远经典。

踩过的雪地留下一汪清水。生命的庞大与卑微,是以怎样一种方式存在的呢?走上山顶,看见村庄的窑洞,满世界苍凉的白。雪中炭,人与驴如水墨画上甩出的斑点墨迹,祖母在窑顶上眺望山头,晃着一根桃木棍子,我在雪天的驴背上疯喊着祖母,那声音显得那么渺小和孤独,且透射着俗世的暖意。

祖父说,老驴有灵性,工于识途、警路、避险。在没有路延伸的崖壁前,人若强行,驴也会气恼人的愚昧,歪着脖子,两腿夹尾,回避崖塌泥陷。驴作乘骑不欺生,一根桑条握手,通过骑乘重量的分流变化即会右行或左转。记得一年春上,祖父牵驴出山跳马。腊月里驴生驴骡,叫驴跳马,牝马所生为马骡,儿马跳驴,牝驴所生为驴骡。老驴体弱无乳,祖父让我去和叔伯婶婶说,要她给小驹一口奶吃。月子里丧子的婶婶羞红了脸走进窑洞,祖父避羞走出窑洞,婶婶解了衣扣,托乳相赠,小驹不受,惊惧退缩。无奈叫了叔叔来,叔叔气盛，从老驴身上揪下一把驴毛，缠在婶婶乳头上。时是黄昏，可以清晰地听到小驹吸乳之声，那是生命繁衍的本源之声。年轻的婶婶，肌肤透亮，在黄昏的天青下流溢出丝绸般的光泽。婶婶有泪流下，那是失子的疼痛中艰难赎回的幸福。多少日子，她就这样在悲伤的边缘上喂养了小驹。超越了生命的等级，那苍苍深山中血脉里流淌着的是一种什么样的伦理道德——款款情深啊，很亲切，很亲切。

庄稼人给予牲畜的爱，也许可以用无私的母爱来比喻，但我认为它远远超出了狭义的母爱。大自然所具有的那种永恒、自在、单纯、朴素的性格，培植出了庄稼人的良善。山高水长，由于自然的素朴，庄稼人的爱，就如山中日月，明澈而高洁。

眼下，驴突然少了，我沿着沁河走，温情如故，友情如故，再孤寂的心也会为两岸的村庄动容，为什么河沟里没有驴？门前的树上没有拴着驴？驴不是朝三暮四的动物，它本色，涵纳很深的教养，以及对人的依赖和安全感，只要一根缰绳在手，它永不会厚此薄彼。一路走来，我真的没有看到驴。乡间有两种动物，一种是人，一种是驴：家畜。人占据了大地和天空的两个世界，人是能牵制和使用家畜的高级动物，人放弃什么都不能放弃家畜。放弃便意味着将要背井离乡。

从前的正月，我还记得胸前糊着驴头的小媳妇在公社的广场上闹十五，广场是一块并不太宽敞的坪坎，前来闹正月的人们席地而坐。那几头人扮的驴蹦跳着穿越人群，来自这"几头驴"的热烈的民间声音让坐着的人跳起来，笑声烂漫如即将到来的春天，鲜活得叫人想着世界会永远繁花似锦。驴让我对往昔那些真实的日子怀想和凭吊，我的目光在追寻它的同时，我看到丰收的田野上缺少了驴的身影，怎么都觉得少了幸福的指向。

有一天，我心情郁悒，在书架上乱翻一通，抽出一本杂书，看到有人写汉时驴曾是贵族宠物，人人皆学驴鸣，驴叫声成为一天里最好的将息。写魏帝别出心裁，给臣下王仲宣送葬时，令官员一人各作一声驴鸣，送王西行。山野旷地，驴鸣声此起彼伏，实为空前壮观。驴生活在那样一种历史背景下，是多么地旷达和动人。

风霜雨雪在时间中潜隐地流过，驴走到现在"上下山谷"已成为"野人所用耳"。人类的苦难早已浸涉了爱的双臂，驴的体力已被岁月咬噬得瘦骨嶙峋。假如以最早出现生命的形式来想，人与驴也没有什么不同，都是自然选择进化出来的东西。每每想到故乡的驴，就会想到驴的眼睛，直戳戳的，一切悲怆意味全在温柔里。岸边风景，怡悦心性，或引颈长鸣，人与畜，畜与人，是否有悖于生命后来的事实？

驴在远离人类喧嚣的田野里耕作，随缘放达。有农人在地垄上用火镰敲出一缕烟尘，春山鸟鸣，我在追忆极苦极甜的缠绕中，想气定神闲的乡村，想生活羁绊中愚冥孤独的驴，心，就会滋生出一腔生生的痛。上帝有意设置了这样一种未来，我们只能告别和放弃所有意义上诗意的原始了。

内窑黄昏

　　黄昏的风景是斑驳的。黄土地上的人生,是亲情的乳汁酿造的。尤其是在这内窑。

　　祖母是王月娥。尽管王月娥已在这个世界上走至很远,但是在我的生命中,岁月如此辗转盘桓,光阴如此流逝嬗变,都无法更改王月娥就是我的祖母。

　　祖母在这个世界上活着的时候,没有人叫过她的名字。可是这么多年来,曾经在那一方土地上生长的人却没有人不知道祖母。老辈人叫"老葛家里的",晚辈人叫"内窑婶",次晚辈人叫"奶"。这叫法的统一点就是指王月娥。

　　二十六岁时,二十岁的祖父葛启顺被扩军南下,王月娥就守着这一眼土窑,眼睁睁活到了七十岁。四十四年间,她苦守寒窑。曾经有人力劝王月娥改嫁他乡,但终是枉费苦心。那种形势上的安抚又岂能均衡王月娥内心的失落?……

　　开头儿,夜静的时候睡不着,王月娥坐起来想葛启顺走时的样子,自个儿傻笑,那都是光阴下的苦守寒窑啊!到后来,夜静的时候俯身像咬豆腐似的,咬自个儿的肉,疼得窒息了,夜却不动声色。再到后来,人上了年纪了,早早烧了炕团在炕上,听梁上的动静,一只老鼠倒挂在梁上,一窝老鼠在地上跑着耍闹,听着响儿反倒能睡个好觉。祖父一走再无音讯,天是到黑的时候黑了,到白的时候白了,黑白之间王月娥心里有个活物。

　　山神凹走出去回不来的人都有"光荣军属"的牌牌送回来,祖父没有。这就让祖母的眼神看上去像土窑窟窿里的老鼠一样,明亮而惊慌,令人陡生怜爱,却又怕人于一定距离之外。仲夏傍晚,王月娥穿了月白短袖布衫,双耳吊着滴水绿玉耳环,坐在内窑院的石板上走神。缕缕阳光透过枣树荫蓬的缝隙漏射下来,远远看去,神情恍惚的她就像一个无法企及的诱惑,甜蜜而又伤痛。男人的视觉在这时大体是相同的,二十岁与六十岁没有多大区别。葛姓本家族人暗恋上了侄子媳妇,终于在一个黄昏时分走进了内窑院,祖母发狠地喊了一声:"你坏良心呀,你欺负弱小,小走得没音讯,大做下这种下作事,一把秃锄头你锄地锄到自家人身上,你今儿等不得明儿你就要死呀!"事情到底因辈分的节制而没有弄出大的举措。可时令已入三伏,满山的山丹丹在风中闪闪地耀出了大片嫣红。

难得王月娥年华如梦却能心静如水。她因传统而忠心于祖父,她因本分而体恤、关心族人,从未滋生杂芜之念。内窑院的枣树蓬勃着朝气和骚动。青石铺就的石板地却浑然冷冷。这冷冷中就有了那么一丝微妙的季节性悸动。那恰是"文化大革命"的脚步踏踏来临之前。在接踵而来的"文化大革命"潮流中,大风席卷了角角落落,红颜薄命的王月娥竟也不能绕过。于是,在这场偶然与独特并存的浩劫中,历史执拗地把王月娥切入了主题。

曾经的王月娥是地主的小妾。荒山沟里的小地主既无万顷良田,也不敢为非作歹,最多娶一半房小妾。葛启顺当时是地主家里的短工,进进出出在不同季节里和王月娥有了仔细的照面。最长的一次照面是土改前夕。那一年熬豆腐,葛启顺来帮工。熬浆熬到了一定火候,葛启顺进房端浆水,问题就出在了葛启顺看见了冬日暖炕上王月娥雪白一片。屋外喊塌天了,屋内的倒骇异地看得出神了。那一年的豆腐据说因祖父的憨胆点老了,但也仅用两斗玉茭从地主家换回了王月娥。这就让王月娥在最为动荡的日子里受了一些委屈。

1966年,国家最权威的报纸发表社论:"横扫一切牛鬼蛇神。"它的目标是改造人的灵魂。山神凹虽处贫穷僻远的深山,而"革命"热潮则是"四海翻腾云水怒"。出于一些无法猜测的原因,一些乡村的红卫兵把王月娥叫到请示台前定罪。王月娥在请示台前早晚汇报了半年有余,红卫兵开始了内乱弃她而去。与往日的岁月不同之处是,她接下来的日子活得生硬而苦涩。

岁月辗转中老了王月娥,不老的是她的记忆。鬓染银霜的王月娥翻出日伪时葛启顺一张泛黄的"良民证",手微微颤抖了几下,然后又轻轻折起压在了箱底。尽管那照片已经褪色,又有许多深深折痕,但王月娥对它倾注的感情,却如石下清泉。

有一个春天,终于从公社乡邮员的手里接到了南方的信函,落款是"内窑院启"。王月娥的名字都省略了。字里行间仅是对他年已半百的儿子的问候,只字未提王月娥。王月娥想:不管吧,儿是连心肉,只要葛启顺还活着,就有我王月娥的一天。

是等那归无定期的一天吗?

内窑院的枣树高大而繁茂,盘曲错纠的枝节伸向青冥的天空。王月娥拉着长长的麻绳把三寸长的鞋底纳得细密、匀实。灰蓝色的外罩把一头白发衬得如一幅水墨写意,看上去有一种与世隔绝的雅致。有晚辈惊异地说,内窑婶怕要成精了,七十岁还纳鞋底。王月娥抬头笑笑,用豁了牙的嘴捋捋绳子,一针一针纳得瓷实。

王月娥在等被遗忘了的那一刻的到来。1980年,葛启顺老大归乡,领着后娶的夫人,走回了他离别了近半个世纪的故乡。美人迟暮,与王月娥比起来就少了一些韵味。南方的小女人体态盈盈,一回北方就吵着要走,离心离肺的。择了吉日,祖父回到了他的出生地。在走进内窑时,王月娥正靠着炕沿捻羊毛,只刹那,王月娥抬起头时已是泪满双襟了。祖父说:"解放战争结束,我就在南方成家了。"王月娥含泪点头。祖父对那女人说:"该叫姐姐。"那女人说:"姐姐,用揩脸帕把脸揩揩。"祖父说:"她要你用毛巾擦净眼泪。"祖母王月娥一脸悲啼。几十年了,擦不擦吧,擦来擦去都一样痛。王月娥含着泪说:"成家了好,一个男人不成家,道理就说不过去。"祖父说:"你一个人能把日子活过来,要我怎么说好?"王月娥说:"没啥,眨眼就到现在了,到底是我守在山神凹,你在外,出门在外你不是闲人,你是为国家当兵打仗啊。"

王月娥在祖父远走他乡半月之后,终于倒在了内窑院的土炕上。王月娥说:"四十四年了,我找到了活水源头。"祖父临走时的话还在她耳内萦绕:"我死后把骨灰送来与你合葬。"一个活物,一句活话,是对内心深处埋藏的人生悲苦的生命祝福之念。还是姻缘变幻的不悔不忧?祖母等老死他乡的祖父再次回乡,她做了许多准备,有时候甚至嫌日子走得慢,日子把人的一辈子过完了,到死,总算要拼凑成人家了。她用祖父留给她的钱打了坟地,坟在隔河的山嘴上,朝阳。她要打坟的人留个口子,夜静的时候她把一些庄稼人用的物件放进去,锅啊、盆啊、缸啊的,大件的搬不动,她就像滚球似的滚着它走。有一天夜里,她滚着一口缸过河的时候,摔了一跤,骨折了,山神凹的人才知道她在忙活地下的窑洞。下不了地,心急,人瘦得和相片似的,望着进来看她的人就说以前的祖父,人们也都跟着她的话头说以前的祖父。想来,祖父在她的记忆里被扩大了,稍动一点心思,面容就浮现不已。

春日和风使枣树抽枝开花,秋日萧飒使枣儿泛红透甜,一样的时空流变中,美丽的景致就这样保持了一生预约的守候。

王月娥,我的祖母。当我以一种过早到来的苍老的目光悲哀地看进了三十年时,三十年前活着的你——可知日月与你几近遥远了?

说 书 盲 人

　　雪以一种姿态降生消解在乡村,盲人抬起头看了看天空,他在灰黑中眨了眨眼,脸上就落满了白色的雪。

　　盲人说:"下雪了。"就这样走在周遭朗朗如缕的雪花中。

　　盲人走在乡村,所有的感觉只剩下一条路,路在前方,山高到纯白,天高处居然有阳光,微弱地遥遥闪烁。

　　盲人的眼内却只有无限,盲人被无限诱惑。

　　盲人想:雪是什么样的?

　　白的。

　　白是什么样的?

　　纯洁!

　　纯洁是什么样的?

　　冰凉!

　　盲人想:人死了是冰凉的,人生如雪吗?到气绝时消融在泥土里。

　　盲人想:这雪啊!一切就仿佛凝在了永恒。

　　天黑的时候,盲人开始进村了,拍打净身上的雪花,拐进一户人家,盲人是大雪节进村,到年关才要出村。盲人在村里挨户说书,有钱的给个钱花,没钱的混个饭局,从村东说到村西。腊月里盲人的书场鲜活地充溢了乡村,成为一种奢侈,弥漫着吉庆高古之气。天黑透的时候盲人开始说书了。一副鼓板,一把二胡,灯光下盲人脸上匀和,不见风霜。

盲人清了清嗓子，先说了一句书帽儿："老少爷们，婶子大娘姐……"众人就开始兴奋了。盲人说："酒壮脓包胆，酒入英雄肠。三国红楼梁山伯，武松打虎景阳冈。"盲人呵出来的书帽儿悠长辽远，众人的喝彩声随之而起。这时，盲人的脸上就呈现了一种英雄气，恣意旷放。

盲人说书是有讲究的：一是要净面净手，给一家之主灶王爷烧香；二是要把灯盏放在书桌上；三是要主家两壶白酒。盲人说，喝酒气足，英雄本色没有酒拉把是说不成的。盲人说："武松打虎，八百里英雄武松是谁？有人硬要把武二打虎弄成除害，俗大了。大英雄本色，你真让他上山来打虎，他不一定肯，真英雄是不和畜生斗的。"盲人说："英雄都这样，一生潦草、莽撞。碰上历史中尴尬事情，凡人就成了英雄。"听书人听出了门道，有人问："后沟的栓狗不也上山打死一头山猪吗？咋就越看越寒碜？"盲人说："遭际不同，味道就差了。李逵也杀虎，可惜杀急了。武松打虎之后，先是潘金莲，后是蒋门神，再后来大闹飞云浦血溅鸳鸯楼，英雄身上有人气养着。栓狗仅是野猪拱了他家的芋头，李逵都比不得，栓狗比得吗？"

盲人说到激动处，天上现出半牙儿月亮。这雪夜真是适合饿虎下山，英雄独行啊！那只吊睛白额大虫和武松正沿着不同的山路走向景阳冈—武松打虎—千年之后英魂浩荡。盲人收了弓，众人却迟迟不愿离去。

天还是那个天，地还是那个地，月下身影里就处处有了英雄气。这股英雄气涤荡了冬夜，雪，纤尘不染，朗朗乾坤万里无埃。

盲人对现世的一切都是抽象的，天地间一堆昭然若揭的现状，对盲人来说是无奈的。盲人眼里放射的仅是一种对富贵温柔之外，那种真正俗世的无限憧憬。盲人无家，15岁上，娘说："儿啊，这是最后了,我供不起你啦!"说完西去。盲人无泪,从此在尘世中,暗夜深邃而绵长地伴着他。

无目的厌倦和无缘由的黑暗构成了盲人另一种日常。盲人依靠嗅觉在暗夜里推算时辰。盲人想,我是曾经看到过色彩的,一种曾经离自己相当贴近的东西,那一种色彩如玻璃一样随喜喧闹,却也一样清冽易碎。

那是一个午后,盲人在主家的土炕上盘腿而坐,主家的女人说:"可惜了你呀,瞎子!"盲人不语,但端水的手指在茶托上就呈出了兰花状。事情到这份上,女人伸过头去触摸盲人的手指,盲人的手指就一个一个全高兴起来,脸上就有春蛇在爬动。盲人不说话,只看到一种色彩,是区别于黑色的东西,一种难以遏止的焦躁幻化出了无限空间,这种双重意义上的冲动成就了盲人的色彩。女人轻声说:"可惜了你呀,瞎子!"

盲人想:这怕是他一生唯一的一次体面了。

打这之后,盲人在说到武二怒杀潘金莲的时候,就说得出色彩了。盲人说:"武二看到了八百里夜空有一朵红云滚过来,武二的手抬起来了,死去活来,不见生死,武二脸上爬满春蛇。武二听见一声开叉的尖叫,这尖叫在寂静的夜里灿烂悠长。"盲人最后总结:"武二的心死了……"

盲人在这个冬天的最后几日走出村去,饱经风霜的眼角,布满了细细的纹路。厚实的尘土中,盲人走出了一条羊肠小路,在日久年深的自然中形成了景观。

这时灯芯跳了几下——

于是,乡村的夜色中就有了一些冗长的怀念。

秋苗和石碾磙干大

　　石碾和石磨也许不值得人们怀念,可是整座村庄对于它们的记忆永远是新鲜的。过去谁家里的人天天在碾道和磨道转,说明这家人口多,人丁兴旺也是传统的富贵标志。忙月闲天,真要闲下来,你看村庄里的碾道和磨道前除了加工粮食,端碗吃饭聚堆闲坐的人也多。就算农忙时忙得泥地上留不住村庄人的脚踪,鸡们也凑热闹似的在磨道和碾道转,捡一粒两粒遗在地上的米粒儿咕咕咕咕叫着热闹成一团。

　　我记忆中的磨道和碾道已经闲下来了,它们的替代品是钢磨。这世界上所有闲下来的物件都会在短期内被人们遗弃,人们永远都不在意自己生活过的历史,只打算投入生命的当下瞬间里,所以,人在这个世上活着永远都是一副玩世不恭的样子。对于石磨和石碾磙的记忆,留下来的,仅仅是印象,连怀念都谈不上。但是,我与它们有过一段亲缘,它呵护了我的童年。

　　我的童年,为了我的成长,我妈把我许给了一个石碾磙做干女儿。那个石碾磙竖在一棵长了百年的杨树下,树空心了,夏天的时候有蛇出入,但是,伸向天空的树枝还有绿叶长出来,也还有绿荫罩下来。村庄的人们端了粗瓷碗,在杨树下吃午饭或者晚饭,主要的事情是聊天。我们几个孩子靠在石碾磙上听他们讲一些村庄发生的稀奇事情,一边听一边用线绳来来回回翻各种图案的"抄手"。大人们讲到激动处,有人就想把我们赶走,想坐在石碾磙上稳住身子好好尽兴听。有人就和我们说:"哪有屁股坐干大的道理?"我们就散开来,那人就坐上去。我是给石碾磙烧过香,也磕过头的,原因是我妈只生了我一个,怕我长不成人。

那个年月,村庄的孩子常常把自己许给一棵树、一条河或一块石头,乡下人相信自然的力量比人大,也相信人是永远改变不了自然的。把孩子许给它们,这个孩子就活成人了。我每年生日那天早上都要给石碾磙干大烧香许愿。我认碾磙做干大的时候七岁,那一年之前发生了一件事。快过年了,年前的腊月里有一天是吃炒节,就是把豆子、玉茭炒熟了,吃时拌了蜂蜜放到碗里,农村人叫"吃甜",大概是希望日子一年比一年越过越甜吧。吃炒节这一天白天,家家户户都要到河滩上取沙。取回沙,忙着从自己屋子拿金黄后玉米换别人家的小粒种。金黄后玉米炒出来粒大不好吃,但是丰产。有过日子细致的人家在山坡地种了小粒种,谁家有,村上的人也都知道。换了回来,在村路上撞见了打个招呼:"换上糙玉茭(小粒种的乡下叫法)了?"

开始点火炒时,一般要等到天黑。头一天晚上我的同桌秋苗和我讲:"我有二两粮票五分钱,够买一个甜火烧(烧饼)。你回家和你妈要,你妈是老师,有钱。要了钱咱俩往公社买火烧去。"我们是第二天一大早怀揣着二两粮票五分钱从我妈教书的村庄郭北沟出发的,走到十里公社不到中午。我们各自买了一个糖火烧,不舍得吃,先是吃了半个。刚出炉的火烧不经吃。大冷天,我们俩把火烧放在河滩的石头上等火烧冻实,等它包着的红糖硬了,我们收起装进口袋,一路摸着火烧往回走。路上肚子饿得咕咕叫也不舍得掏出来下狠口,只是用指甲掐豆粒大往嘴里放,是把火烧含化了的那种吃法。走到郭北沟村的小河滩上,天黑下来,冬天的天本来就黑得早,秋苗问我吃完了没有,我说还有一块,她说她也是。我们把最后一块火烧团成的丸药蛋子取出来,放在手心里比谁的大,秋苗的比我的大。她很高兴地说:"我的比你的大。"然后,我羡慕地看着她先放进嘴里,然后,我也放进了嘴里,两个人迎着风,抿着嘴等它在嘴里慢慢化开。它总是化得很快。

　　河滩上正好是山的风口。我们一路上跑得汗水把棉袄都洇透了,我们俩在风口上等最后一块火烧化掉的时候,山里的风把我们身上的汗忽然又吹干了,棉袄还湿着,像一坨子冰一样贴着脊背。秋苗说她冷得要命。我们拉着手往村上走。村里有大院子的支着铁锅炒上了,香味也出来了,我们吃着炒好的玉荽和豆子疯到后半夜才回家睡觉。秋苗妈第二天来学校问我和秋苗昨天都去哪里了,我才知道秋苗重感冒高烧不退。隔了一天,傍晚的时候,秋苗死了。很快。我都没有见她最后一面。当时,村里人说是秋苗在公社的路上撞见鬼了。我不知道鬼是啥样,也想不出是在哪段路上撞见的,想哭,一直也哭不出来。秋苗人小,不够一棺材,钉了个木匣子埋在了半山腰。我妈很害怕,觉得事情太邪乎,要是我撞见鬼了,而不是秋苗,她这一辈子就没有闺女了。我妈本来不迷信,第二年,我妈调到了十里公社范庄大队王庄村,看有人给孩子请石碾磙做干大,就让我也认了一个。

　　我认了石碾磙做干大后,每年都要给它烧香。开始的时候是我妈替我许愿,许愿我活成一个人就行。后来我自己烧香,想不起来要和干大说啥话,跪着空烧香。我妈是教师,喜欢什么事情都要问结果。她总是问我:"你求石碾磙干大保佑你什么了?"我随口说:"求它会说话。"我妈就拽着我的小辫儿说:"你怎么就不求它保佑你学习好呢?"我学习不好,尤其是算术。但是,我真的什么也没求,我觉得我妈的欲望在膨胀。我那时根本就不知道什么是理想,对未来,书本上已经告诉我了:2000年要实现"四个现代化"。书本半圆着我的共产主义梦想。我耐心地等我妈五年后交流到另一个村庄教学,那样我就不用烧香了。我妈在范庄村教书教了九年,我长成大闺女了,人也很结实,思想认识逐步改变,慢慢地就不给石碾磙干大烧香了。

若干年后,我在乡间的土路上、茅厕前,常能看到石磨盘和石碾磙被遗弃在那里,看到时倍感亲切,石碾磙是我的干大呀,石磨盘便是我的族亲了。在我先祖的生活中,它们是活下去的欢喜背景。

这个世界存在着遗弃的快感,转瞬即逝的遗弃让我们放弃了一切有利于健康的笨重方式,去追求生活狗撵兔子似的现代文明。如果有一天,技术和经济开发征服了地球上最后一个角落,任何一个地方发生的任何一件事,已经不藏秘密,为世人所知,作为历史中存在过的,已经从所有民族的文明进步那里消失,那么,时间仅仅意味着速度、瞬间和同时性吗?在所有的这些喧嚣之后,我们活着,将会有什么样的未知恶魔如影随形地来纠缠我们?

从健康的角度来说,我怀念磨道和碾道里的岁月;从感情的角度说,我把这一段事写出来,是因为村庄给我的记忆太深了。人和事和村庄的气息,民风民俗,我的玩伴秋苗,我的石碾磙干大,越往岁月的深里长,我越是深刻怀念。

痴情的小厌物和它的爷

起富是山西沁水十里乡大坪沟生产队山神凹小队的一位农民,是我的小爷。我爷爷当兵南下走时把我父亲托付给了起富和另外一位三爷,要他们关照关照,也就是说我父亲是跟着起富和三爷长大的。三爷有儿,起富孤苦一人,父亲相对和起富更好,在有些事情上如同亲生。起富于前年九月去世,去世时七十三岁。起富去世后,山神凹生产小队的男女老幼都高兴。那一种高兴是发自内心的,脸上虽然有泪流下,但是泪蛋蛋上挂着很是明显的喜悦。

起富不想死。没有办法,时间冷不丁就给了他一个吆喝:"走啊!"

起富就安然了。

起富一生孤寡,无后。"能吃在嘴里一口就是福。"起富说。山神凹生产队的男女老幼怕起富末了落个瘫症,那样,人就遭罪了。起富也怕。他说:"十里岭的根保死了,三天没人知道,我上岭去看发现他的肚还在动。我就想,人到底还有一口气,还有救。我拿手摸他的肚,那动的地方就出溜一下瘪了,我才看清是一只老鼠,老鼠从根保的裤口上蹿出去,到底还是怕人。根保的肚上被老鼠咬了个洞,你说说老鼠,养你几代,养你最后吃尸了。"

起富说起此事时,脸上透出一股寒气,叫人一下子就咀嚼到无数美好时光即将逝去的寒冷。

起富年轻的时候也成过家,水浅养不住王八,女方跟了人跑了。起富说:"水浅王八多,有的是良机。"可是良机一再错失。

1958年,从河南上来三个人:一个女人带着两个男孩。女人说:"河南的大锅饭吃不饱,来山西想顾个嘴。男人死了,谁收留我娘仨,谁就是孩他爹。"生产队有人把他们领到起富的窑洞,起富算计了一下三张嘴的进出,把头摇得像拨浪鼓。女人哭着走了。生产队队长王胖孩说:"起富啊,羊窑终究不是长久之地,准备得了。"(听生产队的大人们说,起富在他的羊窑内常和外村的一个女人幽会。)

起富炫耀地说:"羊屎的吧嗒声,就像是雨天里窑洞的滴漏,有那么多双羊眼睛看着我,劲头才足。"王胖孩说:"×你娘,有你劲头才足的日子。"

起富一直放羊,一开始是给生产队放,后来给自己放。每日的生活安排是:窑洞——羊窑——山上——返回来。日子没有多大起伏。起富后来把羊卖了,开了一点自留地,种了些烟叶,秋天以后把烟叶搓成烟卷卖一部分,留一部分,卖出去的换一些油盐。酱醋,起富是不买的,自己做。我见过起富做酱,把面沤烂,晒干,把面放进一个罐子里,添了水放火台后等发酵。那酱算不得好,也可说是能让白水煮菜中有一样颜色。

有一年我父亲让我回老家和起富过年。我十四岁,摇晃着从山垴上走进起富的窑洞时,起富说:"就你?"我说:"啊。"起富说:"啊屁,我还得伺候你,知道不?"我说:"不用,我要让你过一个美年。"一副小大人的嘴脸。

我把给起富提回来的五斤肉拿出来炒了放进一个瓷缸里。肉香引来了村里人。这样,都知道成土(我父亲叫成土)的闺女回来和起富过年了。起富的嘴像被弹簧张开了似的,一边舀了半碗肉口齿生香呱唧呱唧嚼着,一边在众人面前说着成土的好。起富说:

"成土比亲儿都好,过年把独生闺女打发回老家来和我过年,还割了肉。城市里的猪到底膘厚,不像咱农村的猪,膘瘦,整天喝涮锅水,光涮肠不长膘。"众人的眼睛就齐刷刷看着我,同时也看着碗里的肉。我就有了一种想表现的欲望。我看到起富脱下来的秋衣秋裤,我说:"我来洗吧。"起富说:"你去后河提一篮子沙回来。"沙提回来后,起富把沙放在我炒肉的锅里。添了柴炒,黄沙腾出一股烟时,起富把锅端下来,把沙装在衣袖和裤腿里闷住衣服用脸盆扣住。

村里的人问我一些城里的事情,我就听到脸盆里有豆裂的声音传出来。我听有人和起富说:"咋不早炒?年头二十八了想早听响儿了,不怕成土的闺女笑话。"起富说:"笑话?几千年了,就这东西好和人亲近,行不离缝,动不出裆,真是让我打发了好多好时光。"

我才知道起富是用沙闷虱子。这中间的一段空闲让我非常难受,我明白了我父亲为什么不回来,因为我母亲嫌起富脏。我是自告奋勇要回来的,这怨不得谁。我下定决心把脸盆掀开了,有一股沤麻味冲出来,把起富的衣服取出时我看到衣缝上呈现出一种亮眼的白,我身上的鸡皮立马就鼓了出来。

一种孤军奋战的感觉。在山神凹后河的蒲沟河里,我看到那虱子圆圆的,泛着红色的光芒,在水中一粒一粒儿随着清清的泉水流向了远方。

在泉水深处我把锅洗了一遍又一遍,最后端了一锅泉水回到窑洞。当时一窑人看着我,我从石板院中走到窑门口时就听见有几个上了年岁的女人说:"从小看大,这闺女行。"我的心当时就美好了起来,突然感觉到了虱子的可爱。

我看到墙上的挂历,清一色的美女泳装照,横七竖八糊在窑墙上,一团一团的白肉晃过来,便觉得窑里所有不卫生的家什都很可爱。

那些挂历是父亲回老家陪起富过年时,父亲说要买年画往起富的窑内贴,我随手从一堆销售的过期挂历中抽出几本给起富带上,谁知道是清一色的泳装美女照。这一下就有了效果,男女老小都往起富的窑内跑,满窑的风情,多少年了,女人终于走进了起富的窑洞。

起富有两件事成了心事,这两件事曾经让起富以为是自己前世修来的福报。第一件事是起富的老相好有个闺女认亲给了他,也就是干亲。闺女嫁给了外村,父母过世后就把起富当成了自己的长辈,逢年过节来给起富拾掇拾掇。天不遂人愿,先是干闺女坐三轮车翻沟了。起富哭了很长时间,已经不干队长的王胖孩和我父亲说:"起富哭闺女,哭着哭着就哭起羊窑的事了。"

起富哭:"天长眼睛,地长心,羊窑里长成咱俩的情,你前走来,我后走,前后都留下了羊窑的影。"哭得人真叫个难过。

再一个就是我父亲成土。父亲也先起富而去。当时计划是要火葬的,起富听说后从老家上来指着我的鼻子说:"你要敢把我儿成土烧了,你就是天底下的大不孝。"我当时的脸皮是黄刮刮的,两只眼睛瞪着起富。起富说:"看什么?是土里长出来的就得回土里去,你敢不让我儿成土成土?"我说:"谁敢不让你儿成土成土!"

父亲走时说:"小叔,没想到,我比你要走得快。我放心不下的就是你了,老弟兄四个就剩你一个了,要你进城里住,你不,将来怎么办?我是管不了你了,我早走一步,早走一步对你不是好事啊……"

起富说:"我这一辈子还会有好事?"然后倒吸一口鼻涕,呜呜地哭了起来。

起富在我父亲去世后又过了一个年。那一年的窑洞里灰冷冷的,起富的心事很重,他穿着我给他编织的毛衣在炕头上一袋一袋地抽烟,不时地从衣服里摸一个虱子出来在火台上挤一下,那声音反倒有一丝生气。起富说:"这毛衣不舒服,净藏虱子,还抠不出来,像蜂窝。"我爬过去在毛衣上翻看,就看见虱子的屁股或脑袋在毛衣上露出来,我把它们找出来,一粒一粒地扔进火炉里,就听得噗噗的响声传出来。起富说:"这东西寒碜啊!"

我说:"不寒碜。毛主席在延安的窑洞里和外国人坐着时就一边在裤腰上找虱子,一边和外国人说话,外国人不仅不觉得寒碜,还觉得毛主席真是一个了不得的人物。"

起富停止抽烟有一段时间了,起富说:"我以为,穷人长虱,贵人长疮呢!"

起富当时真是有一脸的不解。他甚至不知道在西方,虱子被称为神的明珠,爬满这些东西是一个圣人必不可少的记号。可见,虱子在历史上也还算一个重要角色。皆因起富生活的地盘不大,有许多暧昧难解的问题,起富不知也在情理之中。

起富死前几个月里身体还行,就因为看到窑垴上有一棵柿子树,柿子树上遗留了几个柿子,嘴馋得想摘下来,结果从树上掉了下来。起富的左腿小腿骨折了。我回去看他时,他的腿肿了老粗,脚也不能穿鞋,趿拉着鞋在地上拄了棍走。我说:"和我回城里吧?"起富说:"不。"我说:"这不是个办法,我走了,你吃水都困难。"

起富说:"真要不行的时候我也要给自己的命想个办法。"

起富最后死时是一点办法没有,人在炕上躺着,还睁着两只眼睛。村里的人轮流给他送饭,正是农忙季节,时间一长,人们就厌烦了,就想:起富,你早一些上路吧!

起富在傍晚还有阳光的时候走了。那人后来和我说:"起富的命就算是完了。"

起富这个名字是算卦人起的,说是这孩子命孤寡,就叫起富,补命吧。一辈子到了也没有把命补富。农村中像起富这样的孤寡老人现在还有,有的是有儿不养老人,有的是无儿无女,他们老年的幸福就如同隔着窄门望星空,太遥远了。

若干年后,对于起富有关的记忆不知道还有多少乡人记得?他这一辈子太简单,能想起的人怕也不多。村庄就这样,一茬一茬人走了,谁又记得谁活着时的模样呢?记不住也好,予岁月稳妥,予社会安宁。

猫 叫 春

我是凡胎肉身。早一天,晚一天,早晚一天我会知道性。

记忆是很奇怪的东西,有些事情可以忘得犹如曾经没有发生过,然而,我永远忘不掉那一瞬。

那一年,我十岁,暑假,妈妈把我送回了山神凹。小爷看我回来很高兴,小奶奶整天换着花样给我吃,我高兴坏了。白天玩疯了,夜里早早躺在小爷和小奶奶对面的炕上。夏天的夜里,山神凹的人们来窑里串门,大都是心焦我爸爸带给小爷的五包烟丝。坐在对面炕上的人,你一锅我一锅轮流吸,掺杂说一些山外的事。烟雾缭绕,我听着听着眼皮子就开始打架了,他们什么时候走的,我一点也不清楚。夜静的时候,我听到了一声婴儿的怪叫:"呜哇。"是小爷家的狸猫。我睁大了眼睛,窗户上的玻璃有月明儿照进来,照得不真实,院子里的枣树枝挤在窗框处被风拂闹得乱晃,我想那枣树上的黄红青绿,唇舌间就泛出一股酸水来。很奇怪的事情,我打小就没有怕过黑暗,睁眼见黑:云破月来花弄影。我最喜欢看那些黑影下婆娑的风流姿态。

爬在窗格上透过玻璃看外面,窑墙上不知谁家的一只白猫俯视着院子里,地上小爷家的花狸猫四爪软得立不起来,爬卧在地上。只见那只白猫从窑墙上俯冲下来,整个身体跌落在狸猫身上。"呜哇",说不清楚那声音里有怎样的味道。白猫跳起再一次爬上院墙,再次跳下来,很准确地扑向狸猫,狸猫呆傻地再一次"呜哇"一声。我看天上,有流星细线一样一晃,暗了。我的心隙被窗外的景象惊得清亮,反复不断的动作大约有二十分钟,之后,那只在墙头上的白猫不动了。狸猫在地上开始一声接一声叫,迫切乞求对方跌落下来伤害它。我看到狸猫反身走到枣树前,边叫边用爪子抓着树根。窑头上扬起了一阵风,枣树的叶子落下来,那只白猫跳下墙头从狸猫身前走过,狸猫受到什么感染似的跟了它去。许久,对面炕上的小奶奶说:"该死的猫,又叫春了。"

我看到安静的天空,星星变得吝啬起来,晃到地上,都是脆弱的光线,猫为什么要叫春呢?

我带着狐疑入睡。那一夜的梦扰乱了我。早上醒来的第一眼,我看到小奶奶在灶火前往进添柴,窑洞里弥漫着烟气。我站在炕上卷铺盖,卷好后我问小奶奶:"奶,什么叫猫叫春?"小奶奶笑着说:"母猫想公猫了。""为什么母猫要想公猫?""母猫想怀小猫了。""为什么想怀小猫了?""打破砂锅问到底。""奶说呀!""等你长大了,也想叫春。"

我跑出窑门见到隔壁的婶,我说:"我想叫春。"

婶说:"想啥?"

我说:"跟母猫一样叫春。"

婶拍了大腿一下,哈哈大笑起来:"小小的,咋就想做那下流事?"

我从此害怕那个"春"字。有一天,我姑姑到学校看我妈妈,姑姑叫春苗,我妈妈只叫她一个字:"春。"我瞪着眼睛看了她一眼,拒绝和姑姑说话,背地里我骂她:下流姑姑。

那个春啊,它给了四季韵调、情趣、变换,春把冬天那一疙瘩冰暖化了。狸猫生了一窝四只小白猫,生命活力和温馨生动着一团一团的光,活泼在窑洞里。时间在它们打闹时碰响,它们从窑洞里能走到外面时,从小爷的窑洞四散而去,去重复生命的春天。

194

春,强大、有力而永恒。它谦卑地风骚在黑夜的波涛里,它是一场风暴,在深幽莫测的地方,闪过心的痉挛,它是原始的,它敏感、愉悦,像电击一样,一瞬间击中遍布肉体的每一个角落,它让生命沉沦在黑夜里。

花香气、草鲜味、土地的腥膻,春,真的是让人弥漫着一股兴奋、焦急的情绪。

好 生 活 着

　　红红十四岁了,看人的时候不像十四岁的样子,那种巨大的压抑感足以使看她的人灵魂没有了呼吸。

　　红红十二岁时经历了母亲去世,母亲去世的时候不是自然的离世,是人为的,虽然离自然的不远了。红红妈年轻时得过肺结核,吃药到三十四五,肺结核钙化了,有过几年好光景,不长。三十八岁时,秋天,树上的黄梨熟透了,女人嘴馋和人家要了黄梨解心焦,一个梨子下了肚,最后一口梨心心,想吃那口酸,下咽到胸口处顶住了,咯了两下,还是觉得不爽利,自此以后,吃饭就不利索了。人开始消瘦,红红爸想着该去大医院检查检查了。这一检查,红红妈得了食管癌。一个家里没有女人了,那就不是家了。红红爸决定砸锅卖铁也要给红红妈看病。家里有一万块钱的存款,是卖粮食攒下的,能攒下一万块不容易,手术费和化疗费就得要两万块,剩下的得去借。

　　红红妈坚决不做手术,理由很简单,红红和红红的哥哥要上学,住医院花销大,也影响孩子们上学。与以往的日子不同的地方是,红红爸看红红妈时眉头上皱起了一个肉疙瘩,是对未来不可知的命运的担忧。红红妈和往常一样里一把外一把地忙。一年后红红妈瘦得没有力气了,睡眠也不好,她和红红爸说:"给我买一瓶安定吧,不睡觉,身体怕扛不住,真倒下了是累赘。"红红爸就给买了一瓶安定。

　　红红妈上不动地了,家里的轻省活倒是歇也不歇。

这是春天，都忙着下种，红红妈在家里洗刷，两个孩子和红红爸的衣裳都被肥皂染过了，除了炕上铺的一领羊毛毡不能湿水，能湿的都湿了，洗得满屋子飘着阳光的味道。下了种，青苗出来，该锄的该耩的都做了，人有一段闲工夫。红红妈没事的时候想：我这一辈子没有做过恶事，难道就要走到五黄六月了？站起来走到日历前看了看今日是2005年农历四月二十五。红红妈吃中午饭的时候看着孩子们吃饭很香，咧开嘴笑了笑，她高兴呢，孩子们正长身体。她虽然咽不下去食物了，但还能吃流质东西。她喝着面汤，偶尔回了一下头，看到炕上铺着的羊毛毡露出了一个角角，她笑着和红红爸说："听古人说，人要是走了，到了那边，身上不能有带毛的东西，要不然去了那边一辈子让数毛，永不让转世，你说这世上能数清楚毛的能有几人？我走时记着把炕下的羊毛毡拖出来啊。"红红爸不吃饭了，走到门外仰了脖子看了一会天空。中午的阳光照得天空的云彩深浅明暗远近变化不定，其实，是他眼中的泪水打着转把天空的云彩扑甩得走形了。反身走进屋里时，看到红红妈下咽什么，很困难。红红妈说："喝口汤都难了。"等孩子们上学走了，红红妈躺到炕上想：人说，走到杂七、杂八不好，后天是二十七，大后天是二十八，在家停三天，二十九是好日子，人说，三、六、九做啥都好。想着就打瞌睡了，强睁开眼睛和红红爸说："我要真走了把我装殓好后，要放到堂屋的西边，不要放到正中，咱妈还活着，不敢把我放到中间了，那样，对老人不尊重，要叫人笑话。"

红红爸从地里回来，想到粮食该追肥了，到村里的小铺子里问磷肥涨价了没有，问话后回到屋里，看到红红妈还在睡，觉得不对劲，走上去俯身把脸蛋贴到她的嘴上，发现没有气了。前后想着，觉得红红妈是有计划做这件事的，急忙找出安定看，发现瓶子空了。红红爸抬起红红妈的手来照着自己的脸捆，捆得脸热疼热疼了,才扭转身对着土墙,啊、啊、啊地喊,喊着喊着觉得还有什么放不下,想起来是炕上铺的羊毛毡,赶紧把它拖出来扔到了院子里。红红爸脸黑着,是内心的伤痛把他的脸阴上了,眉头上的肉疙瘩皱得发红。孩子们知道妈没了,但是,哭不出来,红红爸照着孩子们的脸甩耳光,红红和哥哥的脸上忍着愤怒,依旧哭不出来。

红红妈过世半个月后红红和哥哥泪来了,夜晚用被子蒙着头,闻着肥皂味道哭,闻着阳光味道哭。想着妈真没了,这日子寡得让他们兄妹俩难受。

红红爸秋天在地里收苞谷,八亩地打了八千斤苞谷,一斤卖五毛钱,能有四千块进项,大孩子明年中考有希望。可这账细算不得,一亩地打一千斤苞谷,落五百块钱,这中间有很大的出入,一亩地用种子五斤,好种子一斤八块,五八四十块,一亩地用两袋碳铵、一袋磷肥,一共是一百块,一亩地用人家的耕牛犁地,用人家的三轮车收,要六十块,还不说搭烟和搭饭。这中间呢,种了、锄了、吃了、花了的,一亩地开销要一百块,最后落到手里的实数也只有二百块。八亩地下来落了一千六。那是红红爸使足了劲干了一年的收获。红红爸把卖到的钱存到了镇里的信用社。

红红爸冬天的时候,头疼,起初以为是中了煤气,在外坐着透风也头疼,没有办法去了一趟城里大医院,检查下来是脑瘤。大夫说要开颅,开颅的费用和开胸的费用一样,红红爸想到大孩子要中考,考上了上学要花钱,决定不开颅了。这时候的红红爸已经没有人商量了,能商量的红红妈已经躺在了冬天的墓坑里了。

红红爸疼的时候在炕上抽成了蛋蛋,红红在这时候学会了成年女人会做的一切,洗衣、做饭、收拾屋子。

2006年哥哥中考结束后考上了中专,几经折腾,存款也没有多少了,但是,还是借了钱给红红哥哥交了第一年的学费。送走大孩子,红红爸躺在炕上,已经疼得没有起身的力气了,还能说话时留给红红的话是:"炕上铺的毡不要让人动,身上穿的带毛的都不要脱去。"他说:"古话说得再好,他都不想转世了,就想到那个世界数毛,埋头数一辈子,又一辈子,又一辈子,永不回到此岸!"

　　十四岁的红红在这个世界上只剩下奶奶、哥哥和两只鸡了。冬天下了一场雪,红红看到鸡们抖动着鲜艳的冠子,在雪地上踩出竹叶形状的脚印。冬日雾重的早晨,红红的两条辫子在寒风中扑甩,红红已经很久不想说话了,连学都不想上了,风中扑甩的辫子是红红依旧年少的语言。

妈妈,领我去看河

有一种香是这样的,它不晦不昧,似有似无,不染阳光的沉滞,在山间植被的薄暗里不沾红尘,似有森森细细的湿,空气在其中潜隐地流过,虽绵细无力,却真真地沁人,那就是水香。

儿子说:"妈,你什么时候领我去找河?"

什么叫河?曾经以为北方的河是扎根在大地上的。从涌出到奔走呼号,两岸的水汽,沿河的柳,明洁净亮,那样的景致,在我出生后伴随着我的成长,我是看到过的。

儿子出生时,我已经是城里人。做城里人,是每个出生在乡下的孩子或者家长梦寐以求的事。儿子从出生到懂事,他看到的是楼。那些筑在平地上的与山势近似,错落有致,俯临众生,尤是夜静时那些似是而非的楼群,儿子常常说:"看,那些山。"

山下没有河流过,能叫山吗?

四十岁做妈妈,我有大快乐。那个小生命在我的体内成长,他的到来,让我一点点感觉我生理和身体的变化。我一直不能很好地调整好自己的角色,在要与不要之间徘徊,他来了。来,如一缕禅烟。一个人一生要经历的礼遇不胜枚举,当他到来的时候,我双手合掌,闭上眼睛说:"天赐给了我宝贝。"

他像一个陌生人似的,我完全不知道他未来会长成什么样的男人。当我在床榻上醒转时,他用那双亮晶晶的眼睛看着我,我们彼此都很陌生。是的。他就像我文字中的一个逗号,时时出现,在纸页间跳动,那些被标点过的段落全部溢满了我的幸福。

他照着人的模样长大。

我开始给他讲一些故事,背诵一些简单的唐诗、宋词。当我有一天讲到河时,他已经会用简单的话语来表达。他伸出小手张开五指在空中不具形地拐了几个弯。河,一定是幼儿老师教他的,画布上的那种线形河。我告诉他,"河是有声音的,像鱼缸里充氧的气泡声。"哦,我的比喻一定很愚蠢。"夜静的时候天上的明月会射到河面上。"我告诉他。"还有细细碎碎的波纹叠着阳光。还有,是流动的水,像水管里水流的哗哗声。"他不问了。走进厨房打开水龙头,水喷涌而出。他关上水龙头说:"那多浪费水呀!"

"那是河嘛!河还怕浪费?!"

我无法告诉他河是可以把村庄串起来的,是缝合山与山之间的彩线,还有,流水的声音是时间,是地球上所有活物的命。他不会懂。

我总是在忙碌。离城很近的地方哪里有河呢?我回忆曾经走过的地方。所有的似乎都只剩下河床了。能想到的都该叫"河床"。人流如河流拥向城市,黑色的乌金如河流般滚滚向前,向前,一路向前。也就是几年的事情,河流失去了生活的美感和历史的质感。

有同事来电说:"周末带你的宝贝去看河吧,有你念叨的水味,透澈,浪漫抒情的美好。"

我带上儿子即刻启程。我已有很多年没有见过河了。去年8月份去南方,那种水香,至今在精神世界里充盈着,让我渴念。儿子说:"我们可以不带水,只需备好一样东西。"我说:"什么?"儿子说:"嘴呀!"

就这样,我们甩手上路。

四月,扬着尘沙的日子,头顶上悬着一轮干黄的太阳。比起晴天,那一种黄让人心情郁闷得有一种不可名状的急躁。要不是为了那河,这样的天气,我是绝不出门的。黄沙嘶鸣着从车窗缝隙流入,同时也流入了几丝斜斜的没有心情的阳光。

车到县城,结伴而行的有几位带着孩子的妈妈,一车人挤挤的。儿子很兴奋,一路上看风景,我指给他看更远处的山,他的小脸贴着玻璃看远处,风沙大得看到的也只是漫天黄尘。伴着风沙,豆大的雨滴落了下来。司机说:"扬沙天越来越多了,出门都不敢举头仰视,尘沙把这个世界弄得很坏。"他的表述让我惊讶。他指给我看,说:"路经的这条河,曾经有水流过。"他用特殊的目光,用我看不透的复杂的神色去眺望他记忆里的这条大河。河已经流去很远。河床上排列着色彩各异的石头,雨过后,成为一道风景。

我们几个拉着各自的孩子在石头之河与麦苗返青的田间穿过,感受着从上古到如今风景一贯的魅力。一条河走远了,一代不由自主、竭尽全力地活着的人走远了,自然山水和遍地覆盖的植被是否也走远了?历史在白云苍狗的漫漫发展过程中无知觉地背叛着一种永恒。尘沙,可是人类留给自己最后的归宿?

大约午后,我们进入山里蜿蜒的土路,山越来越陡峭了,在深山沟里,我们似乎闻到了青涩的水香,尽管粗重的沙砾依旧在脸前飞扬。翻越山头,下山,河的模样出来了。儿子像猴子一样怪叫着,小手指着窗外要我看。一个洗葱的闺女,在河边扭头看我们这些城里来的灰头土脸的客人。她无意间的点缀就给这细瘦的河添了出色的"好"。倒不是闺女有多少媚丽风情,只是一个朴拙的憨态、翠绿的葱、粉白的手、三颗两颗倒挂的绿,辫子滑到胸前就用力往后一甩,那个标致,真就出了彩。

细细看这小村,山环水拥,流水哗哗,泉上三块两块条石,砌在一起,居然做了房屋的根基,院内有树,杏花、桃花、李花闹作一团。

翁媪苍苍,捣衣声声,我们被感动得大呼小叫。大一些的孩子如飞鸟,四下散开,剩下我的宝贝,他小心地拉着我的手,踩着泉上的石板往涌泉的洞里走。泉水静静的,悄无声息,一些细小的蜢虫在泉上飞舞,泉下有小巧的泥鳅在游,在这里你感觉不到水流,在它的下游有水声传来。水的透明,可以看到水下泥沙中生存的游动的水生物。我们从石桥上走过,有亭,亭中有烈士纪念碑。为了胜利,民族英雄、普通战士,究竟有多少人在艰苦岁月里献出生命?燕赵多慷慨悲歌之士,我看到碑上的烈士,大多是山西、河北、河南的儿子,他们形销骨散后,这泉、这山,恩养着他们的灵魂。

我就这么痴立在源庄的泉水旁,闻香,身心不知所从。古人说:"真水无香。"水若无香,怎么能有一波一折,质朴天然的灿灿?怎么能有高朗爽洁,曼妙着点点凉意的清纯?

村庄里的人问:"在城里,你能看到这明净的泉吗?"

儿子仰起小脸问:"阿姨,不叫河吗?"

村庄里的人说:"娃娃,要几条这样的泉合并才叫河。"

儿子说:"妈妈,突然看见你比他们的妈妈老了。"

"是吗?"

很怪异的话,儿子一定是怪妈妈没有领他看到真正的河。

"是想看河才这样讲妈妈老吗?"

"爸爸说你很怕老。"

我的宝贝,你的思维为什么会是这样的?妈妈想把你扔到泉里,让你感受什么叫泉水流经河的温暖。

我记得数十年前的城市边缘,我还看到过水、荷花、荷叶。每到夏秋之际,粉红的花,翠绿的叶,风一吹,它们摆动出一塘涟漪。那是大自然末尾的零星韵律,看着花开,心情也还是朗晴的。可惜,风物已是比不得昨日。现在的城市,汹涌而至的垃圾遮住了原来的蓄水的池塘,似乎并不是很久,出门觅得的,已是一座标志着文明的灰色立体物了。城里人喝着黄锈的水,心情却大都不在水上。水和着泥砌出的墙不见了,随之而来的是用钢筋水泥堆起来的高楼大厦,伤痕斑斑的裸土、污秽片片的死水,如今,到哪里去寻这清洌的泉水?

儿子,我多想要你在物事的消减中明白什么叫美好,你还小,你成长的经历会告诉你一切。

海水、河水、泉水。在一个地理的方域里,泉传承了海、河那种流程的动天声响,它汩汩、涓涓、潺潺,融入人类的疼痛、欢欣、心酸和喜悦。对于世界,它呈现了无限的安宁。

我想哭。我把你带到世上,原本在城市里该看到自然,你出生时,城市里的河已经消失了,走这么远的路来看河,只看到了实际意义上的泉,泉在下游断了。我不能告诉你,宝贝。你用了一个最文明的词语来感恩:谢谢妈妈。我怀你太晚,有许多东西消失了,你看不到,这是妈妈的错误。

一抹桃色腮红

　　知道胭脂跟女人沾边儿是在一个很单薄的年龄。那时我看祖婆的妆奁，我不能读懂旧社会，也许我一辈子都不能读懂，我想，然而我读懂了美丽。早年间的胭脂是装在一个织锦缎子的小盒子里，盒子打开，用一根纤细的竹签挑出一丁点儿，或脸颊，或嘴唇，或眉心，桃红的光泽，纯净的花香，很沉静。每每看到胭脂的桃红，我的心就灿烂若云霞，女人、爱情、胭脂、桃红，趋时得多么美好呀！

　　我记得祖婆的妆奁，黑色的镶有桃花的描金匣子，在土炕的墙头，静静地泛着一层时间远逝的光泽。祖婆端坐在炕头，麻纸窗户透照过来一段轻柔的光线，白发丝丝。我与她的孙女在灶火旁，大致为一个灶火中烤埋的红薯而等待。祖婆抬起头来说："过来。"我走过去，那双老皮圪皱发颤的手在我的眉心上按下一个美丽的"红心"，桂花香，那是胭脂。回想祖婆的目光，朦胧、柔和，之后如细丝一样拉开，在我胭脂红的眉心暧昧得若云若烟。多年以后回想当时的情景，我就真的心疼了祖婆。祖婆一定是想在我眉心画一朵桃花，枝干如刀，花朵如雪，大雪满弓刀一般。可惜啊，桃花是开在春天，于妩媚中透出的也是红彻的无奈。

　　对于中国现代外交史而言，日本人是一个结。而对于祖婆，日本人是另一个结。中国史里男子中心主义者认为：灾难的不幸总是由女人来承担。女人承担的不幸是一种极其本质的占领，个人或民族的许多大话题都结在这上头。十六岁，生命花开季节。那时分祖婆似娇花照水，弱柳拂风，而日本各种"太郎"则身姿硕健，英气勃发。祖婆的那一眼窑洞为占领地提供了物质上的可能。祖婆当时正拿了一盒胭脂准备挑一丁点儿,用一根高粱秆蘸了红点圆在花馍上,案板上白玉芰面馍泛着青春饱满的光泽。那些十二生肖、形态各异的花馍,是要给一个十五岁小男人开锁娶童养媳献神用的。就只听得日本人来了,牛皮靴子一声沉重闷响,祖婆整个身体就松塌了,在晕厥里一直感觉到多条软体昆虫沿着她的身体四处爬,一种冲撞得支离破碎的节奏撕裂了祖婆最后的绝望。三寸金莲被胭脂一样的鲜血染透,凡俗一样的历史在潮湿的方石地砖上发光,祖婆发出一声冷凝凄绝和将死叫声,一盒胭脂在手心,捂出了玫红的代价。

十六岁的祖婆只用一天的时间就走完了女人的一生。这一点与祖爷相反,祖爷用一生的时间都没有完成自己真正的夜晚。祖婆从此沉默,祖婆的沉默预示了她对灾难的承受能力。灾难就是这样,它从不念及文字或故事,它从不在乎人类的花季,时间为祖婆留下了无限空间,让她断肠。民族和国家绝对不是大概念,它有时能具体到个人情感的最细部,让你脆弱的神经背起一段民族或某个历史时代,让你在不堪重负里体验生存的代价。

以后的事情大体如此,祖爷娶了祖婆,无儿女,过继一方。祖婆的妆奁里放着胭脂,用来点花馍。祖婆一生做过多少花馍?年节不说,就村庄人孩提过生日及男婚女嫁,祖婆皆要去帮人家制作直径尺余的"疙圈"。一个圆形面圈,上面塑着各种花卉动物、十二属相,有"麒麟送子""鱼儿钻莲""松鼠吃葡萄""猛虎驱邪""凤凰戏牡丹""龙凤呈祥""蛾儿捕菊""二龙戏珠"等,取其吉利。"疙圈"用来捆绑、拦挡、锁住孩子的灵魂,避免夭折,愿长命富贵。到了十二岁生日和结婚时,均要在天地神位前烧香叩头,将箍拦实地戴一下,除了上述意义之外,又有向天地交代,孩子已经长大,成家立业,祈求上苍保佑之意。到了"知天命""而耳顺"之年,不论散生日或是整寿,晚辈都要给长辈敬献寿桃、寿糕(高)。一般要蒸制大于拳头的桃形馍,上面塑以桃花或梅花做装饰,涂上胭脂色。

捏花馍是祖婆的绝活,胭脂是祖婆滴血的徽章,那双手灵巧而感性丰富,她用一生的大部分时间去捏花馍,数十年光阴就在给别人带来的快乐中远走了。

心里想到胭脂而不能释然。系念什么?是有形而上的,灾难、爱情、古旧、桃花?是有形而下的,馍、麦香、玫红?这也就不能不慨叹时光如流水了。祖婆也许一辈子没有涂过胭红,胭脂到陈旧时,就只为了凭吊,价值的悼念,灵魂的衰亡。祖婆幸福的代价是在自身的融化以至于民族的耻辱上来健全的,她罗愁绮恨的背后,怕有一个山长水阔的背景!

好的胭脂首先是形美而感目,其次是在美人腮上气韵生动。美女之艳,是她的优雅举止和款款风仪,风仪气韵是远离了躁气、土气、甜俗之后的一种高雅之气。古时的胭脂仅有玫红、正红两品,而现在的胭脂,目感所遇,红橙黄蓝紫中,仅以红色为上品,就有正红、大红、绯红、品红、绛红、粉红、桃红、杏红、橘红、枣红、紫红、洋红、水红、银红之分,还不列深浅浓淡的红。

花馍上的胭脂,村庄在一个时代之中生活过的记忆。世界于祖婆是新鲜的,只有祖爷的内心有古墓的清凉。

银,令一切回忆

古话说,女人看头,男人看脚。这多半是麻衣相法的一种,即看女人的云鬓钗饰。在古时,女人的头饰和男人的冠冕、鞋靴是有等级规定的。比如做妻和做妾的,在头饰上就讲究分寸,妻要在头顶或脑后梳髻,左右插钗簪;妾则多梳偏髻,钗簪也相应地偏插。妻的头饰要比妾的珍奇贵重,因妻是夫的管家婆;妾的头饰要比妻的简洁,因妾是夫的小布衫。表面的财权之下,涌动着私情的烦恼。

"士为知己者用,女为悦己者容。"史书中一句关乎人生准则的命题,相提并论了两千年,想来自有一番大道理。我看一个女子的时候,经常定住了神,不是看轮廓,而是看她暴露在外的环佩首饰。首饰的变化流程,欢喜几番往复,人类历史就开放得一览无余了。据说最早因发美被劫夺的美人是夏初的乃氏之女,她名叫"玄狐",又称"纯狐",长得一头黑发,黑而又美,配以首饰,气韵生动,她先后被三个男人霸占,太康、后羿、寒浞,三个男人都因她而死。稍后是《汉赋》中的《七发》歌,以其博大恢宏的气度,展现了汉代宫廷女性的雍容华美:"杂裾垂髾,目窕心与,揄流波,杂杜若,蒙清尘,披兰泽,燕服而御。此亦天下之靡丽皓侈广博之乐也。"当美人梳着燕尾状的发髻,戴着质地精美的首饰,眉目挑逗传情,秋波暗许,风尘十足。当女人着便服侍奉,又是多么美好的乐趣啊!饰物随着女人的表情抒怀,历史,伸展或者弓曲,行进的大趋势一点点由饰物简明扼要地表现出来。

忍心卸掉头饰环佩一般都在入睡前。烛光下女子披发、精赤在锦缎盖子里,等男人气粗徐缓而来。披发、赤精,使想象笼罩在香艳的氛围中。不过女子一穿衣,文化就要来出席了。女子的配饰,最让她们沉迷甚至可以说无法自拔的就是拥有心中所好。女子拥有首饰是一种活出好心情的格调,常勾得岁月瘙痒难忍。

穿金戴银是一种命,命好之人出身在金粉世家。命不好的人眼望富贵,心生嫉恨。富贵是什么?是体面,是拥有富足的欢笑尽显出来的张扬。我的一位收藏金银饰品的朋友,每周没有别的事情我都会去见一次他,他抱着暖手的银炉坐在家门前,我每一次看见他都觉得他像另外一个人,我说:"你卖吧?"他笑一笑把脸别在了他处,吸引得我看见那牙口上都涂满了银锈。

看过他的藏品后我一点也不能够接受现代人的审美了,美是该有趣味的,由娱乐界引领的赏阅潮流越来越俗气了,鸽子蛋一样的钻,价值观念已经渗透到中国人的思想深处,使它们由纯物质领域突显于精神层面,影响着普通大众的思维,结婚时一定要有钻。假如让她们看看古人的首饰呢?一件饰品上就有一种技艺,那是长了一颗玲珑妖娆心,把欢喜往绝路上推的窒息。可惜,又有多少人欢喜?

唐代金银器明确了等级地位的象征,明确规定一品以下的官员不可用金做食器,六品以下的不可用银做食器等。宋代的经济状况使银器进入了民间,元代时间较短,存世器物也不多。但明清时金银器的制作手艺可说是登峰造极。想想,民间有多少怀揣绝艺之人,他们与氤氲生香的日子联系在一起,最终化在那霓裳羽衣的繁华幻影中。如同古埃及的金器与镶嵌首饰、古波斯的彩釉宫墙,所有达到的辉煌高度似乎后人永难企及,即使"经典"也唯有对其折腰。

当艺术成为艺术大师们的特权时,千百年来,无名的工匠多如繁星,他们用珍贵或微贱的材料阐释着对美的理解,生活只有借助他们之手,艺术才始终是流动的,并且被延展到日常的生活当中。生活是艺术吐纳舒展的好去处。

金在中国传统文化中比银特殊,也贵气十足,甚至潜移默化地改变着人们的思维和行为方式,甚至波及日常生活用语的使用,承诺称"金口玉言",不可改变的原则称"金科玉律",时间宝贵称"一刻千金",坚固无摧叫"固若金汤",称伶俐男孩是"金童",称出身命好的女孩为"金枝",糜烂的生活是"纸醉金迷",人由坏向好的转变称作"浪子回头金不换"。我们现在社会上有许多叫"一诺"的女孩,连缀着的深远是"春宵一刻值千金"。

可我一直迷恋银,迷恋那份安静、朴素、怀春的样子。

就说唐诗"双鬓隔香红,玉钗头上风""小鬟簇花钿,腰如细柳脸如莲""荷叶罗裙一色裁,芙蓉向脸两边开",美是需要搭配的,招招式式下瞬间的灵慧照人,谁能消受得起?我喜欢云一般走步的女子,银饰叮当,我能感觉到她的身体与衣服之间的那个空隙,那些悬挂出来的音乐,那份禅意,有颓唐的美好。

可这世上还有比我更爱银的人。他的爱除了引发我对世事沧桑的感慨外,还有几许寄托相思的明日情怀。

说他的藏品。他买下的第一件银器是在老早前的窦庄,它戴在一位张姓老太太的腕上,那双手粗糙得任由什么牌子的化妆水都无法挽救。一对镯子,亮瓦晴天下,他只眨了一下眼,回过头时山水于他已经十分逼仄了。他把人民币放在老人的炕头上,在当年那是一个让人满意的数字,老人脱落下镯子的瞬间在自己的布衣上擦擦,她觉得它不够亮。他觉得不能再亮了,再亮就像专营首饰店里的白金饰品了。那些年人们对瓷器的热度一路飙升,银,黑糟污烂,谁会喜欢?

我的同学中就有没落的贵族后裔,银圆在他们家是可以用斗来量的,姊妹六七个,几斗银圆全都送给了信用社,换日常柴米油盐酱醋茶。

老银是不用多看的,一眼足够。他收走了村庄多少银饰?他屋里二十个三十五英寸电视机的纸盒子,一件压一件的银器,用木浆卫生纸缠绕着,看一次掉一些银锈下来,他常常心疼得要剜我几眼。爱好一旦爱入骨髓里,是有故事的。

有一年他爱上了一个女人,与女人的相识是在歌城,那个女人来陪唱,之后他们成了朋友,女人戴着她收藏的银饰,抓一把空气都能抓出古典来,细碎的气味弥漫开来,好像再一次高潮了。

"银于女人是一种品位。"这是挂在他嘴上一句常说常用的话。生命每个阶段的认识都在影响着一个人的最后决定。入骨般地喜欢银。喜欢到极致的人都有一颗脆弱得经不起弹拨的心,是因为那个女人吗?

他发现女人吸毒时,爱已经陷进去很深。女人说:"你吸几口,你想要的都能来。"吸了几口后,那一夜他无法入眠。他在城市的街道上走,脑海里如点了灯泡。那一夜女人消失得无影无踪,他迫切想要见到她,却遍寻不见。

他开始收藏银饰时是用卖其他的来养买。因为吸毒,他开始卖银。一段时间,一口毒就可消失掉他唯一的藏品。进戒毒所半年后他出来了,家徒四壁,他变得一无所有。他开始寻找那个女人,他不恨她,只是想找到她,曾经她的手指上戴走过他的银饰,那双好看的手,那双手在他住进戒毒所的日日夜夜里常常浮现于脑海。

他没有找到女人,就算找到了女人,怕手指上早已经换成了别的金属。

这段时间里他为了获取金钱,走乡串户,见什么收什么,他明白:

这个世界上只有古旧的东西可以获得意外之财。看见好东西却无法到他手里,钱与人的一生的爱好有多么重要!盗墓,对!盗墓的最好时机是秋天,粮食疯长,人在粮食地里作案,如鸟入丛林。地里的窟窿像一口一口深井,走进去时,那里边温暖如春。他说,古墓墙上有植物的根,像一个世界,让你觉得植物与死亡是有呼应的。

这是他一生唯一决定实施并获得财富的好机会。上党在古代是尧王长子丹朱的封地。尧王的时代,是中华文明初级进程中的朦胧时代,最终在华夏部族建立了一个文明社会,出现了较为复杂的祭祀用具——青铜器。社会进入商代中期,青铜器在铸造工艺上有较大发展,出现了精细花纹,并开始出现铭文。商代晚期的青铜器种类丰富,盛行装饰繁缛花纹,铭文字数渐多。他盗墓从来不盗晚近的墓,遥远是一个指向,幸福就在那里。

从他手里卖出过多少青铜器,他记不得了。他从不留存。

手里有钱了。重打锣鼓重开戏。高价从他人手里买回自己的银器,走丢了的能找回来的他一定下功夫去找。钱于他什么都不是。只有"老件"才是他日常生活中的趣味。

爱好总会惊动仰慕风雅的人来,他不卖,有过一次的爱情已经大大提高了他的免疫力,守着爱好就是爱。

那些银饰,一堆乱七八糟的家什,浓烈的锈味从屋子里挤出来,看过的人大多说好,却总归是显得迷茫和温暾,他却是爱得拔不出来。见得他的次数多了,有时候整个环境迫使我也有陷进去的可能,我只说是可能,因为我不可能去盗墓换取金钱。

我常常会戴着他的藏品玩几天。戴银的那几天里我便有几许柔美几许清丽显出来,尽量让那些看见我的人都知道我有见山显水的性情。银揪住了我的心,拿最旧的首饰打动已经新了的社会,因了银是呼应阳光的物件。

每一道岭都有一段历史

早年间过沁水和高平县搭界的老马岭,总觉得周遭的天色会突然变暗,绵延在眼目之内的青峻,森林覆在它之上,有时候一只鸟,它飞翔,我能感觉它的眼神都露出了忧郁。

贫穷的日子让老马岭上出没强人。在山头上过着一种非秩序化的生活,月黑风高之夜,当过路人不能隐遁自己的行踪时,他们的出现比人们的想象来得神速。

老马岭开道不知何年,战国末年秦赵长平之战,秦国军队便是越过老马岭而走近长平。长平之战的遗址,便在老马岭、浩山、董峰山之麓,至今有些名字依然冤气十足:省冤谷、骷髅山、白起台等。老马岭下的高平县至今吃一种水煮豆腐,菜名叫"白起豆腐"。说是吃秦国刽子手白起的脑髓。一县人吃了千百年。无奈让他们默认了苦难,同时借用一道菜吞咽下了仇恨。老马岭之南五里有空仓山。雍正《泽州府志》记秦赵长平之战前夕,秦将白起诡称运米置仓于此山,引诱赵将赵括抢仓,括中计而败。小道消息的猖獗古已有之,一般人谁能洞见其中奥妙?这世界,小道消息有自己的道场。

唐高祖武德八年(625),泽州治于老马岭下端氏,成为一个州府,端氏由此上升为泽州五县政治、经济和文化中心。泽州由高平县进出端氏的往来客商,必取道老马岭。所以,老马岭同时又是上党地区通往河东的必经之路。因为山高所以林密,因为林密所以僻静,更主要的它是一条商道,强人为利而来。在沁河两岸众多的

名山胜景中,老马岭的诗文最少,只有元朝初年,秀容(今山西忻州)金元文冠元好问进入沁水时,为它写了一首《马岭》:

仙人高台鹤飞渡,锦绣堂倾去无路。
人言马岭差可行,比似黄榆犹坦步。
石门木落风飕飕,仆夫衣单往南州。
皋落东南三百里,鬓毛衰飒两年秋。

元好问被誉为金元文冠,在文学史上他的盛名了得。当年他写老马岭时心里一点也不恐慌,不过似乎也告诉了我们:元朝之前,老马岭上还没有强人。老马岭上的强人,是明代万历年后才出现的。

明万历预告了后来明的覆亡。当一个国家覆亡的时候,最早的信息总是来自民间。

明代万历年间泽州知府河南人贺圣瑞《空仓岭城堡记》称,当局在空仓岭建有城堡用以防盗:"高平、沁水界有岭空仓,势迫两山之间,中通一线之路。盗贼之渊薮,行旅之陷阱也。取货如寄,积骨如丘,咫尺之地,不复有王法。谁司之牧,令民困虐至此,能逃其罪耶?余乃会两县,相度地形,请之当道,议设城堡,为安旅之计。"

历朝历代最清楚不过的是它的当政者,当一个国家出现强人并且目无王法时,一个王朝临终时的败象就露出来了。

老马岭承载了明王朝的败象。

当年顺水而来的强人大多是陕西农民,沁河两岸是他们生活的开始。强人来时天不长眼。沁河中上游地处高寒地区,有四十里寒冰之地,见苗可望三分收成,一般自然灾害,不会给沁河两岸带来太大的损失。然而在历史上,常常发生一些非常之灾,而且灾难发生时总是人患相继,使两岸百姓看不到微弱的光焰。明代万历年间,沁河两岸遭受了一次空前的蝗灾。蝗灾让杂生的大地一片空茫。灾不单行,雪上加霜,官府赋税不减,明末蝗灾之后陕西农民军依水而来。

河流的繁华在它的中游地段开始彰显。沁河的中游地段有阳城、晋城、沁水,两岸的古村沿河而建,彼此有攀比显富的风气。强人们走来时,富裕叫他们惶惑了,四围杨柳葱茏,河流汹涌而来,阳光和农田寂静,它不同于长安的气味,它古典优雅,夕阳下两岸的气势让他们看到了热闹和奢侈。对于陕西乡下黄土塬上的来客,贫穷、落后、潦倒,除了长安城,他们啥时候看到过这般富贵?这样的日子真叫人不知天高地厚,亦不知今夕何夕啊。造访者难活了,绝望下为自己生长期的破陋烦躁而羞愧。难活的人骨子里都有攻陷占领别人的欲望。天有多么不公!绝望下的快意潮水般涌来,他们对沁河两岸的破坏是毁灭性的。

从一开始起城堡里的人就决定对抗,面对滚滚而来的黄尘,城堡在扎下根基时就已经埋下了抵御的种子。沁河岸边的湘峪、窦庄、中道庄等,不同程度上都修建有大大小小的河山楼,以中道庄的河山楼为例,它是城堡中最高的建筑,有"河山为囿"之意,又名"风月楼",登楼四望,风月尽收。中道庄陈家的山河楼楼平面呈长方形,长十五米,宽十米,高二十三米,共七层(含地下一层)。崇祯年间沁河岸边竖起七层高楼,它的修建对安抚乡民起到了多么大的作用!楼外墙整齐划一,内部则逐层递减,整个河山楼只在南向辟一拱门,门设两道,为防火攻,外门为石门,门后施以杠闩。楼层间构筑棚板囤贮人员物资。作为一座民用军事防御堡垒,河山楼的设计是智慧的。楼三层以上才设有窗户,进入堡垒的石门高悬于二层之上,通过吊桥与地面相通。楼顶建有垛口和瞭楼,便于瞭望敌情守护城堡,底层深入地下时开辟有秘密地道,便于转移逃生。同时备有水井、碾、磨等生活设施,以应付可能出现的长期围困。

依靠河山楼的庇佑而逃过兵灾活下来的村民近万人。因河山楼久攻不下,他们甚至想在沁河岸边归顺朝廷,想借以归顺依附朝廷政权力量,在此守着这一块肥沃的土地享受一世的富贵荣华。

想象中的结果还没有到来时,将领们就在横生出的争功面前,因分配不均而归降失败。一路前行,对沁河两岸的繁华依依不舍,崇祯六年(1633),陕西农民军至河北武安,依然念念不忘,决定向朝廷乞降,依旧是不能统一,在朝廷犹豫下遂彻底放弃。农民军势力越来越大,终于在崇祯十七年(1644)推翻了不愿招降农民军的朱明王朝。如果当时明军能够统一指挥,陕西农民军可能会在沁水接受招安,明朝可能不会遭受后来的亡国之运,中国的历史可能会是另一番情形,可见世上之事,农民和土地依存的重要性。

强人出世,天下便有英雄要诞生了。

英雄莫问出处。明王朝的灭亡诞生了农民英雄李自成。

强人的出现成为天下和平的障碍,当强人转换成英雄的面目时,强人的强悍就演变成了强权社会的基本秩序。

很多人一提起老马岭上的强人,就会想起《水浒传》中冒名李逵的李鬼,黑脸黑胡,黑衣黑靴,彪形大汉,手提一对黑斧,趁着天高风紧,夜黑杀人。其实20世纪90年代老马岭上有一个强人。强人骑嘉陵车往返山巅,车藏于树丛中,见有人走来,他总是很神速地出现在对方面前,一把菜刀划一个弧度,走路的人只看到强人脸上一脸黑挂一副墨镜。强人不像古人一样见来人会说:"此山是我开,此树是我栽,要想从此过,留下买路财。"他只说一句话:"留财过命!"

许多被抢劫过的人从来没有敢认真看对方的脸。有一日黄昏来临之时,强人出现在三个过路人面前,黄昏很容易叫人眼乱,强人只喝了一声:"留财过命!"三人中的一人走上前说:"今日我就命死你手!"强人停顿片刻手起刀落,说话之人尖叫一声骨软落泥,后两人夺命奔跑而去。落地之人说:"爸,你吭啥气哩?我也就是想一辈子能娶上媳妇盖个房。"爸说:"原来你每天外出打工,是干打家劫舍的营生啊?"

这父子二人是我本家叔父和叔伯哥哥,黄土崖下,掘洞而居的村子,隔着山梁喊话,放羊、种地,跨过山,爬过坎,娶回婆姨生一堆娃,这就是他们祖辈的幸福生活,贫穷让他们为自己的幸福梦想铤而走险。

现在因为沁河古堡对外宣传力度大,全国各地来沁河流域旅游的人多,叔伯哥哥开饭店已经脱贫,模样也变得和大老板似的,挺胸凸肚,年老的叔父脸上曾经褐黄色的肤色也泛出了金色的温暖。

"穷绊倒了双脚,总得爬起来。现在的政策好哇,我都想把饭店开到老马岭上。"叔伯哥哥说。

没有人比农民更知道用劳动换得感恩了。土地离我们饥肠辘辘的生命最近,离我们对田野的热爱最近,干旱的土地哺育他们成长,任凭风吹日晒,这是他们今生拥有的日子,他们懂得好,他们的好里有刻骨铭心的苦难岁月。

我以沁河为背景写下了一部行走散文《河水带走两岸》,以写作为媒,传达个人经验,个人经验千差万别,我的人情物理发生在乡村,乡村的人、事和物,可以纵观历史,因此,对于故乡的人事,我是不敢敷衍的。

宛转蛾眉马前死

杨玉环是爱情岁月中一抹霞色的彩云,在古风萧瑟的历史长廊里缭绕着一方土墙,它飘,远远地让贩夫走卒看到一种浪漫的贵族色彩,在未来爱情中,声名鹊起。

我一直想在这个世界遭逢这样的爱情,哪怕跋山涉水,身心疲惫,也要在婚姻世界里构筑一些爱情的况味,但实际上只需回头消停一下,就觉得自己走眼得太离谱了。纵观历史纵深,爱情似乎始终不得要领,生命不息,爱欲不止,繁华落尽消尘而去,也仅余灰头土脸的形色。能有杨玉环式的爱情,怕也只是纸上铅华,也只能在夜深人静的时候,独守一缕淡薄的灯光,紧紧缩缩地翻阅那书中的热闹,艳美中已有的也只是惶然。

况生活中的凡夫俗子或多或少还要涉猎一点油盐酱醋之类的生活必需品,这日子就有点像清宫后妃餐桌上的裂纹瓷器,想清浅到一览无余,玩一点"烂嚼红茸,笑向檀郎唾"的垂爱,占领地的本位主义思想也把你征服得不成形了。

杨玉环的爱情,说得到位一点,是唐玄宗给了她一个亮点、一缕透光。

她的爱情不是理想境界中的美满,而是合适。

所谓合适,就是男人与女人在气味上的相互适应,能达到这样境界的也就洞悉了婚姻的奥秘。

杨玉环与唐玄宗的相互适应,是于三千佳丽外挑选出来的,这里若把他们的合适视为平庸,婚姻也就不堪重负了。

唐玄宗的优势是唐朝的文化,是帝王。

唐朝在当时算极文明的社会了,比质朴无文的今人含蓄多了。

唐玄宗是异数,杨玉环是极品,倒不是他们水性,只是侵略如火。

今人称他们的爱情为"扒灰",在臆想她那纯然幸福的爱情中,需要审时度势地来一下自律。

想想这样的爱情大约也只可出现在盛唐,"唐代是经济空前繁荣、思想空前活跃、妇女空前解放的时期。有登基制诰、号令天下的女皇,有设置幕府、干政决狱的女显贵,有挥翰作诗的女才子",这种博大的胸襟带来了全新的两性关系,唐玄宗也因此破例被儿媳杨玉环率性且无心机的美艳迷惑。

三千佳丽,以现代男人的小嗜好来说,可谓是迷霞错锦,天上人间啊。

文人说"脏唐臭汉",唐之所以脏,无非是因为"所谓爱情的作怪"。宫体诗把爱描述成供人把玩的物化和色情的对象,这样的对象,对男人来说往往是要尽其所有的,帝王的"尽其所有"将会有什么样的后果呢?这让我想起另一个以色享尽帝王所有的女人——武则天。

我们在阅读历史的时候,由于年代久远,往往淡漠了昔日猩红色的欲火,只看到了事情的单纯和业绩的辉煌。

另一个女人武则天,荣登帝位,成为旷古未有之人,先为老皇侍妾,继而又作为成熟女人诱惑了新帝,直到废唐立周。

唐太宗李世民其实不满意她那异常冷静的残忍,她那残忍恰恰适合了李治。

因此武则天的性格是清晰的,爱情对于她仅仅是争权夺势的游戏,凡有碍于她那非凡野心的,都将从肉体上被消灭,她也因此用肉欲征服了一对父子。

杨玉环不是这样的女人,她,没有权欲,她爱的是富贵,是天宝年间的热闹。同是下嫁父子两代,爱欲和权欲表现得却不同。

六十岁后,武则天以洛阳闹市一个耍拳卖药走江湖的壮汉为情夫,只因为此人的性器非比寻常,武皇谓称"爱情";七十岁时,又猥亵一对漂亮的少年,这是最为正统道德所指斥的,武皇谓称又一次"爱情"。其实,这正是专制君主典型的情爱方式,也是追求"终极"的享受。

杨玉环的爱情不同于武皇有锋棱,有凌驾于权欲之上的对生命的戕害,她的爱是放纵,是挥霍,是展颜一笑流露出的沉醉。

当然也不同于我辈凡夫俗人,在城门楼上望望风景就有了高人几分的快意。她天生是要占尽人间风流的,在清高孤标中流俗出的姹紫嫣红,像一朵朝阳的望日莲,爱情对杨玉环来说,就是放浪形骸的奢侈与生命消耗相抵触的快意。

唐朝典章规则中讲帝王有权对一切御用,一切都有被帝王专御的可能。"御"在中国历史长河中是被帝王独享专用的动名词。衣服是御服,饮食是御膳,女色是嫔御,帝王临幸女人为御幸,女人被皇帝召来侍寝叫进御,就连大好河山也称御王江山。

当时被杨玉环嫉妒的女人梅妃就曾说:"怕怜我而动了肥婢的怒气,皇上不御幸我罢了。"

其实梅妃也是不甘寂寞终生的,两千九百九十九个女人中,自己有幸"风月常新",怎么能"富贵而骄,自遗其咎"?又怎么可"放妾骑鱼撇波去"?更何况马嵬坡下"花钿委地"后,唐玄宗回朝第一件事就是赏重金寻找,直到厚葬她。

权力就是一切,在危机四伏的封建帝王中,真情挚爱会有多少,又怎能让我专宠?

大唐江山"贞观之治"和"开元盛世"在帝王爱情的几番折腾中也就气数尽了。

十六世纪的苏格兰女王玛丽·斯图亚特以及在法国大革命中上了断头台的玛丽·安托瓦内特,由于她们无法摆脱爱情的羁绊,最终导致了身首异处的悲怆结局。茨威格激情而凄恻的笔触独独钟情于两位失了王冠的女人,而我们钟情的大唐爱情却保全了浪漫,丢失了江山。

想晚清举人杨乃武与小白菜的爱情,听说是以小白菜木鱼残生而告终,想想杜十娘怒沉百宝箱,李香君血溅桃花扇,就忍不住觉得痛快,世上虽少了几对俗世夫妻,人类却拥有了经典爱情。我们说能爱到老才是造化,想想杨玉环到老终时能留住的也只是四顾茫茫,与丧失信仰的人一样,只夸张地迷恋性。

盛唐的繁荣膨胀了社会的欲望,泱泱大国的富足和天朝应有的奢华、豪侈,在物欲饱满中肿胀了爱情。

唐玄宗投其所好,大封杨姓宗室,同时官僚文化也为我们造出了一个博大精深的字——"谄"。"谄"不中皇上"谄"妃子,"谄"投资的代价则影响了人一生的穷通和人格的完整与否。安禄山就曾作为大明宫胡旋舞的特级教头"谄"中了杨玉环,武则天也因"谄"由"地实寒微"而节节高攀,权者的尊严和谄者的媚俗,在传统文化的细理纹肌上弥漫着惊世骇俗。

胡人安禄山在朴拙藏巧中让贵妃笑得态浓意远,唐玄宗看着妃子鬓乱钗横的醉态说:"那是妃子吗?是海棠红了。"

这欢爱就没有岁月痕迹了。

史书记载,在马嵬驿的小巷中倚杖而立的唐玄宗,圣颜凄然,这能说明什么?爱情诠释到离别,到最后又留下了什么?

亨利·路易斯·门肯这样论述君主制度:"有一种流行的理

论:君主制度是自上而下强加在普通老百姓身上的一种灾祝和虚荣。"因此,唐诗《长恨歌》也就是白居易脱化面出的,帝王本身所具有的,远不如诗人的诠释浪漫,也远不如民众的解释丰富。

民众常以普通人性理解君王,实际上,身处富贵中的君王往往是非人性的。

成功的帝王,必须摈弃普通的情感特征;暴虐的独裁者的行为尤其有悖人性的一般规律,尽管不乏自作多情的文人。"在天愿作比翼鸟,在地愿为连理枝。天长地久有时尽,此恨绵绵无绝期。"一声一色的爱情盟誓,成为凡夫俗子一个类似梦幻的爱情回忆。

同是"新泽恩承",武则天开创了一个新的朝代,杨玉环却酿造了"安史之乱",在一代帝王"尽其所有"的富贵荣华的梦幻下,充斥着多少阴谋与恐怖,被缚的臣民看到秋天的大地上落叶缤纷,不禁油然向往:"能如树叶一样自然凋零多好。"生命无时无刻不在为帝王欢愉侵蚀,已往生活的信念粉碎无余。"长安回望绣成堆,山顶千门次第开。一骑红尘妃子笑,无人知是荔枝来。"爱愉成为人类遗忘将尽的残梦,这样的爱情宁愿不要!

唐王朝终于熬不过时间的法则而覆灭,留下了足以和时间抗衡的爱情和唐诗。

天宝十四载,正当"骊宫高处入青云,仙乐风飘处处闻。缓歌缦舞凝丝竹,尽日君王看不足"的时候,"渔阳鼙鼓动地来,惊破《霓裳羽衣曲》",胡人安禄山终于旋碎了杨玉环的春梦。

诗人李白有诗:"俯视洛阳川,茫茫走胡兵。流血涂野草,豺狼尽冠缨。"全国人口丧失四分之三,东到徐州,北到相州,唐玄宗与杨玉环的爱情真是惊天动地啊,致使"御王天下"人烟断绝,千里萧条。一个姿色风韵刚刚臻乎极致的女人,竟以一个"色"字为支点,几乎撬翻了王朝的龙椅,可惜的是纵有慧黠和狐媚,也难以持续自身侥幸的命运。"六军不发无奈何,宛转蛾眉马前死。花钿委地无人收,翠翘金雀玉搔头。"白居易驰骋笔墨,把一个缢杀于梨树下的女人,塑造得绿肥红瘦,让后来的凡夫俗子梦幻得更媚丽、更绰约。

千百年来,日头在宫墙的角亭上晃来晃去,祖辈横刀勒马杀了进去,做儿孙的俯首称臣迎了出来,最可知可听可贺可叹可歌的是帝妃爱情的织绣,闪耀着丝绒的光泽,跟上去的是撕得粉碎的如画的江山。"一枝红艳露凝香,云雨巫山枉断肠。借问当宫谁得似,可怜飞燕倚新妆。"不过是看着美丽,想着显赫罢了。"君不见青海头,古来白骨无人收。新鬼烦冤旧鬼哭,天阴雨湿声啾啾。"贪腐的土地上,纵使爱情亦不过是红尘中的衬景、泥沼中的草,有什么值得我们去怀恋!这样的爱即使有过一番天地,想来也真是让人不屑。

人常常要咀嚼爱情,让甘甜的回味从心头泛起,使辣酸的苦涩从喉头咽下,而真正对帝王爱情不屑的又有几人!

重重宫门,一应大开,霜白的清晨,侍卫们齐力沉重地推开宫门的一刹那,大明宫卷起灰白的雾气,两旁是长号吹出的沉闷的巨音,爱情浮在时间的水里,遥遥地幽暗地叹惋,让后来者——后来者帝王中又生出多少雄心和芳心?

流动的生命

这是西欧19世纪末象征派画家莱昂·弗雷德里克的作品《冰河·急流》。

画中人类从遥远的洪荒时代逐浪而来,一嘟噜,一嘟噜,形成一条美丽的涌带。

这幅画,曾经是一本挂历的8月份。8月份,生命浓绿到苍郁。画中的上游,也就是时序远一些的地方,有成堆的边缘模糊不清的浅黄色彩,那也是一些将随大水涌来的生命。这时的窗外笼罩着一层浅白的雾气,在初晨的阳光中泛出闪闪的光芒。

空气中渗透着一股微蓝、芬芳的潮湿,泼洒在莱昂的画上:生命在水中,在一条河的上游,迷蒙得灿烂。我的精神保存了这幅画最后的亮度,这种亮度,不单取决于画家对色彩的选择和运用,主要还让我从中看到了其早期对待人类的倾向与态度。

从1987年的8月份,到现今又一个世纪,我从未间断对这幅画的注目,只为感动,只为身不由己。

生命在水中,一切朗照在澄明天空之下,彼此依存、依托,像呼吸一样散布在河面、林中。这幅画就放在我玻璃拉门的书橱里,每天我走进书房去摆弄我一天的光阴的时候,总会在摄取的光线中被它吸引。

我常想人类上古神话的开始,无论西方还是东方,生命的最早,都潜隐着弹性,并具有飞翔感,造成拔地而起、背负苍天、飞乱浮云的形象和气势。

神话的开始,是生命最早形成的一个升调,音色凄厉,在并不必然的联系中,把生命导向了理想的福地。那么莱昂的生命是何时诞生于水中的呢?

我想,肯定长于人类的历史。

那时古地中海弥漫着紫气,庞大的喜马拉雅鱼龙等许多海洋生物逐浪嬉戏,欧亚古陆和印度板块还没有遭受冲撞,春风吹拂,阳光普照,一种水生细胞在海洋深处孕育成熟。当有一天欧亚古陆与冈瓦纳古陆轰然相拥,终于使广阔的古海不堪挤撞裸露出洋壳时,酷寒降临了,柔软的海水变成了永久的冻层。这种水生动物被寒冰封冻,在阳光温暖的季节,它们就随融冰,从邈远处涌来。莱昂完成了时间对生命的描述,为我们面临生命最初寻找到了一片静谧的天空。

生命在水中。

正如拉塞尔所说:"它永远固定了人类进化多次关键性的时刻。"画中,女人和儿童荡漾着恩慈,没有罪孽、仇恨和操戈,透过文明的视野是时空浩瀚着的生命律动,是阳光,是亲爱,是衍生着的虚无与明确、历史与未来……

在生命神话的牧歌年代行将终结的时候,莱昂可说得上是最后一位堂吉诃德。他梦着他所恪信的,梦着生命涌动的季节,梦着自由的愿望。

看莱昂的《冰河·急流》,心中会生出一种不可言说的感觉,我们不能仅用感官来欣赏它,消遣的愉悦不能够感受到它的美。

就像我们观赏舞蹈,并不在舞蹈者运动变化的肢体本身,而是由肢体富于节奏的姿态变化所显示出来的超越人体本身的韵律、情绪和力感,并不始终附着在舞者身上,而是不断向外辐射,扩大想象的空间。

莱昂思考出了古远诞生的人类与自然的困境,也无疑是时间的困境。

时间是一个永恒的静止之物,只有生命在时间中流失。时间是一种已有之物的将要到来。

莱昂执着于这种倾向,带给了人类自然之音。

我保存了1987年8月份的挂历,挂历上有莱昂的《冰河·急流》,这幅画感染了我,感染我的原因是生命在水中。

设想,一个世界,无水的人类能走多远?

黄 铜 小 号

　　1987年5月1日,我在黎城县东崖底镇上赤峪村西板山岭下的黄崖洞见到了崔振芳。其时已近黄昏。天阴欲雨,小号手在黄崖洞一线天西侧的山岗上,独立苍穹。

　　许多年来,我似乎总会和这位17岁的孩子不期而遇。我一直以为自己不是个特别关注历史和战争的人,但冥冥之中,却好像有一根看不见的红丝线,时常或隐或显地将我与之牵扯起来。读黎城早年间的一本小读物,听编写者说,崔振芳在生命最后时刻数十次狙击来犯之敌,当时我对黄崖洞兵工厂重地,并无地理上的概念,更没有想过有朝一日会来,再来。然而我下了车,突然与小号手相见,却毫无陌生的感觉。

　　我从来没有像今天这样对"战争"失望。我现在才知道我所了解的战争有着致命的缺陷和不可饶恕的错误。一个孩子,在经济和社会优越的今天,15岁前的教育,是唐诗宋词,是绘画、书法、舞蹈、音乐,更多的是父母视若掌上明珠的爱抚。然而,战争,因一种信仰和精神:"愿以我血献后土,换得神州永太平。"他最早拿起的是一支小号。小号是用来吹奏音乐的,红玛瑙般的音符是一个执政党最后的凯旋。黄铜做的小号有月亮般的光泽,它的音质在硬红石英砂岩上铮铮如钢。首长说:"战争是为了和平。"为此他知道战争在他之前就已经开始了,和平会在他之后到来吗?他被日子推拥着向前,向前。

　　主修黄崖洞兵工厂,是在七七事变之后。我军武器匮乏,为应游击战军火缺乏之急,八路军决定在此建立一座兵工厂。在当时建厂用的心力和躯体,无声地温暖着朝前迈进的中国革命事业。在学习文化的"夜校"里,首长说:"南宋时期的韩世忠、梁红玉是靠一面战鼓擂击,激扬出士兵斗志的,你要把军号吹响吹到敌人的心脏。"孩子从心里理解了。我从黄崖洞走进,往返数次,其间有人指着孩子练号的鸡冠山给我看。中国的山水已经是一门学问了,还有专门的研究机构,但我对黄崖洞的山水心存疼痛。我对山水没有太多的知识储备,只是一种心目的愉悦,而且有小号手在,看不看已是其次了。

再来黄崖洞,已是世纪之交后的一个春天。导游一色儿灰色"八路"军服,她以一首英雄赞歌引领我们走进黄崖洞。导游的声音没有假声,甚至激越得不到位,但歌声里透着激情。朋友说,用这么一种激情来演唱,内心随之起伏才适宜。我们试着跟上去合唱。想象一下,当一个人走在一座用嗓音搭成的吊桥上时,看峻岭与高山,会多么激动不已。合唱的魅力在于不同声部编织的音画,从细如游丝的气息控制到势如排浪的轰泻,高悬于人声的峡谷之间,这是一种信仰和精神支撑下的饱满。我们走进一线天,群山中断,两崖相峙,有吊桥横跨其间,如缀绝绠,堪称天险,这就是"筑隘以扼路冲",抵御日寇入侵之地。我亲爱的孩子,你依然在绝壁上凝视远方,远方,阳光灿烂,微风起处,刺梅摇曳。

我在来此处之前,正看一部新版的长篇巨著《红岩》。我为一个叫"小萝卜头"的孩子掉泪。罗世文将军说:"记住,绿,绿树的绿;红,红旗的红。"那黝黑清澈的双眸,反复默念着这两个反差极大的词。然而他永远看不到原野上那茂密的葱郁和飘扬的红旗了。而你,为了表达对世界的看法,你写下五份决心书,谁让你下此决心?红,是黄铜小号的红绸穗子吗?绿,是生命年华青春色彩吗？中国革命战争是怎样一项惊天伟业,你没有留下惊世骇俗的警世名言,你只默念着一句话:把号声吹入敌人的心脏！而对你的卑微,任何伟大都显得无足轻重了。

两次世界大战中,中国是受害最久、牺牲最烈的国家,同时也是一个反抗最猛、最为刚强的民族。战火中独有的真善美,战云中最灼目的电闪,其建构理所当然地含有杰出的少年英雄。黄崖洞保卫战,特务团九百余名指战员奉命保卫,凭借天险与敌血战八昼夜,赢得了敌我伤亡六比一的辉煌战绩。《战役综合研究》一书说:"开中日战争史上敌我伤亡对比空前未有之纪录。"一支黄铜小号,震惊中外。

如果我提一个问题:在战争中最容易失去的是什么？不是弹药与辎重,而是年轻的生命,弹药与辎重则是来销毁他们的。再提一个问题:世间最容易忘记的是什么？是战争中阵亡的人们,不管他们属于作战的哪一方。

上党人实在是都应当去一去黄崖洞,以祭奠一代英灵和一个汉白玉雕的孩子。你就会感到,日常生活中你所理解的爱的意义会被彻底刷新。一个孩子,将在山水交融的角落里和一些细小普通的人物中,获得崇高。

在城乡间漂泊

我是一个蜗居在城里的乡下女人。我常为一辈子蜗居在城里而恼怒,但我无法与城市决绝,这是我骨子里透出来的软弱。这软弱倒真像是一个真的农妇。城市里有着超重的烟尘,这些颗粒状的东西从我的鼻洞深入我的肺部,裹拥着我的情绪无法发泄。通常城市的街道上人比树多,水泥构件就成了城市人散步的森林。在有城市之前,裸露的城市原本生长着草木、爬虫、走兽和可以亲近的自然。那充满氤氲的地气,现在被城里的沥青什么的板结住了。在有走兽之后,城里人骂城里人是爬虫走兽,城里人都喜欢说自己是草木之人。当然,最糟糕的地方莫过于人与人之间的冷漠。我听不到婉转嘤鸣的鸟语,闻不到古旧厅堂的陈香,看不到草木润泽的芳翠,有的只是一些人工几何形体的欣赏。一些过于简单的没有深度的美流行于我的周遭,让我无尽地思念乡下。

如果一冬不下雪,城市人最害怕的就是流感,而我最担心的是夏季的麦子。如果一春不滴雨,我最担心的还是乡下的玉米,城里人把有这种想法的人叫"老土"。城里人不知道自己最大的背景和原生摇篮就是农村,正是土地的丰厚意蕴导演了他们的种种人生,任凭他们多次迁徙也难逃那根脐带深远的牵系。不过,现在也有一部分人在追求返璞归真,完全是以个人感情的载体和对象化依据搞一些仿真的东西,就是那些稀疏的麦秸、缺桩断木的篱笆、涂了清漆的木树根,这些构成了乡村的怀旧,但少了乡村的呼吸、脉搏和心跳。要知道,地垄上的桑榆、村庄上空的马粪味儿,才是乡村的叹息、欢乐和秘密。我喜欢听乡下人说书,听乡下人唱大戏,那种情绪化了的演出,有乡土浓厚情感无法排遣的心理郁结,甜蜜的味道,溢满周身。这大概是宗族先天血缘与后天环境的共同产物,几乎是来自心理和生理的不可抗拒的本能。

早在18世纪,当文明进步露出它鱼肚白的曙光时,启蒙先驱卢梭就警告人类说:"文明与科技同样也会毁掉人类精神宝藏。"他进一步提出了肺腑之言——"回到自然"的口号。但人类好像必须到了什么东西毁坏短缺的时候,才能真正想起它的金贵。这是人的劣根性。现在,人们完全处在硕大无比的水泥空间,处在电子计算机亿次每秒的速率中,不可解析的形体,不能复原的特点,无不感到一种愈来愈重的精神压迫和苦痛。被土地和大自然悬离的空茫、焦虑、莫名躁动,引诱人们向往一种厚实、久远的精神居所。乡村中的玉米地,村庄里的猪、马、羊,大堆大堆的麦秸垛,磨亮的锄把、镰刀,向日葵,粗瓷碗乃至饱满的麦粒,亦成为小小的精神寄托。因为它们着实代表着土地,代表着乡村中一种澎湃的生命和强旺的生机。

我也像许多城里人一样,把自己的居所装成木头小屋。我想这样肯定就像住在由树木聚合的森林里了,心中会有绿色晕染开来。可惜,聚丙烯气味浓郁,人工的木胶板特别不如木质的东西通透。我也从旧货市场买一些古旧瓷器,面对这些泥与火再生的精灵,我冥冥中感到这些瓷器与我,与我的爱人,有一种世俗,也是功利的,有悖自然人性的虚情。我的居所里,有花木、蜡染、竹编、石头,有猫、狗、鱼,但是真正支配我日常生活的是蛛网一样在门楣上聚结的电线。工业革命的文明气息,充溢着我的居所。停电停水的日子里,我把我收藏的大油灯点燃挂起来,我就感觉历史回溯了几个世纪。之后,是迫切地怀念乡村。

乡村有我高祖的坟茔,有自己绣花布鞋走过的脚印,有浴着月光听大人们讲的鬼怪故事,有冰河下小巧的泥鳅和青蛙的歌喉。"月是故乡明"这一情感的命题说的大抵都是乡下,与天文学家对光的测定无关。现在的人漂泊无定,出生地大都在城市,可怜得找不到乡间泥土温润滋补,月亮的光照也不畅快,我纳闷,同样一个月亮怎么就不能在城市出效果?

如果你真的走在乡间,你就会发现乡下保存着中国古代哲人的高智慧和传统文化的优秀部分。土地给乡下人一种沉默、隐忍和务实的品德。乡下人教他们的孩子要做朴实的、埋头苦干的人,多吃亏、少张扬,不要做粉妆自显、居高临下、欺世盗名、损人不利己的人,这就是要求在这个社会上更要做一个以拙为巧的人。乡下人一旦做了沽名钓誉的城里人,有了乖张、放诞的性格,刹那间就变成了驴身子马头的货色。城里人一变就变得脸皮子细嫩,变得情感奇特,变得城里人也不认识城里人。于是我在这些美丽的城里人面前就发现不对头了。

我就变成了一个寄居在城里的乡下农妇,我的不纯成了我的以后生活中的大痛。

消逝了的时间

　　这是冬季的夜晚。异常在你呼过来的一个问候就已发生。然后我开始有时间循着那些风声去回忆那往事。我未曾料到无所事事地独坐很重要。你给了我这样的闲暇,这样的一个提醒。你说新年快乐,但没说这是一个时间过程中年轮的递增。我的冲动,就在于我眼角滋生出的一汪泪水,那是很淡的忧郁,我留意为你珍存。
　　你是我萌动了羞怯之心的大男孩,我这样说,多少没有支配你的思绪,毕竟我们三十出头了。三十岁情感的酣畅淋漓如何这般做作呢?
　　窗外落着颗粒型的灰尘,门轻轻地虚掩着,保留了那么一点点儿情绪上的连接,但目的在于想听到你的电话。
　　你不知道我设想的那些情节,一些你我的生命延续直到完全结果的讲述与宣告,这便是今夜,新年留给我的一段永久的空白。
　　我们结识于那个人类高一级价值会议的结束。那个下着六角形美丽雪花的夜晚,那个把你舞得四面生风的夜晚,我们很匆忙但很入时地走进了这个季节,把一些情节活跃得很生动,那个会的结束怎么就成了我们的开始呢?哈,我真是惊讶于这生活的美丽与蓬勃。
　　这世界上有许多人在为某种目的追逐而痛苦挣扎。何苦呢?人活着就已经有一种超越生命的肯定意味了。我首先感到我活着的奢侈。认识你,给我的生命留下了一些翰墨的余香,信不信并不在于你。我在这里谢了。

　　事实上,我在说谢的时候,正犹豫着说与不说的斤两,这里很有点意味的东西。被感觉的跳板跨来跨去的,我在脑海里把你跨成一个一个画面,就在昨日,你还说,人到中年,一些经历会脱口而出,一些事情也会不可回避地碰到一起,这些躲不开的经历,有它的痛楚之源。其实人这东西,原本就是自然的肥料,在结束的过去里,既然无法维系好那个实感的词——温暖,如何不把它形容得更厚实一些。

　　我想起一个叫李清照的词人,在岁月无痕的藕花深处争渡。寻寻觅觅,冷冷清清,如她皮肤上的褶皱一样越来越深了,但她的词有超越生命的意义静立在时间的远方。我能感觉到她臃肿松散地独坐,整整一个世纪的历史落差流荡在她生命的正面和背面,她的内涵在于展示了与物质完全等值的亘古与深邃。我之所以这样说,是因为你不该闲置了你的才情。

　　我忽然想到,人只能在等待中,时光才会有一个正确的角度。它交织了现状等待的焦虑与未来光芒的忧郁。前者产生了生活的内涵,而后者导致了诗意的美感。我猜想你不给我回电话的姿态,肯定如一只古董瓷器,时间的意义只是古瓷表层的一层灰土。这时我下意识地笑了一下,我自己也弄不懂我笑什么,许多场合我总挂着一脸蠢笑,内心往往空洞如风。

　　我不习惯依照"必然"来想未来。未来其实是一个浪漫主义诗人,它兴之所至,无所不能,未来是即兴的,不是计划的。计划未来是人们在时间面前想象力平庸的借口,未来有它的逻辑,但逻辑学只是次序,却不是必然。对于我们来说,现在是未来的一个结,有一种旷达的无奈和动人的忧郁。我觉得自己很茫然,在这个被典型了的时间的夜晚,竟然弄出了许多荒谬的举措。

今夜,没有景致。

打一个比喻,植物没有季节的冷暖,但植物有季节冷暖的感受,并且这感受是健康而非感情所左右的。我首先感到总是的程度是你还没有电话,你不知道我的心情变得已经无名惆怅了。

我翻阅一本书,看到李商隐在《锦瑟》中写"只是当时已惘然",这一点古诗的余韵安抚了我。我听到窗外有风的骚动,这是世界温暖与平安的象征,是这个夜晚唯一动真格的呼号了。

我站起身,今夜无故事。

我洞悉了我的思绪无奈的浮躁。在今夜,我听不得电话有声音。

生命中那些好

村庄里一些石头房已经少了屋顶,少了屋顶的房子等于是张口要说话了。没有人能够听得懂,它的声音遭逢着时日磨洗,已经浑然不清了。村庄叫黑山背。

黑山背还住着一户人家。进山的路停滞在此,可看到石头垒墙的屋,石板铺地的院,一个黑衣黑裤的老人坐在院边的条石上,手里端着搪瓷茶缸,茶缸上模糊着一行字"为人民服务",一双黝黑、粗糙的手捧着茶缸,水汽缭绕着他的鼻尖,一双浑浊的眼睛眯着,不时抬头望进村路。一条黑狗感觉到了什么,突然出溜儿蹿上了对面的屋顶,狂吠着,有一股狠气儿在吠声中弥漫。

因常年雨水零落,进村的路杂草茂密地滋生,细细的路藏在此中。有什么晃动了一下,停下了脚步也望着这边,似乎有几分不舍和无奈。老人的耳朵已经聋了,浑浊的眼睛可望远,但也望不见远处进村路。黑狗嘴里一呼一呼的,耳朵随着呼出的气息一激灵一激灵扇动,脑袋越发昂扬起来,随时准备射出自己的身子。老人无话,没有多余的人可说话,除非和狗。阳光停留在黑山背上空,沟沟岔岔铺满了绿,山是庞大的,大地是宏阔的,黑山背让两种伟大之物相互融合与依托,老人是它们之间填充的卑微的物。真是一个毫无瑕疵的世界。自然,美好,偶尔的狗叫声是时间些许的松动,高远处渐渐洇开的浅灰里有一群鸟飞过来,老人喉结上下滚动了一下,一口水咽下去,鸟从头顶而过。日子庸常得很。老人是黑山背的螺钉,紧拧着黑厚的泥土,他知道泥土中暗藏着凶器,凶器时不时走近他,他偶尔被刺到被伤痛,可最怕凶器的,不是皮肉,是比皮肉更柔软的东西——村庄消失。

老人叫郭怀。

郭怀在黑山背住了30年,30年前他40多岁时从外地迁来。原来的黑山背有十几户人,大小人口60多,一天的时间不够忙乱,鸡飞狗跳,人声嘈杂。因为黑山背是靠山而建,所有人家都是石头房,高低错落,屋后人很可能把前屋的屋顶当作自己的院子,热闹起来,屋顶上是黑山背人的饭场地,屋下的人坐到自家院边仰起头来聊天,话头像长流水似的,在高高矮矮的房子和院落中来来回回穿梭。谁家的屋顶上没有过几回凌乱的笑声。一条河在黑山背下流过,河叫小河。不知什么时候,河水卷走了黑山背那些笑声,那些笑声仿佛还在枝头上坠着。

黑山背四周长满了香椿树,一些野花开着,河水流出哗哗的声音,阳光明晃晃的,那些青草在能生长的地方冒出绿来,可以闻到草香。草香是黑山背唯一的香。

所有的黑山背塌落的和没有塌落的屋门上都贴着红红的对联,有的写着"惜花春起早,爱月夜眠迟",有的写着"明月松间照,春风柳上归",郭怀家的屋门上写着"向阳门第春常在,积善人家庆有余"。这些对联都是郭怀贴上去的。只要村庄有一个人在,黑山背就得有个村庄的样子。郭怀起身泼掉茶缸里的水,走到柴火堆前抽出一根柴,要生火做饭了。斑驳的石头墙上生出了一大片苔藓,苔藓衬出他苍老的影子,他长叹了一声说:"我吃饭是为了好生出力气来死啊。"

黑狗突然跃上一户屋顶,尤不解气,冲着进村的细路狂奔而去。黑狗飞奔而去时,草丛中的小动物迅疾不见了身影。

黑山背的天空不是黑下来的,是蓝,深蓝,黑蓝,然后蓝黑了。

天空布满了星星,一个半圆的月亮吊在那里,石头砌出的房子在月明下幽暗闪亮,仿佛不是普通石头,是花岗岩,是汉白玉。一只白色的猫在一座石头屋前看着什么叫着。郭怀走近它,从口袋里掏出一块红薯放在屋前的粗瓷老碗里。白猫眼睛深情似的望着他。郭怀蹲下身子,他突然感觉到了冷。白猫是黑山背人留下和他搭伴过日子的,走往山外的人说:"猫留给你,叫它和你做个伴儿。"

他和白猫说:"星星和月明都在天空呢。你看看我满是皱纹的脸。这黑夜啊,干净得像一碗水,让人心难过呢。"

白猫喵喵叫两声,猫最喜欢的食物就是红薯。

郭怀起身打着手电往别的屋子里去,塌落了的屋子能望见天。走进去和走出来,郭怀都熟络得很。一院一院走,黑粘在墙壁上,他抚摸着黑,回想着,这屋子的顶是一场雨淋塌的。一场雨下了一星期,他一直在屋子里没有出门,出门时发现黑山背的屋子塌了好几户,一点响声都没有。好几处屋子,那场雨过后,他就坐在自己家的院边上流泪。身体中似乎还有血性在涌动,他走近那些塌落的屋前,毫无例外地感受到了伤害,他想吵架,大张着嘴,没有对手。

黑山背的人走出山外似乎也是一夜之间的事情。走出黑山背是社会大背景,自己的两个儿子也走了。郭怀不走,坚决不走。有一天他突然发现黑山背只剩余下了几个老人,少了许多瞪眼、跺脚的年轻人,记忆中好几次想听到他们没办法活下去又回到黑山背的消息,可是黑黝黝的夜里那消息走失了似的,年轻人怕是再都不回来了,余下的日子只能一个人想象了。那些笼罩着童真的顽皮和胡闹的"恶作剧",再也听不见骨关节落在头上的哪哪声了。人这一辈子发愤图强就是为了背井离乡呀。终于有一天黑山背走得最后只剩下了郭怀。

透过窗玻璃望黑漆漆的远山,眉似的下弦月,远了,淡了,一丝云拢着月,先是透出亮白,慢慢地就沉出了灰,月和云几乎变成了一个颜色。这时的天,无边的森冷的烟青笼罩着,天底下是黑蒙蒙的山形,手掌一样伸出的树木,山头上透出了青白,慢慢地隐现出了晓色,一层深褐,一层浅橘,渐渐地能看出近山的绿了。郭怀坐起来揉了揉眼窝,他一直没有改掉一早上工的习惯。河边的麦地里,麦子一片一片熟黄,麦子在由绿变黄,由软变硬,由秕变饱,由湿变干,该磨镰刀了。磨镰声在黑山背的清晨响起,也是黑山背宁静的韵致。日头红了几天他决定割麦,拿了镰刀戴了草帽进了麦田。抡起臂膀开割,一上午麦地里的麦子全部倒伏。看着倒伏的麦子,郭怀顾自笑了,笑对青山。那些年打麦时,黑山背人脸上像天空似的灿烂。迎面见着了总想开个啥玩笑,麦场上光屁股的娃娃们吵闹得就像捅了一扁担的马蜂窝,呜,跑那边了,呜,跑这边了,都不想下河逮蚂蚱、捞螃蟹,就想在麦场上翻筋斗。割得早的人先把毒碌碡拽进场,有小孩早早从家里拿了笊篱站在旁边,牛拖拽着毒碌碡小快步在场上转,不知谁大声喊一句:"牛屙下了。"一群孩子拿着笊篱一起往牛屁股下伸。打麦场上的日子要红火好久,一场接一场打,女人们一簸箕一簸箕把麦粒簸出来,再一簸箕一簸箕装进粮袋里。收罢麦子就种豆、锄地、搂草,罢了就开始收秋粮了。热闹是一场接一场。

郭怀把麦子挑回自己的院子,院子就是场,以前的场早就荒草丛生了。

一个人的四季,一个人的村庄。无边无际的寂静来了,他站着不动,远处蓝天高远,近处青草恣肆,万物都蓄着一腔生命的朝气呀,只有他的胸腔里固执地呼唤着自己的陈年旧事,院子里的猫和狗都睡了,睡如小死。只有郭怀在想着,不离开村庄是因为村庄里曾经有过的那些个好,他舍不得那些个好呀。

大地是马的长旅

  我一直喜欢往事,比如往事中的从前,离绿水青山都很近,更主要的是骑一匹瘦马,把自己简单地放在马脊上,风刮着青草的气息,驮着我和比时间更清醒的天空,在人世间,我走我的长旅。
  时间对人的侵入,说到底是情感的侵入。我出生在马年,一头神秘走兽。在人间,当夜晚隐身于朝露,我的出生以一双赤足走来,没有异相。
  童年时站在半山腰上,看风从谷底扬起,风涌浪一般拂过坡谷,涌浪一般冲上山梁。那哪里是风,是一匹马,张着扩大的鼻翼,它奔驰而过,轻灵得让我啜泣。一匹马走过,在我的往事里永在。
  峰谷之间,假如有灵魂生成,嗒嗒的马蹄能够敲醒。
  生肖,这人类世界的奇特现象,不仅中国有,费尔巴哈也在《费尔巴哈哲学著作选集》下卷指出:"人之所以为人,要依靠动物,而人的生命和存在所以靠的东西,对于人来说就是神。"生肖起源于人对动物的崇拜,世界大同。
  我的马神,你藏满了我命运密码的天机,我走,我觉悟,我庆幸我出生在穷人家里,我虽然不能把一生的悲喜交给泥土,但是,你护佑并告诉我,只有劳作,才能知道季节的冷暖。你山脉一样引领我,顺着大地的谷地,让我从来都没有离开过土地跳动的心脏。
  青年时我读李贺的《马诗》,押着汉字的韵脚,精神深处的诗歌。如果让我回到唐朝,我愿意做一件三彩、一只陶马,不去糟蹋和消耗五谷,如果可能,我要嘶鸣一卷经文给不通佛语的月亮,并用我的脊驮着携雨的云走往干旱的地方。

"此马非凡马，房星本是星。向前敲瘦骨，犹自带铜声。"(唐李贺《马诗》之四）。

如此喜欢。哑默的空气被撕裂了,在视觉里留下鳞状的踪迹,让我冥想云的波纹。

马是我的神,同时我也是马命之人。

马从历史中穿越而来。马的形象最早见于甲骨文,一般都状其侧面,发展下去又见青铜器上的狩猎图,马的形象被结合在复杂的图案中。从著名的四耳猎盂可以看到,马,甲骨文先书后契,铜器图文先画后刻,一路而来,马在艺术中滥觞。

唐王朝为了开拓疆土,巩固国防,如此重视骑兵力量。明皇开元初有马二十四万匹,开元三十年增加至三十五万匹,天宝十载据陇右牧使报告,仅这一牧区有马三十二万五千匹,偌大的马都是唐王朝的保卫者。

世界上如果有一种动物既懂人性又善用骨力追风,那便是马。"顾自清高气神稳",唐王朝辽阔的疆域,被六匹骏马驮着急驰,一个王朝,那些吟诗的唐人,缎子一样地吟咏,最后石化出了雕塑的悲伤。

马到成功,愿马年天下文章多见筋骨！

我这一生一直拽着一匹走马的缰绳,它牵着我顺着大地的骨缝走出村庄,走往远处。然而,可供我耕读的不是远方,我的心跳一直诱我怀乡,我不能遗失我的马坊,还有那马粪和谷草的清香。老马识途,庆幸它从未让我脱离开季节,想起今夜的小米稀粥,想起简单从没有多余话语的娘亲,如一匹马不能失去丘陵,我的走马盯着村庄白天和夜晚的容颜,告诉我,一座村庄比一座城市更为重要。

脚步是养不住的,我再一次走进马年。

马,马年,马神,马命,马蹄踏着鲜花走过大地,我愿我是马年村庄里一个最浪漫的人,我的走马牵着我就这样行吟土地,就这样孤独成一张剪纸,就这样在大地上走着,我从不怕失去形象的重量,只要在大地上,走到下一个马年,我满头白发,在阳光的切面上,我和我的马神说:"兄弟,大地是我们的长旅,搭伴儿走日子,一路都会遇见太阳和星光。"

福来,福来,福来

7月的乌拉盖草原是美丽的。

已经被牛羊收获过的绿铺天盖地,绿让心情体验到富饶、饱满和丰盈。

乌拉盖,绿在大地上挪动,草原人,不管停留在何处,绿,永远是他们神赐福恩的地界。天神、信、祖先,甚至伟大的成吉思汗的灵魂就隐藏在绿中。

我迷恋草原,草原让我空出许多斑驳的记忆,唯有记忆接近于思念和永恒。

马蹄扬起,战马和弓箭给了草原人不可战胜的军事力量,阔大的草原练就了他们的胆力,他们像草原人的坐骑"马"一样,恣肆在绿草地上。

12世纪末13世纪初的蒙古高原遍布着从事游牧经济的大大小小部落,其中一支弘吉剌部游牧于今乌拉盖河流域,他们的祖先与蒙古部的祖先一同迁出额尔古纳河,且与蒙古部世代通婚。那些新月形的阜地上,沽白的毡房炊烟升起,激情、梦想、愿望,每一个蒙古包就是一个高点,也是一个蒙古人与他亲爱的牛羊的居住地。环绕着富饶的草场,雨水在天上,月亮在天上,青草在地上,牛羊在地上,天地清澈,万物明净,生活在广袤无垠的草原上,念诵着万物安详的经文,有草原人的"信"在。

"信"是一种能够左右一个人心性的情感,它支配着人的行为操守。假如"信"是正确的,那必将结出累累的硕果,他的性情也将处于最高的平衡与和谐状态。所有宗教和美好生活的前提都有"信"在。假如一个人的"信"是腐朽的,那他的性情必定处于动荡不安与患得患失之中。一个有着这种"信"的人,对于命运来说,不啻最为残酷的折磨。"信"是和时间抗衡的文化,历史以废墟的形式站在空间的坐标上与时间纬度交合,"信"在青草地上埋下一些记忆作为种子,它们在春天开花,在秋天铺绿天边。

因此,"信"植根于土地上的每一寸土壤,世界上的每一个角落,"信"生长在绿草地上,生命的喜悦是我们给自己建造的光明家园。

一盏油灯能够照亮什么?能够照亮黑暗。

遍布绿色的草原,"信"是美好的一个寓言。

相传,1170年,成吉思汗的父亲也速该带着九岁的铁木真前往母家弘吉剌部定亲,经哈拉哈河至乌拉盖河。正值7月,歇斯底里的风,挟裹着从裸露的土地上搜刮来的沙土,将他们的马队阻拦,头顶骄阳似火,因为酷暑,风沙把他们囤积在一个坡坎下,马队与人饥渴难耐。席地歇息时,铁木真祈祷,当他为"信"的梦想所召引,期待一个神话的世界临近,他看到遍地的绿,如同听到叮咚泉水流淌之声。

也速该想,那一定是铁木真渴昏头了。

"父亲,如若信,请伸出你的耳朵。"

也速该伸长自己的耳朵,风鬼使神差般骤然刮起,风托举着铁木真离地而去,一片花开的草原,暗古色的脸庞,那双眼睛里出现了一眼清泉,泉水从草地间汨汨流出,他被风送落在清泉边。

其父也速该追寻而来,看见眼前的泉水时说:"此泉圣洁清澈,干爽怡人,有陈年佳酿之清香,铁木真你一定会遇到一位温柔、善良、美丽的姑娘。"

正如其父所说,在路上铁木真父子遇到了弘吉剌部贵族特薛禅,并商定将其女勃尔帖许配给铁木真。

泉水的恩赐,让乌拉盖草原上盛传九十九眼泉的故事,九十九眼泉茂盛了草地。时隔多年,布林泉水流淌声响不绝,荟萃百草之精华,草间野花竞放,地上溪流纵横,九曲回肠,如一条草原上的哈达,护佑着乌拉盖草原上的生灵。

乌拉盖河是上苍昭示的一道神谕,是一条极为罕见的东西倒流的内陆河。乌拉盖水系包括乌拉盖河、巴拉根河、锡林郭勒河等。其中,360公里长的乌拉盖河年径流量约1.45亿立方米,占乌拉盖水系的58.4%,从而形成了乌拉盖巨幅湿地。

牧歌年代的守护,有"信"的草原人让乌拉盖草原扩大到天边。

我在乌拉盖草原看牧民祭拜长生天,草原上的牛羊肥壮和风调雨顺都是长生天给予的,而这片神圣而有"信"的长生天是青色的。蒙古骑兵也以青色的装束为主,而这青色的装束在夜幕降临和太阳升起之前和大自然的颜色是一致的,因而蒙古人称呼自己的故乡为青色蒙古,并把青色作为一种吉祥的颜色。

草原人在蒙古包内唱起长调:"穹庐为室兮毡为墙,以肉为食兮酪为浆。"

乌拉盖草原扎实地拖拽了大半个天,微微的风吹动人们的眉毛,乌鸦互相追逐着,直入云端,然后俯冲而下,逗弄着煨桑的烟供,烟供缠绕着乌鸦,乌鸦如同信使,携带着更大的烟供直入云霄。

我看见远处喝奶茶的老年蒙古人,他们小心翼翼地把自己的碗舔干净,装进用毡子制作的碗袋里,他们一边往怀里放碗袋一边走在草地上。蒙古人的碗永远随身携带。蒙古谚语中有"不带碗等于吃不上饭""没随身携带刀碗筷的人是会被讥笑的,人们认为他是不懂得生活的人"。

"一个好木碗不会留刀印也不留牙印。"

这是一句一语双关的话。

碗在草原人生活中的地位,除了用于进餐,木碗还是礼仪用具。德高望重的老人会用木碗招福祭祀,年轻人出征时用木碗喝上马奶酒预祝凯旋。草原人称大木碗叫"杭屯布",是对碗的尊称。

在草原人的文化里,一个人如何对待自己的碗筷,就会如何对待人生。

我坐在草地上和蒙古女骑手聊天,她说:"我的祖母活着时讲成吉思汗说,'在我之前,大草原上毫无次序可言,从今往后,我受永生九十九个天神之首指派统治全部国度。为了成功者的悠闲,需求败北者的殒命。'"

蒙古女骑手说:"祭敖包的清早,部落的男女老少都穿新衣、戴新帽,骑马者要给马备上新鞍,背上煨桑用的柏树枝(柏香),用一尺新白布包上青稞、曲拉、茶叶、酥油,带上牛奶和酒。每个敖包都有它的管家,祭祀的人们开始上山,人人都往高处望,人人都往高处走,从此不走下坡路。敖包的管家点燃祭坛上的香和柏叶,手拿点燃的柱香,高声喊着'阿荣!阿荣!'"

"阿荣是什么意思?"我问。

"干净。用草原上干净的绿草洗碗,用草原干净的沙土洗碗,草原上所有的一切都是干净的。"

草原接受住了时间的洗涤,如悠长的丝线一样,拽着人们的脚步往高处走。对草原人来说,每一声悠深的"长调"都令他们重获力量。

乌拉盖草原外围,是更加广袤的东乌珠穆沁草原。这些草原以草甸草原为主,与典型草原不同,它生长发育在中等湿度条件之下,草层更高更密,种类更为繁多。大范围的草甸使东乌珠穆沁成为整个锡林郭勒大草原最为核心、牧草最优质的地区。东乌珠穆沁之所以形成草甸草原,与乌拉盖湿地和乌拉盖水系有很大关系。

"布林泉"是蒙古语"温泉"的意思,在距乌拉盖管理区管委会所在地巴音胡硕镇北部11公里处,泉水涓涓流淌,清澈见底,因为天然优质,所以可以直接入口。

草地上开满黄花,空气里弥漫着看不见的草香花香,我坐在草地上看着泉水流淌,有一种奇异的感觉,是生命的神秘、自然的神秘。

那一刻,我想成为草原上的一朵花,感受泉水的波动和温柔,感受往古至今的风的爱抚和缱绻,或者我干脆化作一棵草,生长在草原上。

俯下身掬起泉水灌满我的胃,顷刻间听到了我身体里流水的声音。

流水的声音,是水的诗歌。胸次渐开,在伸手可握的美好中,一切都是美妙的。

神奇的博力彦泉和阿尔善泉,弯弯的乌拉盖河及雄浑的舍尔基河,烟波浩渺、碧波荡漾的乌拉盖水库和贺斯格乌拉水库,构成了乌拉盖草原上形神兼备的神灵水系。

水是大地与青草的通信,是对人间最诚挚的感恩,也是对天的膜拜,水让走进乌拉盖的人的脸庞和鼻孔灌满了绿草的香气。

纵马驰骋在草原,马蹄吻着草香,我看到了大地的笑脸,对,乌拉盖草原是大地的笑脸。花朵晃动着欢颜,年轻的牧民打马走来。历史就这么走来,万物就是这么生息,人类就是这么繁衍,社会就是这么发展。与汉民族相比,草原人的后代依旧在少年时就开始学习拉弓射箭,在童年时就开始学习拉马头琴,依旧在老年时唱长调歌曲。

太阳在乌拉盖草原的正前方升高,草原默视,大野寂寥,荡气回肠的乌拉盖河在远处,当马头琴在心里歌唱的时候,世界就在马背上了。

草原上笼罩着古老的传统的时间之谜。不远的草地上又有人在祭敖包。

传说古时候,茫茫草原上天地相连,方向不好辨别,道路难以确认,境界难以分辨,于是人们就想了个办法,垒石成堆,当作路标和界标。"鄂博"俗称"敖包",蒙古语是"堆子"的意思。

一个大鄂博旁有无数个小鄂博,每一个鄂博上插一根大木杆,高3丈至4丈,上绕许多方布或丝绸小旗,书以经文。在古代草原人的观念里,天和地是浑然一体的,认为天赋予人以生命,地赋予人以形体,因此,尊称天为"慈悲仁爱的父亲",尊称地为"乐善好施的母亲"。

天神处于至高无上的地位,生育万物,关系人类的繁衍,是天神赐予了人类生命。

祭鄂博以祈求降福,保佑人畜兴旺。人们将带来的奶酒、点心、糖等祭品撒入鄂博。人们围着鄂博转圈,把拿来的粮食倒入煨桑台,把柏香点燃,顿时鄂博周围香烟缭绕。有人在牛奶中掺一点水,用柏树枝蘸上,边走边洒向天空。有人边走边把熬好的奶茶洒向天空。

祭祀感动了我,被日头照亮了的草原,被日头照亮了的人影,被日头照亮了的鄂博,骄阳下有人大声冲着高处喊:"福来!福来!福来!"

有什么东西跑过?日头把它的身影拉得长长的,是一只幻影般一闪旋逝的狐狸。高处是一只老鹰,老鹰俯冲而下,并没有抓获什么。看着老鹰远去,空阔与辽远带给乌拉盖草原片刻宁静,千百年间已与草地建立了和谐共生关系的有"信"的人类哦,"山有木,水有鱼盐,百货狼藉,畜牧繁衍"。

在乌拉盖草原深处,请和我一起喊:"福来! 福来! 福来!"

鱼缸上烧制的瓷梅

那是小阳春天气,我走在街面上,阳光把我的眼睛晃得似两颗玻璃珠子,反射在不远处的一片地摊上的一个缸上。古旧的浅灰、淡白的梅,深红的蕊。有一只手拍在它的沿上,是骨关节的响声,敲它的人是要把它卖掉的那个人。不说话,就是敲,一是想证明它存在的价值,二是表示它的价值趋向很完整。它看上去确实是很旧,但是,它不古。阳光下它有贼光。细碎的梅意味着一个季节的韵律,那个季节,洁净得没有一丝龌龊的地表,那个骨秆似锋矛,骨朵如桃花一样的梅,它温柔地开了,开了花。花是一种动作,在一些看不见的地方,常常会给人一种赏目的愉悦。

它的主人从我的眼睛里发现了我对它的喜爱。他不着急出手,不着急出手的原因是他知道我喜爱。在这件事情将要发生之前,我就买过他另一只鱼缸,那上面画着三个孩童、两只虫子,是蛐蛐。蛐蛐和孩童在烧制成瓷的鱼缸上有一点动感,而翅膀锃亮的蛐蛐,世间善斗的武生,将在宋那个朝代展示它旺盛的弹跳力(我从孩童的穿衣打扮上知道他们生活在宋朝)。我喜爱这个鱼缸。我抚摩着它刚出窑,或者有几天时间的釉彩。那人说:"买吗?"我说:"买。"一口价,我买了它。朋友说:"贵了。"我不觉得贵,原因是:我喜爱。

喜爱。没有比喜爱更容易制造高尚品德的了。

再来说我这只烧制出瓷梅的鱼缸。我喜爱。爱它上面的瓷梅。这是小阳春天气,艳杏烧林、缃桃锈野,它已经过了它自己的节令。远看梅蕊烟枝玉骨,淡淡东风色,早已经勾得春光大半出了。那种冷静的华丽让我再一次喜爱、再一次心动。他看出来了。他不怕我不买。他的骨关节不敲击了,就等我问价。

梅,冰中育蕾,雪里开花。古人说:"初来也觉香破鼻,顷之无香也无味,虚疑黄昏花欲睡,不知被花熏得醉。"好!我故意从他身边走了过去,不看。我感觉到他歪过了身体看着我的背影,手指的骨关节又开始在上面敲击起来。明显有些重。我笑了,阳光从头顶灌下来,我感觉我的笑很神秘,谁也不知道我酝酿着一个秘密:斗智。

我在他地摊的前面一些地方看到了一些陶罐,汉代的彩陶,因为出土,颜色淡了。陶器最初与劳动紧密结合,是伴随着穷苦大众而产生的,很平民。陶罐的装饰艺术是,最初颈部交错排列着的粗乱绳纹。这些绳纹是某些带有绳索的制陶工具在休整器表时留下的痕迹。正是这些痕迹启发了人们的意识,使他们悟到可以通过装饰来达到美化陶器的目的。我看到这几只陶罐的肩颈处有一只是旋涡纹,有一只是菱形纹,还有一只是网格纹。我想买下它们。我家里已经有很多这样的陶罐了,还买,不为什么,就因为,喜欢。

在和对方讨价的时候,我的肩上放了一只手,轻拍了一下,我听到他说:"还想要那只缸吗?很便宜的,五百。"我抬起头看了看,是那只缸的主人。我笑着摇了摇头。不说不买,也不说买,摇头的方式很绝,既说明了问题又留了一个念想。他进一步说:"买吧,我可以降一些,三百。"我依旧抬起头笑了笑,摇了摇头。他自言自语地说:"这东西搬来搬去的很容易裂,自己真是找了麻烦。"我和卖陶罐的还价,一副很认真的样子,我装着听不见他的话。有一只手又在我肩上拍了拍,依旧是他。他说:"两百!我就是两百拿的货,想是有人能识得它的,也就你了,你反倒不要!我送你。你要不要?"我说:"没有理由要送我。非得让我要,就一百五得了。"他想了半天说:"再加一加,亏得太多。"我笑着摇了摇头。他说:"卖你。"

卖陶罐的站起来拽了我的袖说:"我便宜一些,三个全给你?"我笑了笑说:"下一次。"

我站起身拍了拍手掌上的土灰,撇开卖陶罐的,走到他的地摊上掏出了钱。这一招数是朋友教我的。以后买什么东西我都用这种方法。便宜地得到一种喜爱之物真好。它给我带来的不是一百五的价钱,是三百六十五,或三百六十六天的赏心悦目。

我在烧制出瓷梅的鱼缸里养了鱼,我们互相找到了满意的对象。想来,得了便宜还卖乖才是最大的幸福。

香从臭中来

臭的作用是相对于香而言的,只有臭才能显示出香肆无忌惮的力量。1961年在山西太原有一个十六岁的积粪姑娘,她叫阎二变。1960年的年关,二变的爹阎五则从生产队领回来一项任务。快过春节了,过春节人们自然要改善生活,吃得好产生的粪蛋子自然就质量高,在这个时候去积粪不啻一个大丰收,阎五则想。

开完会回到家里,女儿问:"开的什么会呀,爹?"

阎五则说:"积粪会。"

女儿说:"啊?"

阎五则进一步补充说:"一颗粪蛋一颗粮,没有粪蛋粮不长。城里人吃得好,产粪多,爹明天就趁这个正月天去城市积粪了……"

没有等爹说完,女儿就抢着说:"爹,你要领我一块儿去,去看一看大地方。"

腊月二十六阎二变和她爹拉了粪桶进了太原城。

正月天掏粪,一些城市人就张了血口骂:"种地人进城掏粪,也不看个时尚,搞得一正月天都是屁屁,死气。"二变不仅没有看到大城市的好处,还受了一肚子委屈,夜里躺在被窝里偷着哭。阎五则知道女儿哭了,就把手放在女儿的被子上说:"妮妮家有啥可哭?"

女儿说:"城里人吃粮食,就不知道粮食是粪养的!"

阎五则说:"城里人不懂事理,我妮也不懂?你可是高小毕业的青年啊!不闻大粪臭,哪得粮食香?"

阎二变把头伸出被窝,表示要听爹的话,知道了香从臭中来的道理,心里想那些城里人都是一些香臭不分的家伙,不值得为他们生气。

寒风刺骨的季节,天不明二变就起床做饭,吃完饭拉上粪桶去掏茅粪,阎五则掏男茅房,她掏女茅房,掏完后一车一车运到住地,搅匀摊好,晒干后再垛起来。有的小伙伴问她:"你不嫌臭吗?"她说:"谁嫌粪臭?那是他的思想不对。"

1961年阎二变和她爹为榆次市什贴公社李坊生产队积粪二十五万斤。

香从臭中生,它不仅是一个反比问题,还应是一种平衡心理的重要元素。香从臭中生,可以说它质朴到了极致。从世俗的眼光看它更是道出了生活的真谛,生活是以什么作底呢?当然是殷实富裕的经济啦,富裕的生活让人们大饱口福,大做文章。吃得越好,产生的粪蛋子越臭;吃得越好,粪蛋子的营养越高。富裕的生活又让人们对土地产生了纯粹的希望,渴望粪蛋子肥美丰润的臭来酿造淡密疏郁的香。那样,生长的粮食才叫粮食。当臭悄悄地被黄土下富集根系的海绵体吸收时,我们的粮食就借了粪蛋子的光长得活生起来。如今,粮食的肥料在走一条白色工业化道路,我们的农民也已经很少用那种泛着陶一般沉稳釉彩的粪蛋子了。

多年后,我读茨威格的文章,他写道:"所有生活的安定和次序最高成就的获得都是以放弃为代价的。"我们放弃了粪蛋子,事实上我们在让粮食毁容,而我们自己的生命也在透着血光。

香从臭中来,一句具有质朴优点的话。

阎二变说:"谁嫌粪臭?那是他的思想不对。"

倘若我们的思想对头,那么谁还有心思来为我们收获粘了粪蛋子的粮食?!

金　莲

　　20世纪遗留下来的美丽,是一双古旧老太的三寸金莲。几缕胭脂的暗香,小握为掌中之物,做分花拂柳之姿,姗姗碎步,如戏剧舞台上的S形台步,兰花指扯了丝质绣帕,两手不时慢抚着衣袂,细声细气地笑。

　　据说那笑始于南唐后主李煜。与人类从母系社会进入父系社会一样,是意识形态领域里的深刻变化。李后主皇帝做得不好,诗文词赋做得倒洒洒落落、艾艾怨怨。说是李后主有宫嫔纤丽善舞,着六尺高的鞋子,用帛缠足,向下屈做新月状,在莲花开放的季节翩翩旋舞,有凌云之美。后来女人着那样弓弯细纤、以小为贵的脚,就成了一种审美的标准,生死相依了千百年,一个形同虚美的谎言。其实男人赞美女子步步金莲的姿态是不怀好意的,也是传统人文思想的变态。这就导致后来世界在认同中国时不仅有诗、词、瓷器、丝绸,还有裹脚的女人、剃发的俗民,它们综合地打扮了一个民族。在线装书里,随便翻到哪一页,有能找到美女出处的地方就能看到"金莲",或者说你读到了"金莲"也就读到了中国男人的味觉。绮罗文秀,绸缎织编,八幅绣裙,锦裤莲钩,"三尺轻云人手轻,一弯新月凌波浅"都在"三寸俊中","兰麝细香闻喘息,绮罗纤缕见肌肤,此时还恨薄情无"。情致袅娜,音韵盘旋处,一个女人的自信,几乎等于一双"金莲"的尺寸,笼罩在这样的光环下,人心无底,美却是有度的。

　　据我所知,裹脚的痛苦是钻心的疼。想想看,将一层层白布裹紧，紧到筋皮、骨肉、指头都折在脚心里，就如同端阳节的"粽子"，把脚伸出去"一尖生色合欢鞋"，炫目的美就产生了。当我在21世纪初，在街上，仍然看到有这样的小脚颤巍巍走过时，传统就成为我一种无尽恐慌的困惑。千百年来，女人在认知中被磨砺、被剥夺。中国人有把本来很自然、很散淡的东西变成很仪式、很讲究的本领，雕石成佛如此，八股文章如此；中国人也有把很普通、很实用的东西变成很奢侈、很浮华的本领，男人去势，女人裹脚。

上行下效几可视为一种规律。

既然千百年，帝王将相、文人墨客、平民百姓都不可无"金莲"相伴，那么有一点可以肯定，就是从古到今的中国人，包括那些普通百姓，在生活中都有意无意地在其中注入了某种精神上的效仿，寄托了某种精神上的企盼。因此，从精神上生成冠以文化味之说起，文人往往是一种文化胜出的先驱。至于"金莲"中所蕴含的种种精神内涵，那是附着于物质之外很阳春白雪的事，为物质本身内心憔悴的平民百姓是不可能意识到脚中还存在着精神上的文化内涵。

"金莲"中确有文化。

任何文化都发端于人类的精神体验。

在我们所能管窥到的中国人古老的精神历程中，我们至少可以看到两种精神始终荡漾在东方，这就是欢乐与孤寂。

欢乐，是中国最具群众性的体验，是平民向往的生活情调。缠足时代，金莲三寸是男子的择偶标准，不缠足的女子被认为失去了"妇女之体貌"，不仅"诗礼之家，莫肯问名"，即使是食无隔宿之粮的贫家小户也以娶大脚女子为耻。一双莲钩的巨细不仅重于容貌姿首，而且重于女子之德——贤淑。不分阶层地在一个空间天经地纬，鬼神星相，皇帝臣民，红尘歌妓，诸事一庄一谐一笑一骂，天下同风,世上选美就有了赛脚会。才子唐伯虎渴慕金莲:"……新荷脱瓣月生芽,尖瘦帮柔满面花……腰边楼,肩上架,背儿擎住手儿拿。"这是最具东方男性的人生态度。而女人在脚中体会到的这种幸福,对于她们能够活下去并且拥有,有着重要的作用,而她们在不可缺少的粗茶淡饭中所做到的坚韧达观、平静亲和的生存理念,已不再是形成男子神采飞扬的基础。

我记得我帮外婆剪指甲,弯下深度弯曲的腰,一层层缠去裹脚布,那双严重变形的脚背弓起来,深藏在脚心的指甲尖长在皮肉里,剪去老皮,外婆张着空洞的嘴,钻心的疼痛如阳光里缺氧的空气。任何经验和理性的解释都不能代替这双脚血液的流动,这是一个经过血液而流传下来的习惯,我们先天接受了血液的东西,而不可遏制的是在习惯中沉默。外婆说:"一生就死在这脚上了。"外婆的这句话让我感悟了生命的残酷性和生存意义上的挣扎。从时间深处看过来,缠足时代,让人觉得好遥远,又让人觉得那一双"金莲"能打通历史之墙,打破现实与往昔的界限,让人在历史与现实之间感受女子曾有过的风景。缠足、放足,都是在男人赏玩的态度中消失。天足与金莲固然有天壤之别,千百年来作为玩弄的对象却是一致的。而记住二十个世纪遗留下来的美丽,并不是为怀古,而是让我们清楚自己的根基,清楚我们是一个善于将自身安顿在一些现成的规则中的民族,不管这些规则是外来的还是祖先承传下来的,我们都不善于越过这些规则向深处追寻。尤其是我们女子,那荒丘般的历史之冢,如同男人眼神中那意味深长的回味,站不稳脚跟,抬不起头,生存的能力因此一再缺失。

是呀是呀,是女人就要学会站立。站立,在东方这块土地上如咯血一样,烙出过红玫瑰般的叹息,那叹息是未来女人激扬的胆略与生命的气息。

云　鬓

古话说,女人看头,男人看脚。这多半是麻衣相法的一种,即看女人的云鬓钗饰。在古时,女人的头饰和男人的冠冕、鞋靴是有等级规定的。比如做妻和做妾的,在头饰上就讲究分寸,妻要在头顶或脑后梳髻,左右插钗簪;妾则多梳偏髻,钗簪也相应地偏插。妻的头饰要比妾的珍奇贵重,因妻是夫的管家婆;妾的头饰要比妻的简洁,因妾是夫的小布衫。表面的财权之下,涌动着私情的烦恼。其实从古到今,看女人看头,对男性公民来说也算是一大"嗜好"。

"士为知己者用,女为悦己者容。"太史公一句关乎人生准则的命题,相提并论了几千年,想来自有一番大道理。一头秀发如瀑,我记不起是在哪里看到这句话的,总体触觉是切切实实触到了远离红尘,渐进自然的妙处。我是一个生活在一夜两世纪的偶闲人物,从小辫、长发、短发、寸发,算是风光够了。我看一个人的时候,经常定住了神,不是看轮廓,而是看她头上如瀑的潇洒走势。发式的变化流程,欢喜几番往复,人类历史就开放得一览无余了。据说最早因发美被劫夺的美人是夏初的乃氏之女,她名叫"玄狐",又称"纯狐",长得一头黑发,黑而又美。她先后被三个男人霸占,太康、后羿、寒浞,三个男人都因她而死。稍后是《汉赋》中的《七发》,以其博大恢宏的气度,展现了汉代宫廷女性的雍容华美:"杂裾垂髾,目窕心与,揄流波,杂杜若,蒙清尘,披兰泽,燕服而御。此亦天下之靡丽皓侈广博之乐也。"就是让美人梳着燕尾状的发髻,眉目挑逗传情,秋波暗许,着便服侍奉,是多么美好的乐趣啊! 发式随着历史的表情抒怀,伸展或者弓曲,行进的大趋势一点点都由发式简明扼要地表现出来。长发像丝绸,飘曳如风划过,我发现历史和头发之间就经常产生很深入的混淆。

未开化之时,先民披发文身,之后知美了,绾发结缨戴冠,丝毫也不敢马虎。再之后把头发编成辫子。据说编辫子的习惯,起于塞外马背上的民族。《宋史》记载:"是夕天欲雨,电光四射,见辫发者悉歼之,金兵退五十里。"岳将军挥刀勒马砍杀的就是这编小辫的胡人。"嘉定三屠"南明小政权一个一个垮台,"扬州十日"光复大汉的希望一个一个破灭,中原华夏族终于丢弃了几千年的绾发习惯,梳起了小辫,而且是半剃半留。洋鬼子说:"真夷俗也!"我看一本老照片,清末时的先生,用辫子在黑板上拉出一个圆(相当于现在的圆规),先生用这个圆给学生讲它的周长和直径,一束狭窄的阳光从先生的发中透过去,落定在圆的中心。另一张是处斩犯人时,发辫被拽起来,刀落处,脑袋在空中打秋千,落一个干净的头面。老照片像最后的守秘者,告诉我们:它承载不了过多滥用的历史了,只想用瞬间告诉后来者,时空转换历史接近到泛黄的颜色时,经常能泛出一些深刻的东西。后来的"光复剪辫团"的成员,打出口号:"洗清腥臭,铲绝奴根。"辫子终于失去了它神圣的王朝象征。其实辛亥年间的剪辫者与辫子被剪者,最主要的原因岂止是奴根? 奴才的惰性才是巨大的呀! 尽管剪辫子是大势所趋。

我到过很多寺庙,看到过同我一样健康的体态,她们头上云鬓皆无,像到了红尘无欲的大限,以一种唯美的苦修隐身于青灯古刹。"无缘分,剃度到莲台下",它告诉我们烦恼的根由是因了云鬓作秀,从有力到萎靡,剃去秀发,人就超脱了,之后是修行,之后是佛性,之后是轮回到富贵人家养一头青丝依然作秀。

作秀是欲望的追求。后来我才明白，一头秀发全是为了争取男性世界尚未许诺给女人的更大的部分，当只拥有极少时，女人才运用变通的方式养一头青丝作秀。说白了，历史就是一种爱情告别之后所产生的不倦的回忆，美人作秀则取决于历史的诚意和运气。记得一位乡下姐姐，留长辫，及腰处摆来摆去，摆得人心不易把握，似有稍纵即逝的幸福。乡下姐夫心生不快，遂怕那辫子长入别家眼中，酣梦中，用剪刀剪下一条辫子。乡下姐姐早晨醒来，一摸辫子泪水就止也止不住了。姐姐说："剪就剪吧，还剪了半截子，真该往根上剪一剪，日子苦，能卖个价儿的，也让你糟蹋了。"几年过去了，再见乡下姐姐时，就觉得她不理云鬓猥琐得让我不敢相信从前了，可见秀发有摆布一切的能耐。

　　如今，人们众口一词，感慨生活水平提高了。视野开阔，红发女郎，白发"摩女"一应而生。可怎么看怎么像一些细小缺钙的骨骼标本，在明丽的阳光下搭建着媚外的虚像。有一首歌里唱道："黑头发，飘起来！"不知怎么的，赋予我被回忆的味道。美丽，首先呈现的是条件，然后才是态度。黑头发，黄皮肤，就像沙漠背景之于仙人掌对水分的珍惜，美丽，才能以充分肯定的姿态被书写。

　　当然，我体会的只是小我的境界。新世纪的钟声敲过两遍了，我衷心祝愿天下美女如云，美女多了，男人才不至于拿婚姻作秀，女人守着一份感动，理理云鬓什么的，也是很不错的日子呀！

石 头 兄 弟

常常会想起石头兄弟,一个自讨苦吃的人,乐在其中。他是一个喜欢同自己谈话的人,一个愿意和自己谈话的人,想必他的思想和感情一定是往纯粹的地方走,这样的兄弟我喜欢。有些时候,我们面对面坐着,不说话。一壶茶是距离。也许很久没有一个字吐出,他就那样端坐在我的心里。石头写诗,身体力行。不知道他什么时间会在什么地方,那个地方一定是他愿意并且想去的地方,没有人能够阻挡得了一个人想去。他从那个地方回来后就写诗,或者在路上时诗歌就已经成行。他的消息总是用秒来计算,发现时已经没有了消息。他是一个有自知之明的人,人是很难有自知之明的。和他谈话,就是说诗歌,诗歌里怎么能有自知之明?我便不语,不语了就喝茶。

有一天,一个朋友取了几首诗歌放在我面前要我读,我一读就发现了其中有一首是石头的诗。朋友用做学问的眼光挑剔他的诗歌,说石头用熟练的手法在洗一副修行人的"牌"。我抬头看了他一眼,从此我的生活中就没有这个人了。我是一个有许多毛病的人,一瞬间就把一个人伤害了,三分钟我就会调节过我的心情来,因为我伤害了一个自大的人,我不生气。石头不是一个自大的人,他永远都愿意和自己理性地对话,因为尊重自己就是尊重父母的曾经。石头喜欢说他的兄弟,开口就一句:"噢,那人真是了不起。"这正是石头和自己谈话的内省过程中出现的结果,也是他的悟性从晦暗到敞亮的过程,也是他人性深处的仁爱彰显。

石头的诗是什么样子的诗歌？是我喜欢的诗歌。

他说了，已厌烦所有的诗歌手段，所有的做作的。用最少的汉字、最明了的语言，在诗歌的临界点上写诗。一切皆从内心流出，流出即是。也就是写到诗里没有诗。

石头诗歌：
32
妄念窜出不少。
不跟它跑。
骗人的。

33
上坡。
穿过高大的杨树林。
越来越清幽。
像是在消失。

石头的诗歌不拿捏，如他人一样，不拿捏的人可以做友。可以想象一下，一个人老往寺庙方向走，想来寺庙是收留过他浪迹心情的住处。石头好茶，交了茶友；石头好诗，交了诗友。最近的冬天里他去看一位诗友，饭间和一个指甲盖大的小官僚产生了矛盾，小官僚拿着职务羞辱他的兄弟，石头就想打架，架没有打起来，场子就散了。我是希望那场架打起来，中国男人太缺少打架精神了。那时节我的袖管就撸了起来，准备着随时出手。

这事之后，石头很后悔，觉得一个人喜欢拿职务耍本事是人家的修行，看不惯人家就要打架，是自己不对。我说："你渡了他。"石头说:"他渡了我。"仔细想想是他们共同渡了我,不然社会上的我又要流言四起。

去年秋天我和石头和几个朋友一起去一个叫黑山背的地方,那个地方真好。满山沟香椿树,一个叫常大庆的老人住在那里。老人八十二了,安安静静住在石头屋子里,干干净净的柜子上能照见人脸。我们就把帐篷支在老人的院子里,常大庆不是我们所有人的亲人,黑山背也不是我的故乡。距离往往不是还乡的障碍,还乡的意义也不完全是因为异乡有什么不妥,只是想寻找一种在一起的理由。在一起是为了说话,是为了互相照照镜子,红红脸。常大庆老人的生活状态给了我一个老年时的样子,丝毫没有临近死亡的慌乱,真好。两天时间里,我就把自己的虚荣精确地呈现了出来。夜里不睡稀罕那高空中的一轮圆月,白天不洗脸梳头,蓬头垢面地走在野地里摘老香椿。常大庆一辈子住在黑山背,干干净净,我两天就往邋遢的路上走。灵魂的锯齿、生存的陷阱、信念的血痕、万物的疼痛以及拿腔作调的热爱,迅速让我溃败而去,只有一个目的:赶快回去洗澡。本来石头还想多住几天,因为我的原因只能逃离。那一时刻,无论好坏,我不由得捡起了人所共趋的虚荣。我在石头面前不能醒悟。石头说:"因为我是石头。"

那么,我是什么东西?

我想起来石头常常一个人走,一走就是几天,走哪睡哪。季节冷得叫人发抖了,他走在雪白的光华与沉静中。他说:"所有的东西从山里走出来就不干净了。所有的自己走出山外就都不是自己了。"石头许多话,如惊鸿一瞥,不让我有仰视的可能,又如不知道时那般隐没。每一次路过太原,无论转机或者停留,我都会发一条信息给他:转机,不见。只要在太原,必然去见他。他在"天街小雨"三楼盘腿泡茶等我,我坐他的对面,一下午喝茶,那茶好与不好都喝坏了我的胃口。只要一喝别人的茶,我就说:"不如石头的茶好喝。"

石头说:"你到年龄了,该喝点好茶。"

我笑说:"是草入水就好。"

石头说:"好的茶好,路不能走野。"

我笑说:"有生之年就等兄弟孝敬了。"

石头:"哈哈。"

我也:"哈哈。"

之后不说话,有刻意的沉默。此时的沉默恍如我的诚实不欺,我就想要他孝敬。

年来年过,春天再说。

狂欢,是一场富贵的颜面

一

女人的自信几乎等于自尊,自信又倚仗着美和才情。

她都有。

我在不认识冯秋子之前先是被她的文字吸引。有时候文字是一个人的栖息地。认识她了,才知道用文字感染我的女子有多么动人。

看看如下的文字:"一年的时间里,大部分内容,在老人的眼睛里,是一场风。"

冯秋子是在写"风"。风在内蒙古草原上,有时候是以一个傍晚的某一刻为节点,世界突然被改造甚至颠覆,一夜之间,铺成在万物之上的风走过,一切已经形成沙漠。越来越多的土地在沙化,小老杨已经阻挡不了沙的脚步,沙尘的声音在树木成长的啸声中如蚁虫连绵低吟,没有多少人会看得到远处,朝夕一起的人和事物,欲望越来越小,沸沸扬扬的热闹,绕世界抓挠金钱,跟狼走回来似的。

秋子怀念她从前的故乡。是蒙古民族的故乡。那里有植物和动物,因为大地和星空的永恒关系,蒙古人对草原产生了宗教情感。生命底层的那一行最初的文字,仿佛一张刻满神谕的羊皮纸,慷慨地一览无余地铺陈在草原上,流动在蒙古人脸上的那一抹笑容,一直以来装在秋子的心里。莺飞草长、枯荣变换,秋子想到他们,会觉得原本过于空旷和贫乏的世界一下子充盈起来、色彩斑斓起来。是的,一想到蒙古高原,秋子便会获得宗教般的灵魂深处的妥帖和宁静。

"有一天,孩子问我内蒙古有多少山,我们正乘坐一辆破旧的长途大巴从通火车的城市出来,吃力地翻上一座山。流浪汉背着渍满油光的布袋四处游荡,或者坐在街边晒太阳、吹小喇叭(当地人叫它毕什库尔)的那座城市,像从小人书里撕下来的一张画,已经遗落在遥远的山谷里了,隐隐约约又从那里传出一两声干燥的火车笛鸣,酷似深秋向南飞逃的最后一只孤雁在鸣叫。我说:'从这座山开始数,数到车停下不走,你来告诉我。'"

"数字在草原真的不是一个特别有价值、特别有力的东西。"

七零八落,谁的思维能够赶上风的速度?和天际影子似的若有若无、绵延无尽的草原丘陵是风刮出来的,那些空间意识特别强又轻易能分辨语言中微妙差异的人,风言风语是他们的力量。在地理概念里,北方以北的风是凌厉的,当春天迫切需要风的时候,不是因为风吹绿了小草,是因为风可以吹走雾霾,风在一个有思想的头脑里生根,并且日渐清晰。有一天突然会恐惧地想到:对神的敬畏和对人的恐惧同样令人头皮麻炸。

我们已经失去怀念,或者说我们已经失去敬畏。有一种无法逃避的生存状态,一种加速的内驱力,正在营造一个与人类不同又紧密结合的狂躁欲望。打造的激情遍布犄角旮旯,很多人已经忘记了人真实存在的自己,单一化审美标准,假如没有一部分人警惕,自觉地和那些狂躁欲望对抗,就会把鲜活的生活变得生硬呆板。是的,我们的记忆已经失去了保温效果,不远的将来,还有多少人会对泥土怀恋?!

"小时候,常看见热布吉玛额嬷跪坐在后脚弯里整理她的黑发,一条粗粗的大辫子,最后被她盘在后脑上,随后,她从衣袍里掏出小镜子前后照一照好看的发鬏,这件事就做完了。她露出笑容。把一天的活儿干得差不多以后,已是后半晌,她要唱歌了。她想说的话,尽在歌声里。是不是深刻,有没有人在听,她不去想,后半晌是安宁的,她喜欢寂静的午后,她发现那段时间心地开阔、舒坦,说不出的幸福,而内心蠢蠢欲动,很想对蓝天诉说,对不谙世事的孩子诉说,对她自己诉说,她就唱出歌来。唱完天就黑了,她又要忙碌一家人的晚饭。"

地遥天远须臾便至的讯息,让人类省略了脚步。过程简化,情感弱化,那种温馨、甜蜜的韵味,人与人交往的亲切气息,渐走渐远。一个人的一生,始终有一个躲藏在心里的诱惑,时间流逝中失而复现,虽然已经不能通过记忆去追怀那些藏匿在深处的感受,但在等待中,秋子会在某一天与它相逢吗?已经不可能了。文字藏在所有感受复活的记忆里,能够想起来对所有的人已经是一种幸福的仪式。不慌不忙的岁月,是民间的神祇,母亲的歌声更是民间平安的信物。

一位东方哲人说:宗教是什么?宗教就是一声惊奇和一声叹息。怀揣故乡的人,宗教于心,只要看到故乡的人眉眼舒展,手脚安稳,不慌不忙,平心静气,世上的宗教,此时就只是对故乡的敬意了。

"寂静的黑蓝色的夜空下,地下的千古埋藏,从草地和耕种的庄稼地的缝隙里传诵出去。那些沉没了千古牺牲的滋味,有血海浮游出的真性,随西北风掠过每一根草,来到人心上。那就是草原上的声音。"

"那是旧日的雄姿,今以丧失殆尽。九十九眼泉,像一个传说,像一面被风刮漏的惨败的旗子。"

她写灰腾锡勒草原。兀然屹立于一片开阔之地的窝阔台大帝的点将台也已没落。那是一杆直指欧亚的大旗。水草丰沛,曾经的、历史的隧道里赢取过一个辉煌的草原,沙化了。过往的日子,一半被压成纸型,跌藏在《察哈尔蒙古史话》里,一半化作辈辈相传的故事,散落在沙漠零星的草原里。当一个女子捕捉到了它曾经的天候时,抚今追昔,一笑复一叹,笑自己欲小则易乐,叹自己欲求愈大,知之愈多,疼愈多。

生活在北京的秋子,就这样以其卑微的肉身相应着自然界的风霜雨雪,在灼人鼻息的雾霾中,在风情凉微的细雨中紧缩着自己的身体,无论是家还是外面,而作为会写作的她,常常对于一些经年的往事祭起,那些远走的人事,会让她疼得叫出声来。文字中的村庄、人,而谈笑风生中,秋子是寂寞的。浩大的草原和尘土裹挟着的村庄,头包花巾的妇女在焦黄的旷野中迎风行走,鼓荡的蒙古袍已经不再是那种厚重的布料,谁也没有权力阻止她们告别古老的习惯,走向现代文明。秋子在讲述蒙古往事的时候,她的文字不是正襟危坐的,不逼着你感动,也不把你诱到要思考什么的圈套里,她只是让你阅读,爱不释手地阅读。

二

2008年夏天的一个傍晚,我走进秋子的居所。黄昏是一天里最宁静的时刻,打开门的瞬间,沉郁的颜色使房间里的气氛更加宁静。狭小的空间里摆满了她的欢喜,那些物件儿犹如她的亲人。流动着的黄昏时节里的空气,偶或还能听到时光中带回来的物件一两声窃语,我到来的瞬间,所有都闭了声。我是一个陌生的闯入者,我真真切切地感到,这个世界,这个屋子,这种生活,就只有冯秋子这样的女子才可以隆重它们,它们停顿在各自的方位里吁气,既不会吓着陌生人,也不会叫主人尴尬。

墙上悬挂的小零碎被黄昏委婉地泻了一地,一袭黑袍,恰似穿了一身悸动。她说:"你坐下来,我调酒。"

我靠墙坐在地毯上,在一种美好的感觉中期待着。世界上能够具有酒的滋味的就只有两种事物,和一个懂得的人聊天,或者阅读了一篇好文字。奶酒的香入胃。微醉。樱桃,荔枝。盘腿打坐,夏日里一个好气氛,像物理上的"场"一样。她在我的对面讲草原。她从听来的民间叙述中讲草原上的精神,故事有表里,讲到激动处,有一个不能抹去的"寂寞"。奶酒的香入胃。我才明白好女子是福。

她说:"额嬷的歌,出落在那片土地,出落在传统的蒙古调式里,仍旧带着无法抗拒的沧桑感,在高亢、辽远中,在自由、奔放中,在大幅度的回旋、跳跃中,仍旧潜藏着深深的忧郁。那时节,草原上行进的只有额嬷的歌,万物祥和、静谧,额嬷回过头来看望我们,我们才知道还有自己的呼吸。蒙古谚语说:'活着,我们亲如兄弟;死后,让我们的灵魂一同成佛。'我就是从热布吉玛额嬷唱歌开始,理解一个生命怎样孕育出他的世界,并且理解了世界上有一种哭泣,不是为着艰难、痛苦哀戚,仅仅是你看见了你吟唱的万物,看见了上苍,你为之感动。"

是这个喧嚣世界的宁静韵致,这不是劳作,而是在叙述中对以往温馨的回忆,很近也很远。溽热的天气里,置身于这样的环境中,守着这样的叙述,你不能不醉。秋子让我知道了蒙古高原,一壶奶酒喝尽,是岁月深了。这样的聊天方式,尽量地让往事更像往事的样子,更像最坚实的底层。被读懂的快意,人和时间,一些逼人的事实,岁月被严密保守才会有的尊严。她说她喜欢静夜时候一个人的光阴,缘生缘灭,午夜的颜色越来越重,那些放置在花瓶里的花朵有开放的意思,坐在地毯上的她亮出自己的四肢稍节,静,稍有触摸,竟是如此动人。也只有此时她会潜回故乡,活泛的故乡等着她,在次数越来越少的清醒中,她回忆母亲讲述的饥饿。

"我母亲说,饥荒的时候,人口特别少,不知道耗子为什么那么多。母亲一生,经历过很多事情,若让她说出什么东西是她最害怕的,她会回答是耗子。母亲见过的耗子,有青鼬、黄耗子、尖脸耗子、黄鼠(大眼贼)。那些从山西移民到了内蒙古我们旗的农民,常吃黄鼠,他们信奉一种说法:天厨地补,鸽子肉黄鼠。每到秋季,流动作业在地里的农民,常常绕着裤腰别一圈黄鼠,嘀里嘟噜带回家,扒了黄鼠的皮,将赤光光的黄鼠放入油锅,炸成焦黄色以后当美餐食用。"

人的一生无处不在满足自己的胃口。我们一直在朝着五谷丰登、六畜兴旺的家耕生活景象奋斗,历史明白地告诉我们,当原始人类告别茹毛饮血的蒙昧时代,埋锅造饭,饲养家畜,烧制陶器,酿制水酒,佩戴珠宝,走着奋斗着,我们就活不下去了。世间畜生都来和人抢食,尽管我们还来不及想象,这样的事情却已经发生。

"母耗子先把麦子捆成一大捆,放在一边,自己仰面朝天躺倒,等着公耗子把麦捆搁到她的肚皮上。麦捆一上身,她即刻收拢四条腿,紧紧环抱麦捆,由公耗子咬住她的尾巴,向目的地开拔。公耗子如一位常年迈步于河滩的纤夫,弯腰曲背,倒着身体拖拉母耗子,噌噌地向他的后方、母耗子的前方移动。此时的母耗子,以自己的身体,充当一辆平板车,却没有平板车能够支撑必不可少空隙的轱辘。她脊背着地,心甘情愿地以身顶车,由她的丈夫拖运那'车'粮。每只母耗子的后背,在紧张的转移、搬运秋食的日子里,全被摩擦得血糊淋漓、皮开肉绽,一根微细的鼠毛都不剩。"

麦浪金黄。渺茫的田野,和天际影子似的若有若无、绵延无尽的蒙古高原,迷人的景象,真是激动人心。鼠类的爱情,为了生存的爱情,配合,如同自愿憧憬于未来,而残酷的月份,它们的劳作让我想到了普通得不能再普通的俗世夫妻。敞开的洞穴,希望更多的粮食归来,这些因生长而精疲力竭的土地,需要新鲜的空气。明亮,喧闹,鼠类散发出温暖的气息,在迷蒙的阳光幻觉中,喧哗在顷刻间归于宁静。你突然会觉得,土地并不荒凉,在渐渐强劲的北风里,生存不仅仅是懂得互相配合,还有皮开肉绽。由于温饱,土地上的物产是农民一生的惦念,饥荒让素淡的空气中,与人类的抢食显得格外地鲜明生动,每双眼睛都发出绿光。

这是1962年秋末冬初。鼠类的存储成了人类活下去的目标,也是活下去的温情和希望的光芒。求生存是一切生物的本能,也是权利。每一种物种,既然来到这个世界上,就有其在这个世界上存在的理由,若非迫不得已,不能任意扼杀或伤害。我记得童年时的一个秋日黄昏,走过农田时,看见光秃秃的地间探出的小脑袋,伸出来,瞬间又缩了回去,像弹簧一样,它们是可爱的。有时候我想,在动物世界中,是不是弱小生命对以期为食的大生物,虽有恐惧却并不仇恨,能够天长地久在同一天地间繁衍生存?有了人,鼠类就有了重重危难。

草地里长着分权的蒿子秆,耗子踩着一块石头、一截木头,爬上了离地一尺高的蒿秆的分权处,把头往蒿权里一卡,然后跃身,用两条后脚爪将头紧紧抱住,使劲抻自己的头,一直抻到断气为止。绝大部分耗子照搬这一种死法,攀登着蒿秆上去,解决自己,一死一大片。上吊的老鼠,弯曲着身体,挂在一根根蒿草权上,随风摇摆。没有了主动性的死鼠,和枯蒿秆一样,灰头土脸,遍布草场,场面蔚为壮观,可谓人世间的奇迹。

人们枯燥、乏力地罢手,虽然没有别的路可走,但是谁也不再去翻地了。

他们确实被上吊的耗子吓破了胆。

草地里的这幅悲壮情景,一直存在于我母亲的记忆中。将近四十年后的2001年五一节,她对我讲起这段往事,神不守舍,身体打了几回冷激灵,前后左右地不断摇摆,并且长吁短叹不止。

她说上吊的耗子:"它们也是没办法。"

不过,也有一些耗子没去寻死。母亲说:"不是不想死,是死不了。百草枯,没法死,找不到上吊的东西,就剩下饿死一条路了。"

她无法了解鼠类的生命,无法知道它们死去的真正原因,秋子只是从母亲的复述中获取。生命消亡时或许是一场大雪覆盖,一切看起来没有什么不正常,春天如期到来。

那是一个年代的事情,谁还会去记得一个年代的事情呢?那么多的死亡,似乎这个世界上死是不存在的,万物在生长,那些植物的生长,那些花朵的盛开,死亡给了生长更多的养分,那片绯红的轻云啊,所有的事物,甚至整个世界,都在人的规划之中,兴致勃勃的人类,在绯红的轻云之下欢舞。现在已经没有人和田鼠去抢夺食物了,那些浪费掉的粮食足以养活那些少吃少穿的穷人,可那些浪费粮食的人从来都不愿意去施舍,宁愿浪费是一场狂欢,是一场富贵的颜面。

三

我们一起去内蒙古的呼伦贝尔草原,她告诉我,在她的家乡,没有比这里的草长得更好的草原了。我从她的语气中感觉出了她老年的慈祥。一个年轻的女子,因为触摸到了过往的疼痛,她的感叹纯粹得如徐志摩的诗:"入世深似一天,离自然远似一天。"她的感觉是一种思想,她的思想绵绵若存,超越得失,直抵生命的最后。

我不知道这世界上还有多少写作的女子在用英文阅读,秋子在阅读,有时候在用英文写作。她在写作之余去跳舞。我们在草原上边听着蒙古长调边看她舞蹈,歌声的空隙处,她是歌手身后的女子。不是说歌手的歌声遮蔽了她,而是她把歌手的声音扶起来了,推了他一把。她曾经带着她的舞蹈去过法国、荷兰、比利时、德国、葡萄牙、美国、瑞士、奥地利、丹麦、英国、瑞典、克罗地亚、新加坡、西班牙、加拿大。如果世界对美的欣赏都是一致的,她会让任何发现她的人在一段时间里有一份好心情。

"我牢牢记住了德国现代舞大师皮娜·鲍什的一句话:'我跳舞,因为我悲伤。'这是埋藏在我心底的话,也是我一辈子也说不出来的话。从那一刻开始,我与现代舞像是有了更深、更真实的联结。皮娜·鲍什朴质的光,在这一天照进了我的房子。我听到了许多年来最打动我的一句话,说不出心里有多宽敞。"

这个翩翩起舞的女子是如此动心,她的全部的妩媚,被肢体的这种贤淑的活动表现得淋漓尽致,使这个世界像满地的秋水一样温情并且宁静。

她的现代舞,有非舞蹈者的内涵,有非舞蹈者的质感,有她自己的理解和思想,如果还不明白,那么我来告诉你,那是她对生活的本质、状态,还有对生命的理解。她把没有说出来的话,没有用语言表达出来的情意融进舞蹈,从她的舞蹈中,你会感到情意的熨帖如意。

正如她的女友文慧所鼓励:"说我身上有种特别的东西,天然的、没有后天装饰的,是她希望引入她的排练中的。比如,舞蹈演员经常是往上拔,身体飘惯了沉不下去,她觉得我能够与土地相接,身心是安静有力的。文慧就是想要与大地靠得更近的东西。我说:'我想拔拔不上去呢。'她说:'你别,别丢掉你的东西。'她还想要我投入时的状态。可我觉得,我投入时看起来像个衰老的人,身心全都陷落进去。过去是忧郁,现在除了忧郁,还有陷落,陷落之深已经不太容易拔出来了。听别人说话,或者我在做一件事情的时候,全是那个样子。幸而讲述者跟我一样也那么投入。于是我想,那时候我们是平等的。倾诉和倾听,都身临其境,心里的感受甚至分不出彼此,一样感同身受,能够传达,能够理解,并且不知不觉中已在承担。我投入时候的那个样子,是文慧想要的吗?"

文慧有她自己的道理。对于一个质朴的舞蹈者,一切都没有阻塞,这是她自己理解的生活气息。假如一个人在黑暗中摸索,只要她摸索得准确,她就无所谓黑暗与否,优雅里暗示着安详的结论,她把那些伪装丢在地上。无动不舞,则让舞者知道程式里需要注入强烈的感情。舞,是情感最为直接的流露。

"于是,我一点点打开自己。在肢体和心灵的修习中,一点点地找寻人原本的意义,存活的意义。我的过去,就像白天黑夜,没有多少意义。生活在白天和黑夜的时间太长,我不喜欢。"

秋子的舞蹈,"这是没有规范过的伸展,我的内在力气一点一点地贯注到里面,三十多年的力气,几个年代的苍茫律动,从出生时的单声咏诵、哭号,成长中心里心外的倒行逆施、惊恐难耐,到今天,悲苦无形地深藏在土地里,人在上面无日无夜地劳动……此时此刻,我在有我和无我之间,没有美丑,没有自信与否,只有投入的美丽"。

我有一种久违的激动,熔金的黄昏粘在我们身上,像麦草粘在鼠类的身上,我们共同看到了慈眉善目的蒙古草原,绫罗绸缎似的晚霞,爬山而过的炊烟,粗犷而缠绵的歌谣,舞蹈的秋子,陶醉在草原的秋子,在这么宽展的舞台上,没有人能够依据自己眼所能见或耳所能听的现象判断出她舞蹈的意图和方向,她的身体充满了力气,她是一个面对秩序的凡人,对世界表现最多的情绪就是忧伤,她用舞蹈来挽留自己向另一方向滑行的内心。

"人在使舞蹈具有人性浇灌后,消化悲苦、生长美好的指望。心境停顿和坠落的感觉是阴惨的,我们在那样的情境里,盘桓的时日已经足够多了,被啄蚀的疼痛刻骨铭心。缩短一些什么,拉长一些什么。我是这么想。我们都希望那个集体的人们,每一天都清静地把自我的能量运送出去,通畅、明亮地投入练习。那些牵制人、扭结人、阻碍人的东西,真真切切,成为舞者解放出来的坚韧的土地,成为放射人性光泽的平台。"

人以消失的方向离开泥土,任何家都是一种遗址,谁也无权将累赘的生命剪去,人与泥土黏滞如断藕关系,以舞蹈的形式怀念故乡已经成为秋子一生的任务。

四

这样一个好女子有一天居然也会被爱情伤到。中年离异。难道这个世界上有才情的女子活着都是在修道?

爱情若是为文,只能写出好文章来,文章之道只是小道,爱情非文采,洋洋洒洒四万言,他读她,读出的不是纸上功夫。"秋子,月在云中,你抬头看,叔本华说过:'脸貌是一个人心理语言的摘要。'"

"分开并不是因为不爱。"你说。

"心系处风来一钟。"佛说。

"爱,养活了不少穷人,却养活不了'爱人'"。我说。

"歌是歌,人是人。"她在《我们生活在这样的地方》中这样解释。

与其说她写那个女子,不如说是写她自己。"她的爱,会来得很猛烈,而且,她也有特别粗心大意的时候,她并不想让自己更完美,她更在乎真实感受。她的真实,是顺着性子,去追求不去过多算计的那种活法。她不会太多地想生活中的事,而想着工作。在工作中,她把自己投入进去,即使是牺牲也在所不辞。所以,她想笑的时候,就笑,平时不为了给谁看、给谁听,想到为了什么才怎样,只是随心所欲地到达自己向往的地方,不在路上作盘桓,不在路上打算盘,不在路上摆姿势,不在路上可怜自己。"

她只尊重她的爱情。生命,只有对命运的尊重,才会把沟通当作人生的资本,既然爱情已经无处收藏,经不起铭记,便不再称之为爱。她只想过世上最简单平淡的生活,要有情调,过去的日子就是一串省略号,剩余的日子,她只想对一些即将消失的物事关怀。比如,一片龟裂而洼陷的土地,只有荒草,还有几丛经霜后倒伏的玉米,粮食是否已经成为毒药?一个手无寸铁的女子,过去就认识到了社会做了许多蠢事,她的文字,谁会在乎一个女子的文字?

窗外绿叶满目,让我如处森林。桃花已经谢尽,梨花开得正好,北京最宜人的季节也许是秋天,秋高气爽时秋子走在车流密集的马路上,那是一张蒙古人的脸,脸上的眼睛是用来发现物事的,只要看见酱驼色的脸,穿着一袭蒙古袍子,她望着那个影子说:"我的故乡人。"

新生代的人越来越没有故乡了,看不见什么是故乡的屋檐。想象一下吧,没有故乡的人。

乔达摩·悉达多,我们共同的王子,以一生的努力建立了佛教,尽管他赋予了我们爱,但是并没有告诉我们,爱可以简单到只需要一种:对任何时刻站在你面前的人的爱。你做到了。一个作家提供给这个社会的内容,无非是要给世俗生活多一点点关爱,多一点点热闹,多一点点气息,多一点点震动。真正的作家更应该有一份心里的端正和庄严,你的端正和庄严一直隐在文字的背后,支撑着生活,不会让生活潦倒和败坏。因此,你安静、结实地活着。

我读你的文字,满心是感动了的欢喜,我读你的人,你的存在意味着女性的美,而如今,网页上的娱乐版面上的明星们只是漂亮。

酒杯满满,无法想象用手指击杯时会听到清脆响亮的声音,经年的寂寞已使陈列变得陌生。我来,你用的是家常便饭所使用的杯子。墙上的油画,红衣女子,突然让我热泪盈眶。那是冯秋子呀!

这个女人站在世界上任何一个地方,她的美丽都是身体里的,都活在文字深处。